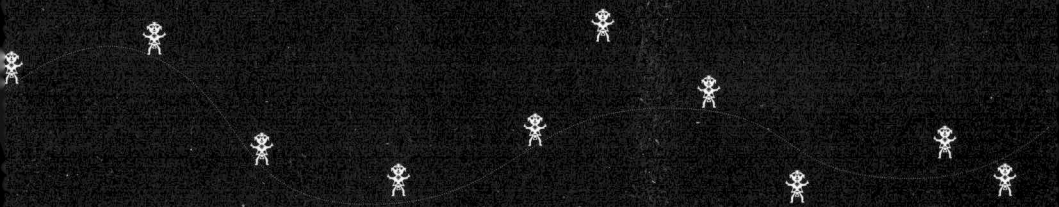

以右臂的代价

桑　麻　著

百花洲文艺出版社
BAIHUAZHOU LITERATURE AND ART PRESS

自　序

　　2009年，《美文》杂志以"我的沉重的纪念碑"为总题，刊发了我的反映农村计划生育阶段进程的系列之作。**这一年，我比任何时候都更敏锐地感到时间的宝贵和逝去的迅疾。**当我写作时，它回退到1990年代，当写作暂停时，它又恢复了一往无前的流淌。**我的人生和生活呈现了前进与后退的往复幻变。**

　　明眼的读者看得清楚，这个系列中的叙述者"我"并不决然等同于现实的我，他有时候是，有时候不是，有时候部分是，有时候全然不是。"我"实际上是他和他们的代言者。不是要故弄玄虚，而是题材使然。内容总是先决地行使着它对形式的支配权。

　　我在1990年代的乡镇工作了六年，应该说对当时乡村工作、生活的主流是熟悉的，毫无疑问，计划生育是无可回避的重要内容，抑或主要内容。它在我的文字中得到反映是必然的，只是时间早晚的事情。然而，欲丰满厚重地支撑起这一题材，我的经历和经验尚显单薄、狭隘和不足。好在那个时候，全国几乎所有乡村无一例外进行着相同的工作。从宏观上打量，结局似乎千篇一律，从小的方面审视，从每一个个体情况观察，却又千差万别。不必远搜，身边同事和朋友就能提供许多新鲜的前所未闻的素材。因此，分享他人的故事和体验，成为顺理成章的选择。"我"以不同身份，从不同视角讲述自己的闻见，尽可能使叙述客观、平和、准确。现在看来，这也许是一个最佳选择。

这次写作始终伴随着精神和身体的双重压力。它不像以往的写作，带给我放松和愉悦，相反却带来紧张、疲惫、困顿、窘迫、尴尬、压抑、忧虑、愧疚等种种复杂体验。那些原本隐没沉寂于时间深处的事件，形象模糊死灭的人物，在形成文字的当儿全都纷纷显影，重获新生，报以遥远而迫近的回应。**重述历史，需要与最初经历时一样的呕心沥血和煞费苦心**。我感慨万端，思虑难眠，为他人，为自己，为当年。那时的我不仅纯粹、坦率、认真，而且无私无畏，激昂慷慨，大义凛然。

首篇《十六个村庄的白夜》刊出之后，我最先得到的不是讲述的快感和收获的喜悦，而是朋友、同事传达的忧虑。他们为我捏了一把汗。刊出篇目持续增加，更多的人开始为我担心。他们认为我闯入了禁区，涉足了以往少有人涉足的领域。许多当事人被激烈的声威浩荡的计划生育运动裹挟而噤若寒蝉，有的不具备言说的能力和条件，保持了沉默。他们普遍表现为回避、隐忍或麻木。他们没错。回忆和言说只能触痛灵魂，带来耻辱和二次伤害，从另一种意义上讲，选择沉默和遗忘等于选择疗伤和自救。他们需要。**我心存隐忧，但叙述和写作的欲望始终不灭。我在思忖，所谓禁区是否真的有？它是客观存在的，还是人的心理幻觉？**我相信他们的担忧出于对我的关心和爱护，出于对一项基本国策反观审视时的小心谨慎，出于对过往经历的心有余悸，而非当下现实的触动和映照。

"我的沉重的纪念碑"系列，反映了计划生育政策下人尤其是广大育龄群众在彼时彼地的生存状态。**"我"道出了真实。一个讲了真话的人，不必忧心忡忡，畏首畏尾，患得患失。历史需要真相。时代需要真话。**随着写作的推进，我的信心和胆量与日俱增。题材经受阳光、获得生命并日渐强大，反过来赋予作者自信和勇气。《十六个村庄的白夜》后来入选"2009河北散文排行榜"，《我梦见我有一千间新房》入选"2009中国散文排行榜"，《偏锋》入选《散文选刊》"2009华文优秀散文排行榜"，《穿越十三年的刀光》入选"2010中国散文排行榜"。编辑、选家、评论家及有关方面给予这组文字以关注、肯定和荣誉。编辑培植了它，而后是读者的接受。我发现，只有突破心理禁区，才会感到写作的道路如此宽广。

现在，我想说出在这个系列中没有说出的话：在中国实行了四十多年的人口和计划生育政策，是历史和现实的抉择。这一抉择同样是无奈、必须和必然的。**它对我们国家和民族，对世界做出了巨大而悲壮的贡献。**不可否认，为了实现控制人口的目标，**数以千万计的家庭做出奉献和牺牲。对那些家庭和个人而言，其奉献和牺牲同样是巨大和悲壮的，是惨痛和沉重的。**那些损失和伤痛终生不灭，无法修复和弥补。这个遍及全国乡村角落的巨大群体（存在于城镇的群体在此不论），是在生育观念，以及由此产生的生育欲望与国家政策激烈矛盾冲突中存在的生命悖论，表现为自身深刻的悲剧性。我们不应该忘记这段历史，忘记这些人，忘记这些牺牲，忘记他们支付的青春、感情、伦理、道德、生命等经济的、精神的、物质的、身体的和社会舆论的代价。在过去四十多年里，人口和计划生育政策如此深刻地影响了几乎每一个家庭，影响了我们的民族和国家的现代化进程，现在和将来一个时期，仍将继续发生着深刻影响。有关此进程，以及此进程中发生的一切，不应该只是政策制定部门没有感情色彩的条规文本，不应该只是主管部门、统计部门、人口调查部门、卫生部门、公安部门等干巴巴的数据列表。它们不能取代人的挣扎、付出和牺牲，不能取代人性剧烈反应的事实。没有活生生的人的故事，多么不符合历史事实，多么不近情理，因而又是多么不公正。**说出真实，成为亲历者的应有担当和无可逃避的责任。**

我相信，一切今天的存在，都能从历史中找到原因，换句话说，历史早已为今天的现实确立了方向，埋设了路标，铺就了道路。我们的社会正在发生惊人的进步，某些答案早已写就。美好，痛苦，曲折，甚至折腾，犹如一粒粒坚硬石子，无可选择地筑进了历史不断延伸的路基中。

2009年12月，这个系列在《美文》上走完了部分历程。2010年上半年，我继续了这个题材的写作。《百花洲》2010年第5期和2011年第4期分别刊发了其中的三篇，《天涯》2011年第5期刊发了其中的一篇。现在，我决定把后续的四篇和早些时候写就的一篇，悉数收入这个集子。它们展现的是同一内容，承续了统一风格。**它们遵循共同的原则：真实存在，客观叙述，个体经历。我有意将对于政策的认知、评论和那些故事分开。**虽然它们有着内在联系，却决然不是同一层面的东西，更不是一回事，因而不能把它们等同看待。

现在，作为一本书的写作，它已经结束了，然而，就此一领域的写作而言，只是一个开始。我深信写出的只是极其有限的故事，是这类故事中的沧海一粟。不会有人怀疑，它的存在多到举不胜举，数不胜数。**而每一个故事，无不通向家庭和个人，无不隐含着人生的离合悲欢，生命的跌宕起伏。**有些可以为外人道，有些则无法对外言说。三十年积累下的同一题材的故事不止是一座冰山，把它比作一座喜马拉雅山都不为过。

目　录

YI YOU BI DE DAI JIA

十六个村庄的白夜

决定是在头天上午党委会上做出的。让人没想到的是，一个小时里形成的意见，竟然在第二天把十六个村的两万八千口人，推进了喧嚣无眠的长夜。

作为乡党委书记，我主持了当天的会议。从我坐的地方望出去，可以看到数十米长的甬路尽头，如果没有那堵影壁遮挡，就能看到309国道，但我没有心思注意外面的事情。我的心思全在即将开始的会议上。

那是一次党政联席会，在三间平房里召开。由于地面返潮，屋里常年充斥着一股霉味。老鼠从破败的金纸吊顶上爬过，弄出窸窣的响动。议题敏感而诱人。大家情绪高涨，各抒己见，赶走了满屋的清冷。

结果证明我的担心是多余的。之所以会这样，是因为形势变化了。从我和乡长就任的那天起，不到一年时间，对九个村的两委做了调整充实。一切顺利平稳，生机勃显。丰盈的秋天已过。农民卖掉余粮，手里有了钱，像土地一样闲下来。征收超生子女费的时机成熟了。

全县"清理四术"（"四术"即四种手术：上环、流产、引产、结扎）集中活动拉上了帷幕。那些做了输卵管结扎的妇女，得到了乡上和村里送来的红糖和鸡蛋。个别村还有现金补助。她们的生育使命告一段落，躺在家中，守着身边的孩子，等待刀口愈合和身体复原。她们盘算着，与其躲不过罚款，不如来得早些，那样，可以安心过一个平静的春节了。

这就是我们决定征收超生子女费的背景和理由。

以前全是零打碎敲，对超生对象构不成威慑，导致征收困难。省计划生育条例规定的罚款标准成为趴在纸上的数字，难以实际兑现。强制性规定有演变成讨价还价的可能。法规是不应该被打折扣的。改变势在必行。乡村干部的观念需要改变。他们需要强心剂，需要在疾风骤雨般的行动中经受锻炼和考验。但除了割肉（结扎）疼，就是拿钱疼。对大多数超生对象而言，这次既要割肉，又要拿钱。毕竟不同于早年了。那时可以在两者之间选择。时过境迁，执行政策的力度加大了，那样的日子一去不复返。他们中的许多人需要同时面对手术和罚款，要接受或曰忍受。

正如前面交代的，征收罚款的事不到一个小时就定下来了。天时、地利具备，还需人和。人和不可能，除非有一次蜕皮式的磨炼。请客吃饭达不到目的，切断村干部的后路成了关键。需要一个缺口，或者支点。届时，所有村干部，特别是十六个村支部书记、村委会主任将无法后退，他们只能向前，只能身不由己登台表演。

前提是必须要一座房屋的屋顶落地。撂倒它，撂倒它！信心和力量在房屋落地时，才会迅速升起。

我们的目光落在一个小村上。

村里的一个年轻木匠，生了两个女孩，他的妻子被证明在夏天怀上计划外第三胎，一家人从此悄无声息地从邻居和村人的视野中消失了。他们家的大门整天关着，以后又整天锁着。这说明他们开始是深居简出，后来躲出去了。我不怀疑村干部的知情和放任。这种情况常有。毕竟要在一个村里住一辈子，睁一只眼闭一只眼，情有可原。这一次，我倒非常希望村干部能将行动的消息透露给他们。如果她同意引产的话，房屋就能保留下来，否则，只能表示遗憾。

在召开党委会之前，我委派两位同事往木匠家去了一趟。院门依然紧锁，锁头已经锈死了。透过门缝，他们看到院内芜乱的久无人居的景象。他们猜想主人至少半年没有回来了。他们见到了村支书，交代了乡里的打算。支书默认了。为防中途生变，我让他们两人晚饭后再一次去了村里，一是看看木匠回来没有，或许一切犹可挽回。二是再见村支书一面，让他调动各种关系，找到木匠，设法做通他的思想工作，把房子留下来。盖一座房子谈何容易！三是若无改变，行动将如期进行，明天百余名乡村干部参加拆房现场会。箭在弦上，势在必发。届时，我们将不再希望他回来，而是希望他不回来。

我了解村支书的性格。一个有着多年治村经验的人，不可能不知道行动的后果，但服从乡党委决定是职责要求，是起码常识。他没有金盆洗手的打算，所以，与上级党委保持一致尤其重要。木匠的行为令他气恼。他做过他的工作，对方却不买他的账，让他丢了脸面。他不是不清楚，摞倒一座房屋会种下怨恨，但更清楚，此举对他的未来管理将产生决定性的影响。照此推断，一座房屋的命运其实在很早就注定了。我们选择了这位村支书，他也选择了我们。我们的目光在同一座房屋上聚焦并交汇。

我不知道我的猜想对不对，但相信一点，一切后果总是由当家人独自承担。多年之后，在县政府办公楼前，当年的一位同事告诉我一个令人瞠目的消息：这位村支书在自家门前，被一个壮汉当街捅倒，肠子都流了出来。下手之狠，必欲置其死地而后快。我吃惊地瞪大双眼，感觉胸腔憋闷，呼吸困难。行凶者不是那个木匠，是另外一个人。事件背后固然有着不为人知的秘密，但其性格和行为方式决定了他的在劫难逃。我真心为他祈祷。经过抢救，昏迷数天的他总算侥幸捡回一条命。

早晨，百余乡村干部在大院里集中起来。乡长在一个平台上慷慨激昂地发表动员讲话。我没有多说，期望将要发生的事情能圆满画上句号。简短集会后，大家分头赶往三里外的那个小村庄。乡司法所的同志，驾着三轮摩托车在前面开道，随后是粮站的工具车，两厢贴着大字标语，车顶安放着高音喇叭，车上横放十几把铁锤和洋镐，粗壮发白的木把伸到车厢外。八九个身强力壮的小伙子，穿迷彩服，戴迷彩帽，威风凛凛地站在车上。他们背靠背，面朝外，手攥锤把和镐把，犹如临阵的士兵一样。征天牌吉普车紧随其后。乡长坐在上面，随时通过车载音响发布号令。我们还从外乡借了两辆车。那时候，乡镇之间惺惺相惜，联系紧密，不论借车借人，全都是有求必应。我坐在最后面的伏尔加轿车上，难掩激动，也隐隐担忧。没有谁比我心里更紧张。所有人都想尽快看到事件的开始，我却想怎样才能尽快地结束。

我事先给县里汇报了行动方案。这是必须的。我得到了肯定的答复。县公安局命令派出所的三名同志赶赴现场保驾护航。令人欣慰和鼓舞的是，行动由乡党委会研究做出，意见空前一致。这是我愿意看到的。在乡里，它的意见就是一切。

我第一次看到了那幢青砖墙体、水泥打顶的房子。就其外观而言，在村里属于上好的一栋。这正是我们选择它的原因。房子无言传递着主人要生第三胎的强烈愿望。曾经凝聚着他的勤劳和心血的房舍，现在被弃之不顾。这需要下多大的决心！在决定摞倒它之前，我们也许都暗暗算过一笔账：整座房屋的价值，完全能抵顶他的超生罚款，社会效应更无法估量。我看重的是后者。房子一倒，他们将毫无悬念地生下第三胎，且不会再缴纳超生罚款了。这也算是两讫。我们实际上暗暗成全了对方，只是外人意识不到罢了。

街上早已聚集起围观的村民。他们当中夹杂着许多来自邻村的陌生面孔。孩子们紧抓着大人的手，瞪大眼睛，注视着我们。

院门被打开，工作人员蜂拥而入。其他人只能隔着院墙猜测里面发生的一切。群情骚动，脸上绽露各种表情。少数村干部可能仍有怀疑：他们真会坏掉一座房子吗？估计最多捅几个窟窿罢了。

动手的命令下达了。紧握铁锤、铁镐令手心汗津津的乡干部，没等话音落地，已急不可待地动起手来。玻璃碎裂了，门框窗棂毁折了，院里一片稀里哗啦的破碎之声。铁器砸到墙上只留下一个白点。他们轮番上阵，镐锤之下力过千钧，几下便令他们气喘吁吁。墙壁岿然不动。劳动发明了工具，并使人愈发聪明。有人发现了靠在厨房外面的铁梯子，招呼着把它抬过来，用粗壮的绳索系住两头，多人提起、架空、悠荡起来，让能量集聚，集聚……然后猛冲墙体释放。再坚固的墙壁也经受不住巨大惯性的冲撞，眨眼之间变成蜂窝。铁锤并没有停止打击。西窗边出现了缺口，随之变得更大。墙角出现了缺口，随之也变得更大。一阵热烈的声浪。房屋露出摇摇欲坠的败象。所有人被要求退后，只有一个乡干部站在房前，他将扮演终结者角色，改写房屋的历史。他停了不到一分钟，似乎考虑怎样下手，然后挽紧衣袖，往手心吐了口唾沫，双手对搓几下，抡圆了铁锤。一……二……三……每砸一下，都机械地往后跳开，确认房屋不会马上倒塌，再试探着靠前。……四……五……数到第五下的时候，他不数了，最后支撑的砖块被打掉。房顶似乎迟疑了片刻，突然"咔嚓"一声爆出断裂的信号，先是缓慢地而后忽然加快了下落速度，巨大沉重的屋顶势不可当地压下来，瞬间彻底垮塌。所有人的耳朵聋了半分钟。烟尘像巨浪一样席卷了整个院落，迅速扩散到大街上……

外面忽然变得静悄悄的。呼吸停止了，空气凝滞了，整个世界沉寂了。人们不想看到又想看到的情景终于还是看到了。在看到的同时，全都吓傻了。十秒钟过去，人群仿佛缓过气来，发出一阵惊呼。一个老人手中的饭碗掉在地上摔碎了。几个孩子同时发出尖叫，一头扎进大人的怀抱。一条黄狗低着夹起尾巴蹿回了胡同……

上车，乡长说。他的声音不大。上车，大家相互说。声音都不大。

车辆按照既定路线在村里穿行，车轮声疾，喇叭声咽，一天走遍全乡所有能够通行的街道。乡干部第一次贴近而真切地见识了各村的内部构造。他们兴奋不已，沿途看到了沮丧，也看到了轻松；看到了摇头叹息，也看到了放纵谈笑；看到了有人缩着双肩溜墙根走路，也看到了有人端坐在村委会对面的高台上冷眼斜睨。对于遵守政策的人来说，即将开始的处罚，是对他们行为的褒奖。他们的呼吸加倍地自由和顺畅。

村中的大小街道，第一次不是因为节日而变得色彩斑斓。标语铺天盖地。街头张贴着乡政府征收超生子女费的公告，以及相关人员名单。这个名单详细列出了每对夫妻的基本情况，现有子女数，超生胎次和性别，最后一栏是应该交纳的罚款数额。他们当天都接到了盖有乡政府大印的罚款通知书。学校提前一节放学，组织学生上街宣传。父母超生的同学，学校特准了半天假，让他们回去做家长的思想工作。党员被召集开会。在外打工的人回了家。准备外出的，临时取消了出门打算。他们密切关注着事态的发展，关注着别人的行动。他们不想带头，也唯恐落后。

每村领到一盘由县广播电视台录制的磁带，女播音员的声音在全乡上空洪亮而不知疲倦地重复着，此起彼落，遥相呼应。只要不停电，只要机器不出故障，就不会停下来。三个村的扩音器烧毁了，两个村的喇叭音圈震坏了。村干部们在深更半夜鬼使神差般地弄来了新配件。许多人整天对着话筒讲话，嗓子哑了，发不出声来。

没有一位村干部在这个节骨眼上撂挑子，连调侃说不干的也没有。那意味着不仅要丢掉小小的官职，还意味着耻辱，意味着将永远失去东山再起的机会。个人权势和家族利益可能从此丧失殆尽。

包村乡干部受到前所未有的礼遇。他们一再被村里挽留。当天的大锅菜，多了厚厚的一层蒙头肉。酒水不再是购自路边店的便宜货，而是村支书十年前放进炕洞深处的珍藏。村干部赔着笑脸央求他们在村里多待一会儿，多开一会儿喇叭。他们深知宣传作用无可估量。越是讲得鲜血淋漓，征收罚款就越不费力。乡干部人人握着话筒喊话，不放过多年不遇的表达声音的机会。原本不善言谈的，学会了逻辑清晰地演说。他们阐释政策，也表达强硬。另一个村打来电话，村干部等不及了。他们在村口站得两腿酸麻，几次被灰尘迷了眼睛，请求宣传车赶紧到村里来。

各村村委会的办公地点（有的在支书家里）灯火通明，前来问询和缴款的人络绎不绝。乡村干部应接不暇。考虑到农民的实际收入与统计数据之间的差距，也为了此次行动圆满成功，我们适当下调了罚款标准。当天缴纳罚款的，可以享受总额70%的优惠，即外生二胎一次性缴纳2250元，三胎3375元，依次累加。下午开始有人缴款，接着是更多的人，晚上则出现高峰。他们事先置备了验钞机，临时调整了人手，多人同时数钱、开票。为了安全起见，银行派专车来接款。百密难免一疏。在银行入库时，还是发现了假钞。

我跟乡长马不停蹄地往来各村巡视。我们约定，只问村干部吃饭没有，喝水没有，身体是否吃得消，孩子来找没有，老婆来叫没有，不问进度和效果，只通报外村进展情况。要轻松，不要严肃。通报进度可以适度夸张。某村征收三万元，可以告诉他超过了五万元。有三个村临近扫尾，可以说成五个村已经完成了任务，他们已经预订了餐厅，将不醉不归……

我第三次转到一个大村。其征收进度不令人满意。这个村将近三千口人，许多人家以屠宰为业。走到村南头，发现一户超生对象的院门关得死死的，院里漆黑一片。村干部说他一分钱未缴。难道无动于衷，旁若无事地睡下了？要不就是备好了利刃，随时迎候上门催促的乡村干部。这是可能的。单是近几年，这个村就发生过多起事件，最后都由一把或几把杀猪刀出面了断。不得不防，但绝对不能容忍。两个乡干部跑步上前，站上台阶用力拍打门环。这一拍果然拍出了动静，不是家里的动静，是门外的动静。他们把墙根蹲着的一个人拍醒了，而此前谁都没有发现。他呼的一下从地上跳起来，不要拍，不要拍，我在这儿！他是这家的主人。他既没有猫腰过来，也没有亮出杀猪刀，而是战战兢兢地给我们解释。他说他老婆去娘家借钱，走了一天还没有回来。他两顿饭没吃，一直在家里等着，不知道为什么到现在还没有回来……天黑了，他在家里待不住，干脆锁了门在外面等，竟然蹲在墙根睡着了。

我跟乡长一前一后回到了乡政府，时针指向凌晨两点。有位副乡长刚回屋睡下。我们觉得不可理解。乡长没好气地敲打他的窗户，硬把他从被窝里抠出来，撵回了村里。

我跟乡长确认再没有人回乡睡觉时，裹紧大衣上了车，又一同去了村里。

再见到那位副乡长时，天已大亮。他脸色青灰，无精打采，却不忘讲一桩轶事给我们。一个老党员的儿子生了三胎，没钱，也借不上来，看到一拨拨人来缴钱，压力很大。他对村干部说，把我捆起来游街示众，或者打我一顿吧！没人理他。副乡长说，现在不兴捆人，也不兴打人了。他说，你们不捆，我让家里人捆。你们不打，我自己打。我得起模范带头作用……说着，噼里啪啦自己打起耳光来。我说，特殊情况要特殊对待，像他这种情况就要照顾，不过不是现在。我们不能捆人，可以让他在大门口站着，给没缴钱的人做个"榜样"。

我们乡处在四县交界，征收行动波及面广，影响很大。第二天，县领导电话询问，我简明扼要地做了汇报。领导很高兴，除了肯定成绩，还鼓励了一番。最后说，外县领导跟我通了电话，方圆几十里的人，都知道你们一夜没睡。他们的觉都让你们搅了！

征收行动一直持续了三天。当天征收金额超过了应征金额的85%，接下来的两天扫清了尾欠。涉及近三百户，入账五十七万。虽然离省计划生育条例规定有差距，但已相当令人满意，以往五年征收的总和都不能与之相提并论。即使放在当下来看，也令人刮目。在行政手段日渐失去约束力的今天，每一桩征收都需要法院介入，否则难有进展。一个三十多万人口的中等县，每年数百例计划外出生对象，社会抚养费的征收大多需要法院强制执行。有一个外生对象第二次被送进看守所前，对他妻子说，不要紧，待半个月我就回来了。他想一赖到底。

罚款入账后，我们返还给各村30%，同意村干部从中列支欠发多年的工资。

55％留乡。我们为那些工作多年，没有正式手续，每月只有一二百块钱的乡干部调了工资，其中包括抢铁锤和洋镐的。为各村支书和村委主任交纳了养老保险。还不情愿地上交市县两级15％。

始建于六七十年代的办公用房，低矮简陋，屋顶裂缝，门窗腐朽。一到雨季，房屋漏雨接都接不及。蛇从门窗缝隙钻进来，在抽屉、被单中休憩。老鼠留恋床铺，于上面追逐、撒尿、传宗接代……拆掉平房，在五十多米长的原址上改建二层办公楼的意见，由乡干部先后提了出来。

第二年秋天，乡里再次集中征收了一次超生子女费，收入二十七万元。建楼提上了具体日程。市规划设计院的专家为我们设计了图纸。让人颇感突兀和不解的是，省里一位主要领导提出了"合乡并镇"。一夜之间，乡镇合并，区划改变。我和乡长同时调离，走时账上留下五十多万。

再给一年时间，二层办公楼将取代那排平房，眼下只能望"样"兴叹了。

时针偏离正午时刻

我跟李组长在树下下棋。

我感受到宁静，还感受到乡间音乐。它们是知了的叫声，汽车、拖拉机与柏油路面沉重胶结的摩擦声，牲口杂乱轻快的蹄声，墙外羊咩和母鸡下蛋的欢叫声……棋盘褪色了。我抽出一支烟。难得如此清静，更难得忙里偷闲。

李组长是县委农工部的领导，若在平日，他应该舒服地躺在县大院浓荫蔽日的瓦房里午休。二十多天前的一个会议，改变了他原本规律的生活：为期四十天的"四术清理"开始了。县委书记带着浓重鼻音的一句话，让二十个乡镇的党委书记前额直冒凉汗：县医院备一张桌子，一把椅子，我将亲自在大门口恭候乡镇的手术。谁都明白这句话意味着什么。作为县委下派的督导组，会议刚一结束，李组长就带着生活用品马不停蹄赶到了乡里。

昨天后半夜的行动是令人满意的。数十名进入视野的育龄妇女陆续被送到了车上。武装部长和一个副乡长将把她们送到县医院，其余乡干部继续在所包村排查，为下一次行动确定目标。医院人满为患，即使同时开数十台手术，争执仍然难免。武装部长何时能回来是没有准儿的，这取决于手术总量和每台手术的时间。

此刻，外面突然传来一声扯破喉咙的叫喊。

叫喊沿着笔直的甬路传过来，在大礼堂那儿遇到墙壁和门窗的阻挡，被迫往两边扩散。它被扭曲和放大，形成嗡嗡的回音。音乐消失了。这叫喊扰乱了我的思路，让我警觉。警觉是必要的，在这样的环境条件下尤其必要。你不知道突然会发生什么，也不知道是不是冲着你来的。我跟李组长对视了一下，不约而同扭过头去。

叫喊来自大门口。一声……又一声……一声高过一声，夹着不堪入耳的咒骂。我走到甬路上，远远望见一个壮实的身影站在门楼下，堵住了进出的大门。他有些站立不稳，像投射在水面的倒影，给人不真切的感觉。他挥动双臂，臂端亮光闪烁。

撒酒疯呢，我想。

在乡下，你会遇到各色人等，他们随时以自己的方式无所顾忌地进入任何一间办公室，诉说他们遇到的五花八门的问题。闺女与人私奔来乡政府要人。偷拔界石引起地邻纠纷。往人门前放花圈、倒大粪被逮个正着。偷猪被电死，亲朋好友前来讨取公道……最常见的还有醉酒，冬闲时更多见。酒鬼的身影游荡在中午或深更半夜。大门西边有一家小酒馆，对过有两家。他们喝多了，出门撒尿，尿湿裤子就冲乡政府大骂，往里扔石头，砸门敲墙。一般情况下，没人理会他们。他们骂一阵儿就会走开。

我不想理他，重新坐到棋盘前。我把马捏在手里，随后又放下了。不是举棋不定，是走不下去了。他点着名字骂人，骂乡干部，村干部，还有我。我得弄清楚为什么。

我朝大门口走去，离他不远停下来。他狂躁地站在那儿。你得承认，他的位置太重要了，在那儿等于扼住了乡政府的咽喉。是的，不是我的，是乡政府的。我看清了他手中光芒刺眼的东西，是两把刀子。不是水果刀，不是切菜刀，也不是剔骨刀——水果刀太小，切菜刀太宽，剔骨刀太重——是切肉丁用的那种细长的钢刀。刀锋银亮飞薄，透着寒气……好精致！那是门口小酒馆的。他在那里喝罢酒，顺手从厨房拎了出来。你不得不赞叹，因为那是全乡最快的两把刀子，是小酒馆高老板的得意之作。出身铁匠世家的他打制的刀子削铁如泥，永不卷刃。与"木匠家里没好门儿"不同，他把最好的刀子留给了自家的小酒馆。

　　那个人不理会我在看他，旁若无人冲着里面叫骂。我听清了。他骂我胆小，骂我不敢跟他照面。……我要割掉你的头……要你的命！……不杀了你，我就不是我爹的种！……可是，他根本不认识我。他看我的眼神说明了这一点。他没有冲过来的意思。他的目光越过我的身体，往大院深处搜寻。他的每一声叫骂，不过是冲着想象中的我而来。我让自己冷静，再冷静。我身处险境，阴差阳错在虎口栖身。如果他认识我，结局可能就不一样了。他的叫骂让他越发怒不可遏。他的脸像一块燃烧的木炭。他随时可能爆炸。他身后远远围着一群人，面部表情各不相同。

　　我不认识他，没有接触过他，不可能跟他结怨，虽然他与我好像有着不共戴天之仇。我排除了我们之间的个人恩怨，最后只剩下一个可能，唯一的可能：当前的"四术清理"涉及了他或他的家人。

　　在过去的二十多天里，我们一直在凌晨行动。到任五个月来，我与乡干部之间达成一种默契。没有哨声，没有钟声，没有铃声，没有"起床了"的叫早声，有的只是我屋里的灯光。那就是命令。只要它一亮，大院一排排平房就会先后亮起来。大家走出屋子，在大礼堂前集中。他们随身带着手电，几个人腰里还挂着绳子。我点上烟，一声不吭走出乡政府。谁都不开手电，只是默默跟着。除了我，没有人知道去哪个村。一个村庄逼近了。组长围过来，第一次把手电打开。他们接受了任务，迅速消失在大街小巷。他们设法跳进院子，把大门弄开。屋里的人惊动了，大叫起来，手电再次打开，强光照在惊魂未定的脸上。……乡里搞计划生育的，不要动，不要怕！……在一个村里最多允许停留半个小时，长了怕出问题，接着往下一个村转移。一夜最多时进四五个村子，天亮回到乡政府。预先集中在一起的受术对象，将分批送往县医院，接受当班县领导现场检阅。

年复一年，一波又一波计划生育活动，很难有人能幸免结扎的那一刀。

老邢的话证实了我的判断。

老邢是政办室主任，兼民政助理。他上了年纪，不适合再下村了，就留在乡里值班。那个叫骂人是南边一个村庄的。他说出了他的名字。我心里沉了一下。这是一个我不曾见面就已熟知的人。他的名字家喻户晓。他的妻子生了两胎，最近有人举报又怀孕了。包村干部去找她，她避而不见。她的回避证明举报是真实的。乡干部只好耐着性子不厌其烦地上门。这就惹恼了他。

反复上门怎么就惹恼了他呢？这里有一个前提。他的妻子生产二胎之后，他实施了输精管粘堵术。这种技术为山西一家地区医院研究发明，后在周围省份推开。其基本方法是，经皮肤穿刺向输精管注射硬化剂，形成栓子，阻止精子通过，从而达到避孕目的。手术固然简便宜行，但弊病不少。一是容易在局部形成痛性结节，引起并发症，给受术者带来痛苦。二是非经熟练医生操作，可能注射到管腔外，造成避孕失败。另外一个情况更不容忽视。在迎接省市乃至全国检查的特殊背景下，一个县有数以万计的育龄妇女需要绝育，而地方医疗力量明显不足，一些原本欠缺资质的医疗单位匆忙上阵，鱼龙混杂，假手术应运而生。他们收一笔钱，出具一张假证明了事。民间甚至一度出现了贩卖手术证明的违法现象。鉴于这种情况，在一九八五年，省卫生厅和计生委联合行文，禁止施行这种手术。作弊之风禁而不绝。一九八八年，省政府下文重申规定，不仅明令禁止，还指出以前手术一概不予承认。他妻子的外孕，说明了他的手术存有问题，同时说明，他的问题没有得到纠正。

他不这样认为。他说，我早挨骗了，老婆怎么怀孕？他把粘堵和输精管结扎混为了一谈。如果真有孕，肯定不是我的种。你们爱找谁找谁，就是别找我。惹毛了我，先捅了你们！他把乡干部连推带搡轰出门外，再来就不客气了！

乡干部不会因为他的威胁就停止上门。他们司空见惯了。你赔着笑脸，带着感情，苦口婆心劝说，遇上这种人就不管用了。实际上没有人欢迎你。他们不喜欢你的笑脸，不接受你的感情，不认可你的苦口婆心。他们认定你没安好心。他们要孩子，不想别人毁灭他的希望。有人把狗放出来了。有人用剪刀对准自己的喉咙。有人把颤巍巍的老爹推到你面前。有人一丝不挂装疯卖傻。有人握着粪叉守在门口，掩护身后笨重的大嫂翻墙而走……这真不是人干的活！哪一天不置气，不吵架，就不能过去这一天。没有办法，这是工作，还得硬着头皮上门。结果呢，我们找上门去，导致他找上门来。

我想交代一下这个人的家庭背景。

他爷爷死于解放初期。有关他的死因传说不一，但基本情节是一致的。他是一个性格凶暴的人。他跟别人结下怨仇，遭遇了暗算，被抛尸野外。

他父亲死于文革中的武斗。他落在对方手里。他们用两条绳子把他结结实实捆起来。他们很费了一番功夫，才把他装进麻袋。如果他不再与人家为敌，低头求饶的话，有可能获得一条生路，但是，他太像他爹了。他们只好把麻袋口扎死了。麻袋咆哮着：只要我还有一口气，就不会放过你们。我要一个一个杀死你们，杀死你们全家，叫你们断子绝孙！他们惊出一身冷汗，觉得再也不能解开麻袋口了，于是相互使了个眼色，抢起棍棒一阵乱打。一根方椽打爆了他方正的头颅。他在世上留下的最后声音，就是头颅破裂时发出的奇怪的噗哧声。

从此，他们弟兄三人跟母亲相依为命。他们饱受欺辱和磨难，饥一顿饱一顿地活了下来。他祖辈的基因在冥冥之中发挥作用。他的粗蛮凶暴胜过了他们。他从小跟人干架就动刀子。二十多年过去，他长成了一个乡村无赖。这是没有办法的事情。融在血液里的东西本来就无法过滤掉，何况又是那样的家庭背景。他的妻子是从外地买来的。他在外面胡搞，还让小姨子不止一次怀上他的孩子。他的妻子一直躲着，而她的小姨子却被堵在了家中，送到县医院引了产……两件事加起来，终于惹恼了他。

乡干部们还没有回来，他来得不是时候。我暗自庆幸。这样，他就不能伤害无辜。天气越发闷热，围观者们有些失望。他们想要看到更为激烈刺激的场面，但迟迟没有出现。一个人跟空气叫骂，无异于疯人表演。他们显出不耐烦。这让他进退两难。酒精在体内燃烧，肉体开始升温，目的远未达到。草草收场不仅违背他的初衷，还将损害他打拼多年得来的名声。他不能退却，更不能就此收手。钢刀是嗜血的。它还没有找到目标。它每举起一次，都像重复一个恶咒。这个恶咒提示他绝不能轻易离开。

他对面站着四个人，我、李组长、老邢，还有妇联主任。那是乡里仅有的四个人。我反复斟酌，要不要冲过去制止他。我受够了谩骂、污辱。我做不到充耳不闻。这时候没有乡党委书记，只有一个男人，是可忍孰不可忍！可是，李组长一再告诫我，不要动，弄不住他，免得打虎不成反被其伤。我不得不暂时放弃我的企图。他更加嚣张。他显得不可一世，认为有必要让更多的人知道他的不可一世。他把两腿叉开，让身体稳定。他燥热不堪，不时仰头吐出一口长气。他把刀子对准自己，在胸前划开了，结果证明高铁匠的刀子名不虚传。一刀接一刀，他的红尼龙背心一条条披散开来。红布条的颜色加深了。他把刀子扔到地上，撕扯背心。背心展示了它强大的弹性，系带越拉越长，就是扯不断。他的头跟两只胳膊形成一条绷紧的直线。他的双手跟他的头一会儿靠近，一会儿又远离。他咬着牙，面部都扭曲了。我能听到他牙齿咬合时发出的咯吱声，好像他咬的不是背心，而是一根骨头。柔韧的背心让他不得不重新捡起刀子。他把刀子伸进系带，噌噌两下就挑断了。他展开双臂，刀子使他的手臂看上去更长。他大叫一声举过了头顶，好像举起一只巨大的铜鼎，也像挣脱了一条无形的锁链。背心挺落在地。他肌肉暴起的上身让围观的人群发出一阵喝彩。他轻蔑地扫了他们一眼，往破背心上吐了口唾沫，狠狠踩上去。

他低下头，目光落在短裤上。他没有把手伸进去，而是直接把刀伸进去了。他一用力，刀子从短裤里挺出来。他顺势伸进裤管，一边一下……这次利索多了。他的短裤像一块树皮一样剥落下来，露出贴身的三角裤头。裤头色彩斑斓，你分不清它是原来的颜色还是血染的颜色。

这个身高一米八以上的大个子，几乎赤条条站在当路上。他已经不顾一切了。他再次把刀尖对准自己，从肩膀上划下来。他挥动刀子就像拨弄琴弦。他以某种节律应和着自己的叫骂。尖刀划过，血流像条条小蛇蜿蜒而起。他不停地划着，让一条条游动的小蛇汇聚到一块，最终形成一片鲜红的湖泊。

他坐下来。我以为他累了想休息，然而我错了。他把右腿伸开，左腿蜷起，跟地面构成稳定的三角。他用嘴唇含住刀刃，让刃口从唇间走过。刀刃更加光滑。他倒握住刀柄，低头，盯住左股内侧。他用左手掐住一块肉，想掐起来。汗津津的肉像鱼一样从他手里滑脱。他再次狠狠掐住，以发泄他的不满，但还是滑脱了。他终于捏紧它，掐了起来。他把右手凑上去，一刀刺下，刀尖陷入肉里。他拨出刀子，换一个角度，平行削过去。血淋淋的肉跟大腿部分地分开了。他生气了，又补了一刀。成功了。获得自由的那块肉被他捏在了手里。

他脸上没有丝毫痛苦，反而露出满足的表情。他把那片肉举起来，背着阳光观察，仿佛它是花钱买来的一块猪肉。他要看清上面是否有没有褪尽的猪毛。他回望了一眼众人，他们有的惊叫，有的捂上了眼睛，有的跑开了。

我的心情十分复杂，紧张、担心、难受、惊诧、愤怒、厌恶、克制、仇恨……无法尽述。凶暴的场面我不是没有经历过。我见过砖窑工人干仗，用砖坯往头上砸，见过亲兄弟动用粪钩打架，但与眼前的情景相比就不值得一提了。这个场面挑战你的感官极限，太瘆人了。《三国演义》里有一个情节，是说一个人把射到眼里的箭头拔出来，结果连眼珠子都带出来了。这个人的名字我记不得了，但我记得他的话。他说"父精母血不可弃也"，说罢一口把眼珠吞了下去。另一个故事，是说一个孝子，把大腿上的肉割下来，给他母亲或父亲吃。这两个故事都够残酷，但我能接受。之所以能接受，是因为它们毕竟表现了人性。眼前的情形就不一样了。不是人性，也不是兽性，是什么我说不清。他以非人性也非兽性的自残向人示威。他在传达这样的信息：我连自己的生命都不在乎，何况你们！同时还表明，他不容冒犯，不能接近，更不可战胜！

鲜血滴滴答答洇开一片。他一任它流着，看都不看一眼。我担心他割到股动脉，那样非完蛋不可。我希望他在众目睽睽之下倒地，又觉不妥。他一旦倒下了，就成了一个与我们有关的事件。我们逃脱不了责任。最好是多割几处，多割一会儿，割得深一些，再深一些，但不要死去。

他不割了，又开始咒骂，包括咒骂围观的人。刀上的血迹慢慢变干。黑紫代替了银白。

时间不紧不慢流逝着。门外传来汽车声。人群向两边闪开。绿色面包车出现了，它是地区农干校借给我们的，也是乡里唯一的一部车。它帮了我们大忙。已经走开的人重新围了过来。

车没停稳，老邢跟妇联主任迫不及待跑了过去。他们一边一个拉开了车门。他们紧张得几乎说不出话来，快点吧，他要杀我们书记了。武装部长和一位副乡长从车上跳了下来。

他们神色凝重走进我办公室。我们简单交流了情况，商量该怎么办。放他走意味着甘受污辱，意味着这里再没有一个血性男人。制服他要冒很大风险，甚至是生死考验。我们没有犹豫，否则，乡干部将无法出门，更别说工作了。这不是一个人的事，不是一些人的事，但又是一个人的事，一些人的事，更重要的，还是一个乡政府的事。它要求我们亮明态度，做出回应。

我们权衡了力量，预计了可能的后果，认为完全能够将其制服。后发制人让我们在道义和舆论上占了上风。武装部长从腰里解下尼龙绳子，对折几次拧起来。它已经很长时间没有派上用场了。副乡长从门后取下另一条绳子拎在手上。这条处女般的新绳，马上要献身给那个男人了。

那人好像意识到了什么，也许什么也没有意识到，只是觉得该收场了。他站起来，转身离开乡政府。武装部长大喝一声跑过去，挡住了他的去路。他们认识。他甚至冲他友好地一笑，镇定自若地走回来。

老邢关上了大门。

他俨然以一个主人和英雄的身份归来了。他走过刚才站着的地方，往地上看了一眼，鲜血已经变干发乌。他嘴里不断嘟嘟囔囔。他的步伐稳健多了。他从容得好像走进自家院子，似乎忘记了刚才发生的一切。

走过公安特派员办公的那排房子了。武装部长突然抬起胳膊，将绳子朝他头上甩去。我听到一声不由自主的号叫。他像触电似的举起双手，一下子抱住了脑袋。刀子哐啷啷掉在地上。我从后面飞起一脚踢在他的小腿上。我的第二脚踢出去时，差点闪了腰，因为他已经跌在地上了。副乡长冲上去，一脚蹬在他的肩上。他扑倒了。他踩住他的脖子。他的牙齿啃进土里，脸都挤扁了。他的双手向后抓挠，手臂却动弹不得。他的下肢像蛇一样扭动，但已无能为力。他瞪着眼睛还想骂娘，却吐不出一句话来。他割肉时的快感恐怕不复存在了。

武装部长从背后冲上来，有力的膝盖死死抵住他的后腰。我踩住他的脚踝。他像纸板一样僵硬地贴在地上。武装部长接过副乡长递来的绳子，紧紧捆住他的左臂，又紧紧捆住他的右臂。他的两只胳膊亲密地连在一起了。

公安特派员在门口闪了一下，随后又进屋了。这个人大闹乡政府的时候，老邢让他出面制服。那个胆怯的小个子特派员，以自己不是对手为由回绝了。我事后明白，那不过是他的借口而已。实际上，他们在屋里聊了半天，之后又一起到小酒馆喝酒。他们喝掉了一捆多啤酒。小个子回屋不久，大个子就提着刀子出现了。

在西墙根一棵梧桐树下，我们把他反吊起来。他的双脚似挨非挨着地面，他的表情似笑非笑。不过五分钟，他头上便冒汗了。肮脏的汗水聚集到下巴和鼻尖上，像雨水顺着屋檐一样流下来。

他不再说话，不再叫骂，也不再摇晃，而是轻轻打起摆子来。武装部长和副乡长坐回车上，他们连水都没顾上喝一口，又赶着下村了，十几个育龄妇女等着送往县医院。我从棋盘那儿拿过香烟，搬了一把椅子坐到他的对面。好好认识一下吧，真想要我的人头，今后不必如此折腾，直接来取就行了。

人们散去了。当他一个人安静下来的时候，整个大院随之安静下来。我松了一口气，惋惜一局好棋给他搅了。

一个下午时间，村干部和他的家人没有谁过来求情，别人也没有。这太反常了。我知道我们做对了。

我给县委分管政法的副书记去了电话。县公安局一名副局长带着三名干警过来了。他们把他从树上解下来，带到大礼堂前，背铐在长椅上。一名干警用报纸包着刀子展示给他。他点点头。他们小心翼翼包起来，放进牛皮纸袋里。

他们打开了他的手铐，让他在询问笔录上签字。他站起来离开了长椅。我没有看清两名干警如何出脚，只看到他突然扑倒了。我也没有看清两名干警从哪里抽出了绳子，只看到他们以比武装部长快十倍的速度把他捆住了。我们三个人费了那么大劲儿，都没有把他捆牢，两名干警好像没用什么力气，就把他捆好了。他们每拉一下绳子，他都会发出"娘啊娘啊"的大叫。

他被押到车上。汽车开出了大门。很长时间，我一个人坐在屋外。我有一种失重的感觉。他付出了代价，我也有些累了。

当晚，他被送进看守所，据说关进了重刑犯的监号。这是一个意味深长的安排。那些戴着脚镣的人整整折腾了他一夜。太阳在屋外升起的时候，一个人造小太阳也在他的光头上升起。阳光驱走了屋里的阴影，也照亮了他身上的伤痕。他一次又一次尿湿了裤子。他的裤子来不及暖干，就发起了高烧。他被送到县医院救治。应该承认这小子体格不错，他在那里住了七天，就完全复原了。他从看守所放了出来。

那个不太闷热的下午，武装部长踱出乡政府的大门，远隔三四十米，他看到了那辆长途汽车。那人从车上跳下来，本能地往大门口看了一眼。他看见了他。他远远举起手来跟武装部长打招呼，异常激动地跑了过来。他一边跑，一边把手伸进裤兜，跑着、跑着，从里面掏出一盒烟来。他跑到武装部长跟前，恭恭敬敬把烟递上去，叔叔、叔叔，你抽我一根烟，一定抽你侄子一根烟……你千万别跟你侄子一般见识……我不是人。麻烦你跟书记说一声，我对不起他，也对不起你们。

武装部长接过他递来的烟，平静地端详着这个大个子，像看着一个新生婴儿。你小子有认识，说明想改好了……回家好好过日子吧，再不要充硬毛兔子了！武装部长跟他娘熟识，下村遇上，总要递一支烟过去。他们平素以嫂弟相称。他说,快回去看你娘吧,见了老嫂子别忘给我带声好。他不停地点头,我一定记着。我娘到医院看我时说了,一辈子管不住你,这回叫人家管好了,我死也能闭眼了!

我梦见我有一千间新房

一九九七年春天的一个早上，冯春安和他妻子姚美丽，身穿白裤子白鞋，登上了县政府办公大楼高陡的台阶。他们顺利避开三层值班人员的注意，幽魂般出现在县领导办公的地方。

时任计生委主任的我，刚好从主管县长那里出来，透过楼道幽暗的光线，一眼瞥见他们熟悉的身影。走近了，我断定他们家里老了人了。

没等我开口发问，两人已经跪了下来。孝子头，遍地流。我拉他们起来，问谁老了。冯春安说我娘老了。你娘老了，不在家守灵，跑到这儿来干啥？来找县长，弟兄们分摊埋葬费，我拿不出，就来找县长了。

在外人听来，这话毫无道理，但我清楚个中原因。此刻不是说理的时候，让他们尽快离开才对。我说，你别找了，跟我走吧。两人趿拉着鞋随我来到了计生委。冯春安打了一张收条，以计划生育困难家庭的名义，从财务科领走了五百元补助。有钱了，不能再去找县长，再去就对不住人了。他说，你放心吧。揣上钱高高兴兴地走了。

我随即通报了主管县长。主管县长苦笑一声，落到这种份儿上，叫人说什么好呢！

冯春安是东部乡下的一个农民，夫妻俩先后做了绝育。我第一次看到他们，是在送别我的前任时。他们在乡政府大院吵吵嚷嚷，挡着老书记的车不让走。乡干部们费尽唇舌无济于事，强行把他俩拉开。我清楚在未来的日子里，自己将面对他们和他们的问题。随后，断断续续地，我知道了发生在他们身上的一些事情。

一九八八年五月的一个上午，村支书领着乡党委李副书记走进冯春安的院门。冯家添了一个千金，他成了二男二女四个孩子的父亲。这样的生产效率和孩次结构让他们夫妻俩乐不可支。

李副书记的到来让他们不高兴了，他是来动员姚美丽做结扎的。冯春安明知不能幸免，仍然觉得肚里不是滋味。村里还有五个女孩没结扎的户儿，怎么能轮到他呢？转念一想，自己超生两胎，让做并不冤枉。他转嗔为喜，试探着问，姚美丽有皮肤病，能不能别做。李副书记说，那就你做。冯春安说我也能做。李副书记说，你做就更好了。一针下去，像蚂蚁钳了似的。你骑着车去，做完了还骑着回来，休息一天半晌就行了，啥事也不耽搁。

李副书记接着说，给你三天时间，回来把证明交给支书。冯春安想，反正是后娘打孩子——饶不了。第二天早饭后，他换上一身干净衣服出了门。姚美丽不无忧虑，要是把人做废了，往后可怎么办？

冯春安骑行半小时，来到邻乡的卫生院。一进院子，他马上想起一句话：河里没鱼市上看。院里男男女女，人来人往，一片喧嚷。捂得严严实实的女人，在家人和亲戚的搀扶下，哈腰收腹不断从手术室走出来。偶有做了粘堵的男人若无其事地现身，冯春安发现他们步态并无异常。他的心略微放松了。他特别留意了一下，卫生院三十来间平房，标着手术室的就有十多间。

乡干部替他办好手续，领他进了最后一排平房靠里的一间屋子。他注意到墙上贴着一张白纸，上面写着：经过数以千计的小白鼠实验，未发现不良反应，输精管粘堵术完全适合人体开展。李副书记跟他谈话时，他是将信将疑的，看过这段文字，心里方真正踏实下来，虽然他不清楚人跟小白鼠试验之间究竟是怎样的一种关系。

冯春安躺在里间的手术床上，听到一台小拖拉机开出了院子，听到一个婴儿终于含上母亲乳头发出倒气的哽咽，听到外间的木门在风中"砰啪"开合……一个身材敦实的医生举着针管走进来。他弯下腰，白帽在他腿间忽隐忽现。真像李副书记说的，蚂蚁钳了一下。那里发热了，撑胀了，接着不只发热，不只撑胀，还有一种说不出的感觉。医生自言自语，这么难推……但没有停下。时间过得很慢。白帽终于完全露了出来。医生看看针管，又扭头看看他。他不清楚医生认为他那里容积不够，还是怀疑自己操作有问题，总之，液体剩下了三分之一，那里却是火辣辣的。

冯春安带了三天的新诺明，走出手术室，重新置身在熙熙攘攘的人群里。他推上自行车，走出医院大门，觉得没人注意了，才踏着一块倒地的墙体，试着骑了上去，还好，没怎么用劲，车子动了起来。

冯春安下面开始有了一种异样的感觉。第二天，他那里肿了起来，鸡蛋，鸭蛋，他害怕会变成一只菠萝。小便疼痛。姚美丽的心悬了起来。她心急火燎地去找支书。支书去找李副书记。李副书记跟医生通了电话。医生说，不要紧，躺两天就好了。冯春安在床上躺了五天，局部危机才告解除。菠萝没有留下，疼痛却留了下来。

翌年秋罢，李副书记又登门了。冯春安以为是来回访他的，但很快清楚是自作多情。李副书记寒暄两句，直奔主题，姚美丽得做结扎。他的脑袋嗡的一声胀大了。去年一针白挨了？李副书记说，原说是不用做了，可是情况变了，省政府下了文件，粘堵都不承认了。为啥不承认了？李副书记说，假手术太多。我做的可是真的。李副书记说，不论真假，上面一概否了。

手术之前，有人找过冯春安，让他出一百块钱，给他弄一张假证明，交到乡里就能应付过去。他拒绝了。四个孩子已经够累人了，老婆再怀上岂不麻烦。再说他当过兵，受过部队教育，有钱也不能那样干。现在，他后悔死了，搭上自己不说，姚美丽终究没能躲过那一刀。

冯春安旧话重提，姚美丽有皮肤病。她三岁那年出过麻疹，一身脓泡，七八天高烧不退，眼看就没命了。亲戚给了一个偏方，让用寄生在枣树上的白虱子熬水喝。当是命不该绝，气息恹恹的她竟然慢慢回转过来，但从此落下病根，每年春草发芽时节，浑身瘙痒，一挠就流黄水儿，长时间不长口儿。

第二天近午，村支书传回话来。李副书记请示了乡党委书记，他的要求被否定了：以前可以商量，今年没有半点余地，省里年终要大检查，村村有被查的可能。凡是两个孩子、四十岁以下的妇女"一鞭子赶了"，都得结扎。为此，县里成立了"突击四术"活动领导小组，县委书记任政委，县长任指挥长，抽调医疗专家和技术骨干，组建了多个手术小分队，分别由卫生局正副局长带队，巡回各乡镇施术。小分队在一个地方少则几天，多则半月，不分昼夜，连续作战……手术台好比流水线，手术犹如切薯片。从麻醉开始到缝合结束，快手六分钟一例。全县一天上千例结扎，领导还嫌进度不快。等不及的乡镇，通过各种关系，从市里和企业医院高薪聘请外援。一时间，乡镇政府、学校、敬老院等都做了临时手术点。墙根新垒一溜大灶，厨师忙得脚不点地，腰带头耷拉着，在裆前晃来晃去，顾不上掖一掖。空气里弥漫着腥气、烧柴和夹生饭的混合味道。

冯春安断了念想，午饭后草草把孩子安顿了，送姚美丽登上村口的工具车。在乡卫生院，他又看到了人头攒动的景象。姚美丽除了紧张兴奋，还得耐心等待。轮到她时，天完全黑了下来。她说出了她的担心。医生翻看她的眼皮，又让她拉起裤腿和衣袖，在她的胳膊和小腿上摁摁，淡淡地说，不会有事……从手术台上下来时，已经是深夜十二点了。

拆线半个月，姚美丽的刀口紫盈盈地发亮，里面隐隐作痛。夜里，她不由自主抓挠了两下，顿时觉得手上黏糊糊的。她让冯春安拉开灯，撩起被子一看，刀口裂开了，溢出一股红黄腥臭的脓水。冯春安抓起一块尿布给她擦拭。她的身体在被窝里瑟缩发抖。摸摸额头，已经烫手了。

天一亮，冯春安急匆匆敲开村支书院门。支书领他们去了卫生院。手术小分队撤走了，卫生院恢复了原先的冷清。院长检查了她的刀口，没敢轻举妄动，建议他们去县医院。年轻的外科大夫把一枚探针伸进姚美丽坼裂的刀口，探针轻易没进去三分之一。大夫犹豫。他把探针提上来，在水龙头下冲过，用肥皂洗了手，摘下口罩说，情况还不是太糟，是往外排脓，往里排就麻烦了。他建议她住院治疗。

临近春节，姚美丽的刀口勉强愈合了。屈指算来，她已经在县医院住了一个半月，得回家了。在门口，姚美丽握着孩子们长满冻疮的小手，禁不住流下泪来。这段时间，既要照顾她，又要照看孩子的冯春安明显消瘦了。在姚美丽住院的日子里，疼痛暂时远离了他。等她略有好转，疼痛不请自回。仿佛交相感应似的，两人的症状此长彼消，波澜起伏。他下面坠胀，她的腹腔也随着坠胀。他小便频数，她不仅频数，还外带失禁，稍有迟慢，就淋漓在了裤子里。冯春安不无嫌恶地看到，姚美丽昔日洁净干爽的地方，日渐退化成一块湿漉漉的沼泽。那块湿地几乎葬送了他的美好想往。

春天回来了。病痛如影随形缠上了他们。姚美丽腹痛未除，身上的脓泡如期而至。冯春安不能下地，只好花钱雇人。他为两人的治疗奔走求告，经常往返于从家中到乡政府再到卫生院的路上。有道是急病慢医，赶上领导心情舒畅，他们可能即刻获得一段时日的免费治疗，有时还能拿到一笔救济；赶上领导心绪不好，三番五次没有结果，只好无功而返。冯春安服役前，跟他三哥学木工，退伍后搞了个家庭作坊，招收四名徒工，生意红火，长驱直入打进东部一个县城，眼下却一蹶不振。四个徒工三天打鱼两天晒网，最终一去不回。城里代销点卖出最后一套冯氏制作，关门大吉。他开始动用过去的积蓄，虽再三节流，但无以开源，窘困之状日甚一日，三四年下来，露出坐吃山空的败象。

一分钱憋倒英雄汉。冯春安不得不抹下脸来向上伸手。这就决定了他得把大把大把时间，抛掷在相关部门以及前往这些部门的路上。耕作，播种，灌溉，收割，打晒，照明，磨面，孩子们的学杂费……一应开销，都需要上面救助；不缴征购，不拿修路摊派，不交建校集资，甚至不拿民间建庙布施……成了乡村干部头痛的赖皮户，人神共嫌的讨厌鬼。

冯春安向乡里索赔了，开口要四十万。这个要价无异于天文数字，就是卖掉整座乡政府也不够。轻易与之一刀两断的道路堵死了，希望随之幻灭。他们犯愁了，缄默了，索性放弃解决问题的努力，考虑改变策略，无限期拖延下去。拖一天算一天，拖一年算一年，拖到自己离开那一天，就撇清了。冯春安软磨，不予理睬；硬来，强制清理出去。争执时有发生，不大不小的肢体冲突在所难免。冯春安在乡里得不到期望得到的好处，越级到了县里。姚美丽守在常委办公的地方，见领导就下跪磕头，要么仰面躺到书记车前，一把鼻涕一把眼泪地哭闹。县里通知乡里往回领人的次数越来越多。往往是领人的没有回到乡里，县里电话又来了，冯春安夫妇搭顺风车回来了，堵住了县长的门。后来，他们连县大院也不进了，背着铺盖直奔市里。市委、市政府、市信访局到处留下他们的身影。他们结识了许多素不相识的上访者，惺惺相惜，一见如故，互授绝技秘诀，相互打气鼓励。冯春安坚信小访小解决，大访大解决，不访不解决。他的心气更旺，要求更高，更加没有顾忌。他用排子车拉着姚美丽上访，突然当众打开要求赔偿的白布。姚美丽不分场合，不顾别人是否难为情，随时随地解开上衣，让领导审查她越来越大的乳房（称手术影响了内分泌）。听说省市要检查，马上杀回乡里，声言要把全村的超生名单举报给考核组……

　　一九九四年初夏，我接替乡党委书记不到半年，主管县长召集有关人员，商议解决冯春安夫妇上访问题。大家认为，应从治疗和改善两人身体症状入手，逐步解决他们生活困难。姚美丽情况特殊，以保守治疗为宜。至于冯春安，考虑行输精管复通术。

　　县医院一位外科专家谈了手术方案。在他看来，手术极其简单，甚至不能算一台真正的手术。我认为弹丸之地做活好比绣花，应慎之又慎，千万不能造成二次伤害，留下遗憾。外科专家大不以为然，那个地方跟动物的没有什么区别。至于费用，连二百块钱都用不了。在一片质疑声中，他说最多五百块钱撑破天了。

手术需要一根马尾毛。外科专家特别交代要新薅的。任务交给了冯春安。一根普通的马尾毛就此变得神圣。它将参与人事，担当贯通输精管的重任。这不仅关系到冯春安后半生的幸福，也关系到各级领导能否远离烦扰，高枕无忧。

在凉爽的手术室里，外科专家轻松取走了冯春安下面的异物，他就要恢复如初了。七天头上，从病房传出的消息，让大家深感失望。冯春安那里疼痛依旧。他用专业知识来论证他的感受，由于异物多年刺激，他的输精管已经形成了"瘢痕"，"组织硬化了……"他俨然成了男性学的权威。外科专家始料不及，大家更是哭笑不得。预期结果遭到不明情况挑战，把握之中的光明前景胎死腹中。

如此，请他赶快出院。

冯春安不走，住到第二十一天，依然没有出院的打算。我们每天要支付治疗费、床位费、陪床费，还有他们夫妻的生活补助。等到第八十七天，我们再也不能容忍了，派专人前往交涉。冯春安否认疼痛已经消失。院方一筹莫展。我们下达最后通牒，切断了一切费用供给。

县医院顺势采取行动。他们趁冯春安、姚美丽外出散步时，把东西清理了出去。一张封条封死了房门。

努力白费了。冯春安夫妇上访如故。拉锯状态重新开始。

时光易逝，转眼到了二○○○年。我从乡党委书记任上，调往县计划生育委员会（后改为计划生育局）已经四年了。这个岗位，注定了将继续跟冯春安夫妇打交道，不过从被告角色，转换到相对超脱的位置上。冯春安渐渐对我没有了敌意。他需要我的帮助。

这年秋天，冯春安夫妇绝育术后的问题再次提上议事议程。主管县长主持，召集民政局长、乡长、我一同会商。此前，冯春安夫妇提供了早期的市级鉴定。按说，两份鉴定已经失去了参考价值，他们应该每年鉴定一次才对。乡里提出要求，冯春安夫妇应重新进行鉴定。冯春安异常激动。他说我们不怕，我们俩的并发症是铁板钉钉儿。谁说我们不是，我们就找谁。我不能过，他也别想过。我们一家子搬到他家里吃住。乡里没有办法，县里只能妥协，最后默认了两份鉴定。冯春安为"附睾郁积症"，姚美丽为"肠粘连、附件炎"，均为并发症叁等。按国家计生委《节育手术并发症管理办法（试行）》相应规定，应予一般性治疗，考虑他们的特殊境况，商定给予最大限度的照顾。

意见以乡政府与冯春安签订协议的方式确定下来。

……

4. 参照二等一级伤残军人照顾标准，给予冯春安夫妇每人每年生活补助830元。两人需逐年参加市级后遗症鉴定，痊愈后停发。

5. 参照民政部门孤儿抚养办法，给予其四个子女每人每月生活补助15元，满十八周岁为止。

6. 每年解决耕种收割费1200元，一方痊愈减半，双方痊愈停发。每有一名子女满十八周岁减四分之一。

7. 除此之外，乡政府一次性为其解决生活费、误工费7000元。

8. 付款方式：耕种收割费每年五月领取一次计500元，九月领取一次计700元。两人及子女生活补助每季度领取一次。

……

在协议最后，冯春安夫妇牵肠挂肚的住房问题，出人意料得到了解决，由乡政府帮助他们盖一栋房子。

说到冯春安的住房，似乎突如其来，其实由来已久。这个问题一直是他们上访的主要诉求。

冯春安弟兄四家，加上老母亲，同住在一所院子里，后来，兄弟们先后盖了新房，带着老人搬了出去，唯独他一家留了下来。建于五十年前的老宅，大梁下弯，檩椽朽败，一到雨季就成了漏勺。冯春安开始用盆盆罐罐接着，接不过来，索性不接了，任它漏到地上，地面随处可见滴水形成的坑眼儿。为防屋顶落地，他打起六七根立柱，而且，数量还在与日俱增中。住房成了前线的防御工事。长大了的孩子们不得不挤在一个屋里，令冯春安十分尴尬和自责。他在漫长的上访岁月里百折不挠，练得伶牙俐齿，一回到家马上自矮三分……再强悍的男人，躺在摇摇欲坠的住房里也得软绵下来。

动议一经提出，立即引起争辩。一个严重违背计划生育政策的人，从超生第一胎开始，没有缴纳过一分钱罚款。不是革命功臣、烈属、伤残军人，也不是社会建设有功人员，不追缴罚款，反而为其建房，岂止有鼓励超生之嫌，而是完全做过头了！在乡干部眼里，冯春安夫妻的并发症，根本就是装出来的。他们什么活都能干，只是进了县乡政府大院，才叉开腿一撇一撇走路，蹙起眉头捂着肚子喊痛。

主管县长力排众议，反复阐述既要设身处地考虑冯春安的境遇，也要以大局为重，为领导着想，跳出思维定式，打破成规对待此事。他说，冯春安的住房已是危房，随时有倒塌的可能。真要伤了人，恐怕在座的都免不了责任；再说，他们夫妇的并发症，不完全是技术和身体的原因，难道决策没有失误？如果当时能够正视姚美丽的正当要求，有人肯说一句话，也不会发生一个家庭出现两个并发症的情况。这个责任县乡两级要承担，尤其是乡一级不能推卸；第三点就是，冯春安夫妇固然有夸大身体症状的主观企图，通过上访向领导施压，但不可否认，其症状是客观存在的，对家庭生活的影响不容置疑。我不相信，他们身体没有异常的话，还会住在五十年前的危房里，所以，不要说不应该。给他们盖房可能引起议论，但不盖才是真不应该……听了主管县长分析，大家一时半晌转不过弯儿来，但还是默默接受了下来。

建房预算为三万元。主管县长拍板分摊给计生局和民政局，前者两万，后者三万，分别以购买专业器械补助和救灾名义预拨下去，由乡里负责兑现。

一切颠倒了过来。二〇〇〇年十月，主管县长在村委会递交的建房用地报告上做出批示，责成土地局局长协调办理。报告转到乡里，有关领导当即签字照办。村里让冯春安填了申请表，正式为其规划了宅基地。他的住房梦马上可以实现了。

八年一晃而过，冯春安夫妇应该搬进宽敞明亮的新居，过上幸福快乐的生活了，然而，情况并非如此。他们一家仍然住在老宅子里，房子始终没有盖起来。我感到纳闷，计生局和民政局的钱都如期拨下去了，怎么没盖起来呢？冯春安说乡里担心他挪用，坚持开工后按进度付给，由于种种原因，他一直未能付诸行动。新情况出现了。他们夫妻打针吃药、孩子上学、生活补贴等一应开销，远远突破了协议原定的数额。乡里不得已动用了那笔专款，以弥补其源源不断的花费。由于寅吃卯粮，建房专款已所剩无几。冯春安彻底傻了眼。

应该看到，第二次协调会后，冯春安的生活有了保障，建房有了指望，确实安安稳稳过了些时日。县乡期待他们从此能安居乐业，不再上访。戏剧性的变化让人欲说还休。冯春安原说那笔款趴在账上，早晚是他的，没想到不知不觉蚀去大半。

冯春安接受粘堵至今，二十年弹指一挥。岁月不居，物是人非，种种不预难能尽述。县领导五年一换届，乡领导调整更频繁

（其间，乡党委书记换了七任）。他的住房梦越来越远了。孩子们有的上了专科，有的进了大学。他依然缺钱，缴不起学费；原任村干部，中断了他的耕地补偿；电工不让浇地，还铰断了他家的照明线（没交电费）；乡里扣了建房款，让他有苦难言，至今住在险象丛生的老宅里；物价涨了，工资提高了，国家对伤残军人的补助翻番，他们的并发症补助标准应该相应提高，原订协议要推倒重来……

诸如此类的问题和理由，让冯春安马不停蹄奔波在上访路上。

冯春安还是不断到计生局来找我，每次都老调重弹，但行事态度有很大改变。独特的经历改变了他的脾气，消磨了他的棱角，让他变得世故而行事徐缓。他一改死磨活缠，动辄剑拔弩张的狂躁，察言观色，审时度势，相机进退。看我忙着，礼貌地打声招呼离开。我说记着你的事呢，遇到机会，一定跟乡领导好好念叨念叨。从离开乡下以后，我对他们的态度改变了，由原来的对立、厌恶变得惋惜和同情，尽我所能，努力为他争取一些好处，提供一些帮助。赶上忙时，我会三言两语打发走他。他总是千恩万谢，不住点头。

近日，我让一位同事专程去了他家一趟。冯春安没在家。同事拍了些照片回来。他的庭院一仍其旧，老屋更加凋败。睹之苍凉，难能释怀。

有一张照片引起我的注意。冯家小院堆满黄澄澄的玉米穗儿，中间留着一条仅能容脚的小路。这至少说明一点，他们的身体不像原来那样糟，有了转机。他们能够应付日常劳作，干一些体力活了。

另一张照片让我难忘。多年不见的姚美丽侧身站在玉米小路上。她比以前胖了，也老了。她羞涩地看着镜头，脸上没有了当年上访时与人争吵的激奋、冲动和戾气，露出罕有的温顺与安详。

同事前脚刚回，冯春安后脚就赶来了。我问他那天为啥没在家。他说去法庭了。除了状告乡政府，又告谁呢。他说去问大女儿离婚的事了。

他的大女儿中专毕业，在城里当了两年保姆，随后嫁到邻村。过门之后，她才意识到婆婆压根看不起她。她整天板着脸，从不正眼看她，也从不跟她说话。她做饭、洗碗、下地，包揽全家人的脏衣服，甚至婆婆的内裤，却时常招来莫名其妙的呵斥。她一向吃素。逢年过节，婆婆只准备猪肉馅的饺子。不管她吃不吃，到时就收拾起碗筷。她吃不好，睡不稳，神思恍惚，渐渐消瘦。原本和睦的两人世界出现了危机。

说起离婚原因，冯春安归结为家穷。人家闺女出门，做父母的陪送很多，彩电、冰箱、洗衣机、摩托车，有钱的还有汽车，可是，我们什么也陪送不起……能不被人嫌弃！我们亏欠了孩子。当女儿穿着婚纱走出家门时，冯春安就有一种不祥之感：他们过不下去。破旧的房舍，满院的穷气，挺不起胸膛的父母……掩杀了她的青春光辉和幸福容颜。女儿回望家院的刹那，眼中掠过一丝忧郁。

二女儿的景况让他黯然神伤。她考上一所职业学院，家里却拿不出并不高昂的学费。看到他愁容满面，唉声叹气，她主动放弃了。她内心熬煎，辗转不眠，一夜间成了鬼剃头，大把秀发散乱在枕畔。

从躺上手术台开始，我的生活改变了，冯春安说。如果不是那次手术，我会过得很好。退一步讲，过不到上游，肯定不会是下游。我没有比别人不好的理由。当初逢年过节，乡亲们过不去的，都来跟我借钱。三十年河东，三十年河西。他们都盖了新房，有的盖了楼房。老街搬空了，只有我们一家还窝憋在那里。

我有意岔开话题，姚美丽气色挺好的。冯春安说，那是你夸她。能好到哪里！……月经不调，肠粘连，附件炎，老尿裤子，怀（乳房）越来越大，最近又添了高血压。

别光说不高兴的，说点开心的吧。我问你，两人在一块还有那个耍心没有？他嗨嗨苦笑着，不瞒你说，绝对没有是骗人，半年六个月有两回就不错了。那种事是高兴时做的，我哪有高兴的时候。

话题最终扯到房子上。他从怀里掏出一方折叠着的白纸，小心打开。那是他的宅基地规划图：南至责任田，西至邻居，北至过道，东至大路……它已经存在十年了。

儿子眼看都到了婚娶年龄，房子还在纸上趴着，每念及此，冯春安一夜一夜睡不着，几次想一死了之。

我说，艰难就要过去了。孩子们能帮上手了。好日子不远了。

他的眼里有了光亮。真要是这样走了，我不甘心。我要盖房子，盖不起来，死不瞑目。

他做过一个梦，梦里，平房变成了楼房。

那一天，他在院里坐着，恍惚听到有人喊他，你的房子盖起来了，快去验工吧。糊里糊涂的，他竟然骑着一头黑猪轻盈地飞起来。黑猪驮着他飞过村庄，飞过水渠和果园，来到自家责任田上方。青纱帐里，像垒麻将一样，堆起连片屋舍。一栋栋小楼漂亮极了。他估计有三百来间。那个声音说，不止，一千多间呢，全是你的。他骑着黑猪飞来飞去，眼睛看不过来了。姚美丽和四个孩子，还有两个不认识的美貌女孩，站在一栋最漂亮的小楼前，一起向他招手。他认定了那是他未来的两个儿媳，心里别提多高兴了。姚美丽喊他快下来。他心想穿得皱巴巴的，怎好意思见人家姑娘。黑猪惦记着吃食，性急地往回赶。他的身子从猪背上欠起，瞬间滑脱了。情急之中，他一把揪住猪尾巴……坠落，坠落……他跟猪一块坠落在地上，右额碰到墙上。睁眼一看，姚美丽拿着一根竹竿，正驱赶卧在他脚下的黑猪。她用异样的目光瞥了一眼冯春安，往屋里去吧，别在外面打瞌睡了！

说完这个梦，他的眼角分明滚出泪花。

以右臀的代价

只有一条路通往对岸

我信手翻阅近日的报刊，桌上的电话骤然响起来。一种本能的紧张。那边传来酒后发齉的鼻音，亢奋而且神秘。当他压着声调告诉我他是谁时，我略微轻松了一些，但随后送来的消息，又让我倍感紧张。我的声音不自觉地抬高了。造反，要造反了……心脏跳动加快，猛撞胸壁。扣掉电话，我心烦意乱地从椅子上站起来。窗外各种虫鸣消失了，屋里静得可怕。我粗重急迫的呼吸回响在整个房间。

是的，太突然了，此前没有一点兆头。我能想到的无非是出现拖延，抵制，争吵，推搡，可能需要派出所的同志助阵，或者倾全乡之力出击。就是让我头朝下脚朝上想三天三夜，也绝对想不到会这样。没有理智，丧失原则，毫无规矩，不讲人情……无论怎么评说、定性，我觉得都不为过。他们不是普通群众，是村党支部书记，国家政策在基层贯彻执行的组织和推动者，群众领袖，乡党委直接而主要的依靠对象。不是一个，是八个，占全部村支书的五分之四，压倒多数的比例！目标明确，不折不扣，完全冲着乡下达的超生费征收任务而来。他们聚在一起，在吴营村支书家里喝酒。后天是村里的庙会。他们从上午一直喝到下午，七个小时过去了。说不清他们喝了多少酒，地上是横七竖八的空酒瓶，最后，他们连碰了三大杯。群情奋发，慷慨激昂。有人胡言乱语，垂下半尺长的涎水。有人发了毒誓，谁要是中途变卦，下了软蛋，背叛弟兄们，组织征收超生子女费，上缴给了乡里，他老婆就是破公共汽车，就是大街上的茅坑，就是屁股下面的草墩子，就是那个骑车没有车座……而直接……的人……

消息还是传了出来，这个时候离他们散席过去了五个小时。我一动不动地站在地上，想象着村路，吴营村支书家偌大的院子，堂屋，方桌，他们在一起的场面，杯盘狼藉，乌烟瘴气，醉眼迷蒙……赶庙会不过是借口，秘密串通一气才是真正的企图。我在三个乡镇工作过，如此有预谋的非组织活动，还是头一次遇到！

县委书记率队的学习考察团，现在应该抵达了霸州的胜芳镇。黎明时分，这支由乡镇党政正职组成的队伍，分乘两部有空调的面包车，离开县政府机关大院，驶上了为期七天的考察之途。机会固然难得，让人珍惜，但我还是放弃了。我们安排了超生子女费的征收。县委书记开始不准我请假。作为一个几乎没有工业企业的乡镇领导，应该走出家门，亲身体验一下外部世界的精彩和发展变化，开阔一下视野，换换脑筋，对乡镇未来的发展大有好处。……让乡长弄嘛，他最后说。

我原本也有此意，但再三权衡，还是觉得不合适。我没有低估他的能力的意思，而困难显而易见。工作需要考虑，为了搭档更应考虑。乡长已经调来一些时日，各方面表现令人满意，唯一不足，是缺乏独立指挥重大行动的经验。他面有难色，道出了自己的顾虑，从而坚定了我必须留下来的念头。若是别的事情，完全可以放心地把担子交给他，大不了进度慢一些，效果差一点，征收罚款却非比寻常。本来就不是一件容易的事，这一次则更为艰巨，如果中途搁浅了，将会出现不可挽回的局面。乡党委的权威将受到挑战，苦心经营、来之不易的局面将毁于一旦。成败的关键，在于能否突破乡村干部的心理障碍，战胜抵触情绪，长驱直入，一气呵成。

这是我担任党委书记的第四个年头。其间，我曾经一手安排过一次征收，任务是二十万。这个数目当时几乎遭到了全体乡领导的反对，他们以为脱离实际，悲观地认定不可能成功。他们告诉我，在平固乡的历史上，一九九一年以前的每一次征收，任务都在五万到八万之间徘徊，即便如此，也必须举全乡之力，历经数月甚至半年，才可能收尾，阻挠、抵制、挫折等各种困难在所难免。十万元，已经成为人们心理上一条不可逾越的红线，成为决策层不敢跨越的三八线。要想走得更远，必须首先改变他们的观念，扭转他们固有的看法。我千方百计说服引导他们。他们将信将疑。我们在担心、焦虑和韧性推进中，不知不觉集体跨越了那条鸿沟。成功来得太快了，只不过短短十天时间。他们开始相信，在新的条件下，超越以往是完全可能的。然而，当这次提出五十万元的征收任务时，绝大多数人又变得犹豫和畏葸不前了。他们宁愿亦步亦趋，也不愿冒着风险甩开脚步飞奔。他们疑虑的态度多少影响了我的情绪。

但我心中有数。至少从理论上来讲，不是我脱离实际，异想天开，而是他们畏首畏尾，缺乏斗志。主管张副书记事先做过分析研究，拿出了充分的论据。一切经过了较为精确的计算。

平固乡位于县域东北部，是一个只有十个村庄的小乡，多数村庄密集地分布在乡政府四周，最远的一个距离乡政府不过三公里。农村人口2.7万。农民主要经济来源为农业生产，以及进城务工的收入。县统计局国民经济统计资料显示，上年度人均收入为870元。由这些数据所产生的前提，虽说一向为人诟病，却是唯一合法的依据。省计划生育条例规定，超生二胎的处罚标准，是夫妇双方所在乡镇上年度人均收入的2.5倍，总额5倍。前几年的超生我未做过详细统计，但我清楚地记得，在我到任的那年秋天，短短一个月的时间，消化掉了近五百例结扎，撇开其中多胎（三胎以上为多胎）不说，全部按超生二胎计，罚款就是一个可观的数目。除去往年征收的数额，欠征的部分足以让人瞠目结舌。这是五十万征收任务的经济基础和政策依据。再说，几年下来，我们摘掉了市计划生育工作落后乡的帽子，一扫低迷之气，乡情大为改观。有理由相信，只要上下齐心，征收应该能够马到功成。

现在不妨回顾一下平固乡的情况。一九九一年春季，在市计划生育工作检查考核中，由于大量真假混杂的粘堵手术的遗留，一下子滑进了全市后进行列。市委、市政府在有关考核结果的通报中明确提出，如果年内摆脱不了后进，县主要、主管领导将分别受到党政纪追究，全县工作将被"一票否决"，而乡主要、主管领导则要就地免职。当年，还有另一个乡与平固同时跌入了后进，全县人口和计划生育工作形势变得异常严峻。

在这样的情况下，县委选择了我。我感到前所未有的压力，对未来充满信心，心中却没有把握。此去胜负未卜，吉凶难料，只能成功，不能失败。去留已不是我个人的私事，关乎县领导头上的乌纱，涉及一大批乡村干部的前途命运。而这一切，在很大程度上取决于我的运筹、领导、魄力，一年的工作，因而更加沉重和悲壮。没有退路可想。只有狠下一条心往前走，一直往前走，要么走到天黑，要么走到天亮。

县委书记和市计生委主任同时联系了平固乡。他们随时前来督导，听汇报，看手术，与乡村干部座谈。有时在中午，有时在夜里。市业务部门，县工作组的同志纷至沓来，令人应接不暇。那段日子，我常常失眠，紧张得喘不过气来。

那时候的乡镇工作可以用两句话来概括："催粮派款，刮宫流产"。催粮派款有季节性，刮宫流产不分季节，长年进行，因为"家家是工厂，户户是车间，天天有产品"，稍一放松，出生就会反弹。由于形势所迫，一些不恰当的颇具地方色彩的口号不仅喊得震天响，而且写在了墙上，像"上吊不解绳儿，喝药不夺瓶儿，跳井不拽人儿"等大字标语比比皆是，惹人注目。各种极端手段应时而生，刨房顶，撬门窗，拉浮财，关禁闭，办学习班，游街示众，株连亲族……不达目的不罢休。"拖拉机、钢丝绳，后面跟着棉铃虫（乡干部）"，是群众对乡镇工作最为直接、形象、丑化的描述。

我到任的当月，正值全市秋季"四术清理"。我所面临的问题，就是撕开输卵、输精管粘堵者必须结扎的口子。在开局艰难，压力巨大的形势下，我在第一次乡村干部动员大会上，几乎是喊出"我是带着棺材来的"这句话，向与会的乡村干部发出一个信号，那就是准备豁出去，把这一百来斤放在这儿。当然，这句话不是我首先提出来的，在那样的背景下，许多乡镇领导都讲过类似的话。至今，我都认为这句话没有什么不恰当。我相信，它在每个人心里引起了震动，并且点燃了我自己。我热血沸腾。接下来的二十多天，我们安排了一次人口普查，为即将开始的突击做准备。乡干部吃住在乡，每天起五更搭半夜，在分包的责任村登门上户，详细调查记录各家的人口，建账造册，逐户确定门牌编号，绘制了十个村庄的交通地形和居住分布图，标出应该实施手术的重点监管对象所处的具体方位，以备突击所用。地图上密密麻麻的星星、圈圈，让人兴奋和安慰。与此同时，造势开始了。学生敲锣打鼓走上街头，宣传标语铺天盖地。乡政府院子不大，长着一排排高大的钻天杨。我们选择了最高最大的一棵，在上面安了五只高音喇叭，朝向不同的村庄方向。那时候，财政所账上只剩下了八块钱，我不得不自己掏腰包，买来一台熊猫牌录音机，录制了讲话，由专人操作，不管白天黑夜，天气好坏，一天数十遍播放乡里的行动安排。每播放两遍，就调节一下气氛，倒换成常香玉、马金凤的豫剧唱段。严肃跟轻松交替，施压与娱乐互动。村民们没有经过这种阵势，站在院里凝息聆听，慢慢走出家门来到街上，三个一伙，五个一堆，大声议论起来。听不真切的，顺了梯子爬上屋顶。一个颇有意味的场景出现了，大人上房了，孩子哭闹着跟上来。孩子先上了，又把大人喊上去。一个家庭出现在房顶上，另一个家庭相继出现了，越来越多的家庭上了房，仿佛不上房就耽误了什么。上到房顶上的，好像受了暗中指使，要么脚朝里，头朝外，趴在房檐儿边，双手支起下巴，要么席地而坐，一律面朝乡政府的方向……

第一刀从身边开始。

老怀是乡里的厨师，他的儿媳妇外孕二胎躲出去了。我们把他老婆带到乡里办学习班，夜里不准回家，让他儿子去找人。老怀像个孝子，整天哭丧着脸，耷拉着脑袋，买了菜、做好饭闷声不响窝在厨房里。我怕他一时想不开，往饭里投毒，就让管理员寸步不离看他。乡里四十多号人吃喝，不敢掉以轻心。老怀的儿子到底没有把媳妇找回来，是铁了心要外生了，我们也铁了心辞退了老怀。

没过多久，我们送南平固村一个超生二胎的妇女去结扎，同时征收三千五百元的超生罚款。如果他们态度端正，主动配合，还可以照顾一些。我们费了半天唇舌，没有什么效果。他们一分钱也不拿。我们决定没收她的浮财顶账。一台十二英寸的黑白电视机，四副旧门板，一起堆放在了大门口。同来的没有一个人会开三码车。有人说新来的厨师银朝会，让人通知他赶紧过来。银朝二十六七岁的样子，是辞退老怀后重新雇来的。他平日除了做饭，没有别的事情，看到乡干部早出晚归，又是抬东西，又是送手术，又是往回带人，整天忙得天昏地黑，一脸满足的神气，私下里十分羡慕，想到什么时候自己能亲身经历一下，也不枉在乡里当了一回差。听说让他开三码车去拉东西，心里别提有多高兴了，扔下切了一半的西葫芦，顾不上洗手，跑到院里，三下二下摇响了三码车，一路狠踩油门开到了村里。等他来到这户人家时却傻了眼。他太熟悉这里了，那是他小舅子的家。他小舅子媳妇去卫生院做结扎还没回来呢！他岳母说，孩子，你来了。银朝脸上红一阵儿白一阵儿，应答了一声，低下头往车上搬东西……站在门外的张副书记早就知道这层关系，只是不道破，捂着嘴一直在墙根儿偷乐，多年之后，还不忘翻腾出来奚落银朝。银朝经受了考验，调离了伙房，正式编入乡干部序列。我们因势利导，要求党员干部及其家属积极带头。乡卫生院原来只有一台手术床，每天稀稀拉拉做不了几例结扎。处理了老怀，重用了银朝，手术量迅速增加，以至后来连开三台手术，都应接不暇，等待手术的妇女排起了长队。

　　"四术清理"刚一结束，"早私婚治理"又紧锣密鼓开始了。乡村婚育观念落后，男女双方不管是否到了法定婚龄，只要家长同意，择下吉期，就把喜事办了。风声紧的时候，索性不要传统仪式，不声不响把新娘接过门，就算大礼告成。

　　腊月里，好日子多。我跟乡长兵分两路，分头进村检查。对早私婚的治理，依据的是省《治理早婚私婚管理办法》。乡政府据此下发通告，把处罚定在三千至一万元。处罚的同时责令分居。明知分居不成，退而求其次，将女方列入已婚育龄妇女管理范围，送到乡卫生院上节育环，等年龄够了，再让其取环待孕。

那天上午，我们来到了南井村。村里一户姓高的人家，孩子才十九岁，当天举行婚礼。外面显得很平静，跟普通人家没有什么区别。屋顶上没有安放喇叭，没有播放《朝阳沟》，没有用黑烟子涂墙，大门上没有贴红对联，窗户上没有红喜字，娶亲出门甚至连鞭炮都没有放。

乡干部的到来，让这一家人深感意外。原以为做得隐蔽周密，不意还是走漏了风声。男主人赶忙拉下笑脸，双手颤抖着又是递烟，又是敬茶。我们让他交三千元罚款。院里院外聚起一帮闲人，等着看热闹。工夫不大，村支书赶了过来，吞吞吐吐，含混不清地为其说情。碍于情面，我强忍羞恼，没有当众发作。一同前来的刘副乡长，曾经担任过武装部长，三年前亲自把小伙子送上运送新兵的专列。见村支书从旁周旋，便顺水推舟，想让他拿五百块钱了事。我无动于衷，冷眼看着他的滑稽表演。后来，我一句也听不清他在说什么了，只见他烟熏火燎的两排黄牙时隐时露，唇上的浓须一掀一掀地嚣张。我的呼吸粗重起来，我什么也不想听，什么也听不见了。我憋了一肚子气，此刻化作千钧之力，凝聚到我暗暗握紧的拳头上。我大吼一声，照他胸口狠命地打去……我随口骂道，日你奶奶的，叫你吃着锅里拉到锅里！所有在场的人都惊呆了。他们看到刘副乡长一个趔趄往后仰去，一下子倒退了六七米，要不是有人扶住，非仰面摔倒不可。男主人看到大势已去，知趣地跑进屋里，不大一会儿，乖乖拿出了三千块。

出人意料的是，当乡干部同心协力，一切变得平顺通达的时候，村干部队伍竟然出了问题！

一夜无眠。

第二天一早，我主持召开了党政联席会。大家一致认为不能容忍和迁就这种目无组织纪律的行为，商定了对付此事应持的态度和办法。

按照党的纪律，让他们八人停职反省，深刻检讨，给予严肃处分是必要和必须的。也可以让他们戴"罪"立功，以观后效。但在当时情况下，我没有那样做。他们只是商议和计划，尚未公开，给工作带来损失，给大局造成影响。同时，因为情况特殊，不排除酒后一时冲动；从教育团结的愿望出发，以正面引导为宜。如果他们将错就错，不思改过，再考虑组织处理不迟。

负主要责任的，自然是吴营村的支书。密谋发生在他家中，他便是主谋。这符合事理，辩解没用。他必须承担主要责任。解铃还需系铃人。他的问题解决了，一切问题才会迎刃而解，局面才会逆转。对于他，我们决定也不采取组织措施，而是以调侃的方式触及他的灵魂。那就是从他最不希望看到的场面入手——虚张声势一下，把村里的庙会搅散了！

我跟吴营村支书通电话。

听说罚款收齐了。

没有……没有……

为什么？

不好收……，收不起来……

哦……收不起来……收不起来……这样吧……乡里派人帮助你。

啥时候？有所警觉。

明天。斩钉截铁。

明天……可是正会啊……

就是趁着正会，家里都有人嘛。亲戚朋友们来赶会，凑钱也容易。你通知村干部，明天早六点在村委会集合。乡全体干部一块过去。怎么不说话？……怕喝你酒啊？昨天他们不是在你家喝酒了，管得起他们管不起我们？……记得你不是这个脾气嘛。我跟你说，用不着紧张，也不必多准备，四十个人的饭菜，三件白酒足够了。……我想用不了一天，顶多半天，保证帮你把罚款收起来。既帮你完成了任务，又增添了家里的热闹和喜气，何乐而不为呢！……不说话……不说话就是同意，明早村委会见啦！

撂下电话不到半小时，吴营支书骑着摩托来到乡里。一进门，就苦笑着说别去了。我问为啥。他说没有别的意思，欢迎大家去，可是群众怎么看，乡里不给面子，明明让我难堪嘛！我问那该咋办。他坐在门口沙发上好长时间不说话，只是闷头抽烟。我说机不可失，明天再好不过了。他还是不说话。我不问了，翻看着报纸。他忽然抬起头来，脸涨得通红，你们别去了，我……我交……交什么？……交罚款。什么时间？让我把会过了。不行，要交，就是今天下午。下午太促，收不起来。你以为还让你收啊。不是让你收，让你先垫上！……我哪能垫那么多，借也得有时间！那个我不管，今天交不上来，就按既定方针办。你走吧，说不定家里又来了朋友跟亲戚，回去招待他们吧。他心事重重地离开了。我心想，你还得回来。

晚上九点多钟，我在屋里算计着，院里传来由远及近的摩托车响，转眼工夫，车停在了门口。门被推开，吴营支书走了进来。他把一个黑塑料袋往桌上一放，这是八万块，一分不少，全齐了。我赏了他一个笑脸，说，那更得好好准备一下，明天去你家，咱们敞开了喝两杯……

马路北边，张副书记跟后平固的支书面对面坐在小酒馆里。桌上六个小菜几乎没动。一瓶开了盖的白酒墩在脸前。脚下是一只空酒瓶。张副书记给两只空杯加满酒，说，吴营支书回去筹款了，说不定现在已经交了上来。我包你们村，不能落后。我等你到明天中午十二点。交了，是兄弟，不交，以后就不好说了。趁现在还是，多喝两口，再把这杯干了……说完端起酒杯，一仰脖子灌了下去。支书激动不已，也站起来一饮而尽。两人相互搀扶着，摇摇晃晃离开了小酒馆。第二天上午，他掂着罚款送到了乡里。

那天的一大早，郭副乡长带队早早来到南平固支书家，又是将军，又是开导，中午掂回了罚款。

还有三个村先后把罚款交了上来。

南井是三个分支，三位分支书记参加了吴营的非组织活动。听说六个村交了罚款，在家中坐不住了，他们带着罚款，一起来见我。我坐在椅子上，悠闲地剪着手指甲，看都不看他们一眼。慌什么呢，期限还早呢，缓两天再说吧。

他们羞愧难当，无地自容。我就是不松口，让他们先回去。他们出门找到包村的副乡长。副乡长说，以前不知道啥叫贱骨头，今天知道了，一下子碰上仨。让你们交，你们不交，不让你们交，投门钻窗户交，真让人无话可说。看在我们平时合作不错的份上，我去跟书记求求情，看能不能给你们挣个面子。你们到路边小酒馆等着，先安排安排……副乡长跟我说了，两人掩饰不住内心的高兴，表面上不动声色，看着时间过午，才一起踱过马路来到小酒馆。三位支书喜出望外，先自认罚了三大杯，以此认错赔礼。等到结束时，我才答应他们下午把钱交到财政所。

最后剩下一个许村。

许村在公路北边。十天时限过去了，却没有进展。我问村支书，再给三天时间怎么样。他心里没底。三天过去，进展不大，又宽限了两天，还是没能收起来。

隔天上午，我带领乡干部来到了许村。这是一个千把口人的小村，有四位村干部。我们通过广播催促超生对象来缴款。村干部上户催收。我们定了一个小时的期限。

一个小时过去了。我们没有上门，而是把村干部叫了回来。端着饭碗和吃过午饭的群众，站在大街上观望。我把村干部叫到跟前，声色俱厉地批评了一通，让乡干部取出手铐，把他们铐在三码车的四角上。村干部们满面羞惭，低头不语，恨不能找条地缝钻进去。我蹲在路边一架旧梁上，静观事态发展变化。

村干部被铐起来的消息，很快传遍了大街小巷。男女老少纷纷涌上街头。人群里有了气愤的议论，你们超生了孩子，让别人受过，什么东西，良心让狗吃了！有村干部家属和亲戚当街骂了起来。

这一招果然奏效。三十多户超生对象再也不敢无动于衷，他们脚步匆匆地赶来缴款。财政所的同志当街支着桌子收款开票，一时热闹非凡。两个小时，罚款全部收齐了。

乡干部打开了村干部的手铐。离开许村时，通知他们傍晚到乡里。厨师准备了十多个菜肴，一下子开了几瓶白酒。我给四位村干部分别满上，动情地说，你们没有参加非组织活动，今天却委屈了你们，对不起了。现在，给你们压惊，大家把酒杯端起来，同起三杯……月亮当头，大家都醉了。

不到二十天时间，五十万罚款尽收囊中。

春节前夕，县委书记往乡里来了一趟。那天的话题相对轻松。老付，听说你刚来那阵子，在会上讲"我是带着棺材来的"，到底是真是假？

我笑了，表示默认。

我到任之前，乡里因为催收夏季征购，引发了一场群体事件。一个妇女骂了上门的乡干部。乡干部把她捆在坑边的杨树上。非常尴尬，她正来着例假。几个喝醉了的年轻人借机闹事，破口大骂，往乡干部身上投石块。他们退到了支书家中。村民们跑过来，把支书的家院包围起来。他们隔着院墙往里扔砖头，院里堆起厚厚的一层。门窗玻璃全都被砸碎了。如果不是县委前主要领导率领公安局的同志亲自解围，后果就不好预料了。在这样的背景下赴任，我不得不做出最坏的打算。

书记说，好在你没有遇上。

是的，我是没有遇上。我后来遇上的，他们也没有遇上。其中甘苦、曲折、危险只有自己最清楚，而且一言难尽。类似的凶险何止一两次。远的不说，这次征收罚款之后的一次意外，足够让我记忆一辈子。

书记凝视着我，期待下文。

吴营支书垫交罚款后，入冬开始了正式征收。我们在村里呆了三天，帮助他扫清了尾欠。

从村里撤回的途中，经过南平固村。这个村有一位妇女两次没有接受孕情普查，我们断定她外孕后躲开了，于是顺便拐进村看她回家了没有。

我们没走大街。一旦有人通风报信，她就会马上跑掉，即便躲闪到邻居家里，轻易也找不到。我们从一条偏僻的小街拐弯抹角来到她家。院门半掩着。推门进去，随行的几个乡干部直奔她的住屋。真是凑巧，那个一直东躲西藏，让我们找了半年的女人，真的神不知鬼不觉地回来了。此刻，正躺在床上，脸朝里香甜地睡觉呢。

乡干部把她叫了起来。她不清楚发生了什么，睡眼惺忪，一脸迷惑地坐在床上。乡干部说，赶紧下来收拾一下跟我们走。我们找你找得鞋底子都磨破了。女人这才明白发生了什么，冲着窗外大喊他男人的名字，放声大哭起来。

一个头发蓬乱、衣衫不整的男人从堂屋的东头跨了出来。他看了我们一眼，急忙返身回到了屋里。屋门吱吱呀呀响了一阵。他重新出现在门口，手里多了一杆自制的猎枪。他冲着西屋快步跑来，随手扳开了机头。

这是谁都没有料到的。后来我才知道，这个行为鲁莽的男人，有点缺心眼。这正是最可怕的。他显然知道发生了什么。他左手往起抬了抬，把枪托顺到了腋下。屋西头至少有四个乡干部。我冲着他大喝一声，让他站下。他哪里听得进去。他的食指弯曲，紧贴着扳机，长长的发黑的枪管就要挑开门帘了。多么紧张啊，我身上的毛孔全部张开了，顾不上多想，一步跨了过去。我双手抓住枪管，想要夺下来。他以为我应该躲开，躲得远远的，没想到我会冲过来。他愣了一下，跟我纠缠在一起。枪管在两双手的扭动下伸向天空。头顶突然一声爆响。我的脸上火辣辣的，仿佛被撕下一层皮。一股难闻的火药味直冲鼻孔。树叶簌簌落地。一片鸡鸣狗吠。他年迈的父亲跟出屋子，本想劝阻他，当即目睹了这惊人的一幕，傻子一样怔在了那里……

乡干部们从屋里跑了出来，他们怒不可遏，一起把他摁倒在地上。

他的老父亲蹲了下来，目光空洞地望着大门口。他的女人来不及梳头，被我们带出了大门。

一切比我想象得更快地结束了。

每当想起那一幕，我都脊背发凉。太让人后怕了。如果他冲进屋里，就会有乡干部伤亡。如果枪口不是冲向空中，给书记您叙述这件事的恐怕就不是我了。你开头问我的那句话，就成了事实。我将躺在乡政府为我置办的棺木里。至于会不会成为烈士，还是个问号……而即便是了，也已经与我没有关系。有两点可以肯定，我将不再回来，平固乡将有一位新书记……

他们的算术

　　七岁那年秋天，我从三天三夜的高烧中缓过劲儿来，舌头像一块发涩的橡皮，失去了对食物的兴趣。

　　屋门响了，停停妈妈过来了。她的声音小而飘忽。她站在床前，让我感到不自在。她跟我妈妈商量怎样才能让我开口吃点东西。我觉得全是白搭。她忽然想起什么，语调透着兴奋。瞧我这记性，石榴都熟了，我去摘几个过来，让孩子开开口味儿。她像来时一样轻轻踅了出去。

　　我稍稍有些心动。

　　一股特有的气味出现在床边。她们连逗带劝，又拖又拽把我弄起来。我倚着被子，头靠在后面。停停妈妈双手像两把钳子，"咔嚓"一声把一颗洗干净的石榴分成两半。她把石榴籽儿剥进小碗，妈妈用汤匙送到我嘴里。我开始还有些勉强，但到底抵不住美味的诱惑。妈妈用毛巾不时擦净我口角流出的汁液。她们看着我开心地笑了。我头脑清爽了许多，身上仿佛有了力气。我吃掉两只石榴。

停停妈妈说，孩子，不能吃多了，你的肠胃还弱。

我记不得在病中吃掉几颗石榴，但从此再也忘不掉它。它的籽儿像牙齿，像星星，像露珠，无论何时想起，都让我舌下生水。

我跟停停上了学前班，每天一块上学，一块回家。春天，一起在我家香椿树下写语文。妈妈摘下鲜嫩的香椿叶，让她拿回家去；秋天来了，我们在她家的石榴树下做算术。停停妈妈挑熟的摘给我们。等到全部下树时，再装满花书包送给我家。

第三年秋天，我们升到二年级。停停妈妈因为生病住进了市里的大医院。住在村东的停停爷爷，按街坊辈分我叫二爷的，把停停接了过去。她不再每天跟我一块上学、回家。她爸爸好像没有在医院伺候石榴阿姨。我偶尔碰到他几回。他总是骑着那辆轮胎沾满灰泥的自行车，生锈的车把上挂着脏乎乎的帆布兜，里面装着锤头、托板和抹子，穿过我家门前的小街往市里去，天黑了才回来，有时还要晚一些。他们家的大门终日关闭着。

那天晚上，我们一家坐在香椿树下吃饭。爸爸妈妈有一句没一句扯到停停妈妈身上。我问石榴阿姨怎么了。妈妈眼神怪怪地看着我，小孩家多嘴。我听他们悄声低语，石榴阿姨又有了。我想起近一段时间，镇上不断有人在停停家门前活动。他们来找石榴阿姨。他们不下自行车，一条腿搭在台阶上，瞅瞅门上的铁锁，嘀嘀咕咕不情愿地离开……我妈妈对爸爸说，人走背运真是没法儿。前年比这个时候早点做了一个，今年又赶上了。哎，形势多紧，有的不是时候。

我听得懂他们的谈话。对生活在乡下的孩子们来说，那些根本不是什么秘密。广播一开就是计划生育。挂着红布标语"突击一个月，把外孕彻底拿下来"的面包车，不是停在当街，就是停在村委会门前。镇干部在街上走来走去，有时跑来跑去。村干部们好像做错了什么，低头拖着步子跟在后面。学校围墙上，歪歪斜斜写着"于江海娘不去带黄（戴环），在家偷生他爹……"一类骂人的话。

妈妈撵我回屋写作业。她忽然冒出一句,出门不要乱说啊。

过了几天,我忍不住问妈妈,停停跟她妈妈什么时候能回来。她说,快了,石榴熟的时候。啥时候石榴能熟啊?一个来月吧。

我记住了妈妈的话,更加留心石榴的长势。放学了,我不回自己家,先跑到停停家门口。我坐在水泥台阶上,心想说不定能碰上他们回来。我扒着门缝往里看。堂屋门窗紧闭,表面蒙满灰尘,显得又脏又旧。院子里冷冷清清。鸡没了,狗没了,卧在花墙上的小猫也不见了。月台下的轧井旁,孤零零搁着一只水桶。一只小鸟在井台上跳来跳去,飞上桶梁磨蹭尖嘴儿。石榴树枝青叶绿,挂果稠于往年。我的口水又涌了上来。妈妈说石榴结得多是喜兆。我相信她说得没错。

星期天,我吃罢早饭跑上街,一眼看见停停家门前站着几个人。一辆中型面包车停在门口。石榴阿姨回来了。停停回来了。等我定睛细看,是多么让人失望。两扇褪色的紫漆大门,像以前一样紧紧关着。是镇干部们来了。他们被挡在了门外。

村委会六只高音喇叭一遍又一遍点着一些人的名字,要她们在十二点以前,跑步到镇卫生院普查,其中就有停停妈妈。广播里反复讲,如果再不上站,就要采取措施了。

过了一段时间,那几个人好像等不及了。一个穿灰夹克的人在门上狠狠敲了几下。黄胶鞋顺着门框摸索。他随后蹲下来,把手伸到门下。几个人凑上去。他们大声嚷嚷,好像在争论什么。忽然,不知道怎么弄的,他们竟然把右边那扇大门卸了下来。他们都很兴奋,嚷嚷声更大了。他们把连着的两扇大门靠到过道的南墙上。他们拍着手上的灰土,嘻嘻哈哈进了院子。

他们注意到我跟了进来，马上发出厌烦的信号。一个身材高大的人说，你进来干什么，出去。我怯怯地说想看看石榴。他的语气变得和缓，馋了，还得两天呢。他接着问，你知道他们家里的人去哪儿了吗？我想了想说知道，停停在他爷爷家。他看着我的眼睛，信任地点点头。跑个腿儿吧，他说，把他们家的人叫过来，回来，给你够一颗石榴。他的脸上浮出笑容。这人挺好。

石榴不熟，不要。我答应替他们跑路，把停停爷爷找来，顺便看看停停在家里干什么。

我跟停停跑在前面。她爷爷我邻居二爷脚步慌张地跟了过来。那些人站在院里，看着我们走进来。我拉着停停站到轧井边。停停偷眼看着他们，不敢轻易走动和说话。我绕着石榴树转了一圈儿。东向的一枝挑着几颗石榴惹眼地伸出来。一颗在上面，两颗在下面。下面的红透了。我看了一眼停停，像她腮红。

那个身材高大让我去找二爷的人，一手插在裤兜里，一手捻着一根细竹棍，跟二爷谈话。他的嗓门粗重，声音一会儿高一会儿低。二爷阴沉着脸。那人问他，他一般不回答，回答也是这两句：不知道，人家没告诉我……那人有点不耐烦。他指着二爷的脸说，你不要把我们当傻子。以为这样能蒙混过去，你就错了。二爷干脆沉默下来。

那人走上月台，走到堂屋门口。他用竹棍拨拉了一下门上的铁锁。铁锁响了两下。他走到窗前，把脸贴上去，手搭起凉棚。他对凑上来的人说，电视没了。立柜……也没了……就剩一张硬板床了。看来死心啦。

那人走下月台，对二爷说，现在给你一个期限，三天时间……二爷说，我去哪找？那人说，这个应当是我问你，你倒反过来问我。二爷说，我找不回来。那人说，你找不回来，谁能找回来？二爷说，他们跟我有啥关系，隔家门另家户了。那人说，你怎么能这样说话？跟你没关系，跟街上推车卖豆腐的有关系？她是你儿媳，叫你爹呢！你有义务把她找回来。我们还一趟一趟来找，你倒成没事儿人了。二爷说，我上了年纪，走不动了。二爷说话时，不看对方，眼睛一直冲着月台。他的脸色一会儿泛青一会儿泛白。

月台上的小花墙边，站着那个穿灰夹克的年轻人。他理了发，脑后发青，顶发见棱见角，又短又平。他手里玩着两只石榴，扔起来接住，接住再扔起来，就像电影里玩把戏一样。他不关心那个人跟二爷的谈话。他的脑袋像鸡啄米一样上下点动。其他人远远看着他，也是一上一下点头，脸上都挂着随心的微笑。

二爷突然对扔石榴的平头吼了一嗓子，哎，你干啥摘我的石榴！

平头开始没注意。二爷又吼了一声。他下意识地扭了一下头，慌忙接住落下来的石榴。他一手攥着一只，表情古怪地看着二爷，不知怎样回答才好。

所有人都把目光集中到二爷身上。院里安静极了，连树叶掉下来都能听到。我的心一阵狂跳。

那个身材高大、膀阔腰圆的人开口了。他追问二爷，你说什么？

二爷硬生生地重复，他干啥摘我的石榴。

那人立刻回了过来，这还用问，他愿意。说着向二爷走过来。

二爷不满意这个理由。愿意，凭啥？又不是他家的。

那人盯住二爷的眼睛。你想知道？理由很简单。他想放松放松，因为找人找累了，何况有人不配合！

二爷的声音小了下来，他不对。

没什么不对。对得很。那人的声音抬高了。

二爷嘟哝了一句，人犯了法，石榴可不犯法。

这句话显然刺激了那个人。他几次张开口，都没有说出话来。他耐着性子忍住，不再跟二爷争辩，而是把右手举起来，伸出食指冲着他。老头，我觉得有必要给你讲个故事，让你明白一些事理。他咽了一口唾沫。这个故事叫，老鼠掉到油缸里——光油了你了。二爷撅着嘴黑封着脸。那人说，别看你这么大岁数了，不一定听过这个故事。二爷瞪着那个人。故事说啊，有个人喂了一只羊，这只羊啃了邻居的麦青。邻居见了，用砖头赶打他的羊。主人很气恼，找到邻居家里来说事儿。他问你凭什么打我的羊。邻居说，你的羊啃了我家麦青，毁了我的庄稼。主人说，我不管我的羊啃没啃你的麦青，我就问你凭啥打我的羊。老头，你听听，这叫什么话。光问人家打羊，不问人家为啥，这不是混蛮不讲理是啥！二爷的胸脯起伏得更厉害了。

那个人讲故事的时候，村支书从外面走进来。他赶得有点急，站下了还在发喘。他听到了故事的结尾。不等二爷说话，他插嘴了。摘你个石榴咋了，有多大个事儿。石榴不是让人吃的？二爷说，是让人吃的，可他凭啥糟蹋。支书说，你老三媳妇要是上了站，叫人家来人家也不来，叫人家要人家还不要呢。二爷说，我没请他。支书说，少说两句吧，不就是两颗石榴，当我吃了还不行嘛。他对那人说，高镇长，不要跟他一般见识，走吧。二爷这才正眼看了一眼那人。镇长说，走，你啥也不说就让我们走。你跑来就为了替他说这句话？这么走就算啦？他儿媳妇呢？支书说，继续找，继续找。镇长气不打一处来，找鸡巴啥找，找了七个月了，火星上也该找回来了！村支书满脸堆笑，是是地应和着。

二爷如果不再说什么，他们也许就离开了。他们以前来过多次，嚷嚷一阵子就走了。可是，不知那天二爷犯什么邪了，一直在嘟囔，这成什么了，撬门别锁，还有没有王法！

实际上他们正在离开，边说边走到门口了。二爷这句话绊住了他们的脚步。他们回头看着二爷，又期待地看着镇长。镇长其实也在慢慢地往门口走，他闻声停住，又返了回来。他的眉头拧成一个疙瘩，额上渗出汗来。他往后撩了一下衣襟，发现下面两只纽扣没有解开。他一边解扣子，一边不紧不慢地说，老头，你是成心不撒手了。我问你，你那两颗石榴值几个钱？支书赶紧过来打圆场，走吧，走吧，别跟他一般见识。镇长双眉倒立，狠狠瞪了他一眼，厉声说，你就识俩字，走吧，走吧，一边儿歇着！镇长的声音太大了，院子里起了回音。支书冷不丁怔了一下。我的身体一激灵。停停惊叫一声退到了花墙边。

二爷梗着脖子，谁也不看，面朝堂屋一动不动站着。

镇长把扣子解开了，露出里面枣红色的毛衣。他宽厚的胸脯被紧紧裹着，显得很结实。

你提到我们撬门别锁了，你提得很好。我承认他们不对。我代表他们给你赔个礼道个歉。镇长的语调变得平和。你一直说你的石榴，我们就把账算算。该赔偿你的我们赔偿。村支书一脸迷惑。一颗石榴卖多少钱，老头，你说个价儿。你不说，我说。一块钱不少了吧。一块钱一颗，算黄金石榴啦。两颗，两块。他面向身边的镇干部，树上有多少颗，估个数儿。黄胶鞋说，能有多少，百十来个撑死了。平头哼了一声，没有那么多，三十个不少。镇长说，不要亏他。按一百颗算，再加上一倍，不就是二百颗。老头，二百颗，算你二百块钱。不亏你吧！

二爷脸色和缓许多，他时不时瞟一眼镇长。镇长突然把话锋一转。你的账算清了，下面算我们的账。他冲着平头，给他算一下，看他儿媳妇不上站的罚款是多少。

平头早已把两颗石榴放在花墙格子里。他上前两步开口了。省计划生育条例规定，不接受孕情检查的育龄妇女，每推迟一天处以五元以上二十元以下的罚款。你儿媳妇已经七个月没上站了……镇长插了一句，按高限算，这样就平等了。平头微仰起脖子，嘴里念念有词，二三得六，六七四十二，四千二。

镇长满意地点点头，示意继续下去。

省政府关于罚款标准有个解释，就是对不按规定接受节育或补救手术的，每拖延一天处以十元以上四十元以下罚款。镇长又插了一句，还按高限算，这样就更平等了。平头使劲仰起脖子，除了念念有词，还不时翻一下白眼。三四一十二，一千二……一千二，二七一十四，一七七，七加一见八，好了，八千四百。八千四加上四千二，一共是一万二千六百。

镇长紧绷的脸上有了笑容。老头，说不亏你就不亏你。你的石榴树按十年盛果期说，满打满算是二千块。这是我们赔偿你的。你该拿一万二千六百块。除去二千，还剩一万零六百块。这是你欠我们的。这个数截止到今天。明天就不是它了。明天还得加六十块。说到这里，他突然加重了语气，既是对二爷，也是对所有人说，都听清了，这个一分一厘不能少！

支书瞅着二爷，眼里流露着埋怨。明明拿不出钱，逞啥强哩。转而央求镇长，他不懂政策，算了吧。

镇长一把将支书搡开，厉声道，还有点形样儿没有！我们是做买卖的，要你讨价还价。吃鸡巴啥药了！他对镇干部说，账都算清了，树就是我们的了。还不动手干啥！抄家伙，把石榴卸了！

镇长话音未落，镇干部们就行动开了。他们冲进厨房，冲进屋棚，从中找出竹竿和木棍，有的立在树下，有的站上花墙，挥舞长短家伙，朝石榴树上一阵乱棒。树枝断的断，折的折。石榴像下冰雹一样。有的飞到墙上，有的撞上门窗，破的破，裂的裂。胶鞋把一只杌子放上井台，踏上去玩命敲打，一时用力过猛，差点没有摔下来。平头把够着的地方都敲光了。他扔下竹竿，像足球运动员一样到处追撵滚落的石榴。石榴在他脚下咔嚓咔嚓破碎。石榴籽儿飞溅，地上一片稀烂。停停缩着脖子，满眼含泪，贴着墙根跑出院子。我鼻尖冒汗，双腿发软，远远躲开，又害怕又想看。

支书背转身子，自说自道，这就舒心了！这就舒心了！

石榴树变瘦变秃了，上面不剩几颗石榴了。两个镇干部站在花墙上，还不停手，想把它们全都敲下来。

镇长喊了一声，下来吧，费那个劲儿干啥，刨掉算了。

镇干部一时没有反应过来，要不就是累了，站在原地没动。镇长指着他们，再次命令把树刨掉。镇干部听清了。他们又一次冲进了厨房和棚屋。里面又是一阵乱响。灰尘又一次冒了出来。这次他们掂出了镢头、铁锨和镐头。黄胶鞋头上还顶着一绺蛛网。平头脱下外套，搭在压水手柄上，拉了下袖管举起了镐头。横埋在树下的青砖被倒出来。两个年轻人抡起镢头。一个是顺手，一个是左撇子。他们左右开弓，噗哧——，噗哧——。镢头吃土很深，没几下周围就倒起一堆湿土。两人上来替换，把土铲走。他们动作更快。铁锨不时撞在一起，发出沉闷的声响。他们退下，抡镢头和镐头的人又上来。半袋烟工夫，两尺见方的深坑挖成了。镇长一脚蹬在树上。树晃了晃没倒。他们上来继续刨。胶鞋找到一把斧头，在南墙根石板上蹭了几蹭，掂到树下。他让别人闪开，双腿跪下，抡起斧头砍向树根。砰——砰——，砰——砰——，新鲜木片四散飞开。他绕着树根砍了一阵退出来。镇长打算出脚，这次没轮上。平头早等不及了。他猛地飞起一脚。石榴树经受不住，它甚至来不及摇晃，闷声不响倒下去，哐啷一声，砸翻了空水桶。

倒下来的石榴树，突然变得很大。

门外响起汽车喇叭，接着进来十几个人。他们互相招呼着，很过瘾的样子。

镇长让他们把倒地的石榴树拉到街上。他们一拥而上，抓住枝杈往外拖。树在门口卡住了。胶鞋又掂着斧头过来，噼里啪啦一通猛砍。几个镇干部站在门外，用绳子捆住树根。树还是出不去。他们喊着号子，一齐用劲，终于呼地拉出门外。两扇大门拽离了门框，哐里哐当砸下来。

镇长说，用绳子捆住拖在车后面。

平头问，拉回去？

镇长说，拉回去有啥用。拉上去街里转转。多转几圈儿。

他们把石榴树拖在车后。

院子里一片阔亮。

树没了，地上更不见一颗完好的石榴。一切该结束了。

镇长理了理外套。他跟着往外走，走了几步，又停下了。他好像想起了什么，不由自主地回过头来。他的目光碰上了村支书的目光，也碰上了二爷的目光。他叫住正往外走的镇干部，让把外面的人都喊进来。

二十多人又涌回院里。

镇长说，还差一万零六百块罚款。看看还有什么能顶账的，一块拉走。

两个年轻人来到西耳房门前。他们把火柱伸进锁头，稍一用力，铁锁和搭钉夺拉下来。里面放着杂物和粮食。靠西墙排着三只大缸，门边堆着几袋玉米。真是凑巧了，那天镇上在村里收公粮。广播催了一遍又一遍。镇长让把玉米一粒不剩全都拉走。

二爷跟支书差不多同时说，交了。

镇长说，现在不是说征购，是说罚款。他问支书，要不你替他垫上，省得拉粮食。支书不说话了。

对话之间，镇干部们动开了。他们先把堆在地上装满玉米的口袋抬出来，然后打开泥封的缸盖。屋里一片"慢点儿慢点儿"的应声。黄胶鞋走到压扁的水桶前，把左脚伸进去，又伸进镐头，把它弄回桶的模样，掂进了储藏室。他们用它往外灌粮食。他们灌满好几口袋。里边刚灌满，来不及束口，外边的抢上去小跑着往车上扛。他们把三只缸都扳倒了。水桶刮缸底难听死了。一个镇干部跑出来，弯着腰，捂着口鼻，不住地打喷嚏。我数了一下，大小一共十六口袋，快把工具车装满了。

工具车装着玉米，后面拖着石榴树，尾部冒着浓烟，沿着两条大街转了三圈儿，最后开进了收购点。一会儿，平头回来了。他对镇长说，一千六百多斤，四毛三。已经给粮站交代了，让他们直接把款送到镇里。

他是在大门口给镇长说这番话的。镇干部有的上了面包车，有的步行往收购点。镇长上车前，不忘对二爷说，这事儿没完。你还得找你儿媳。你不服气儿也得找。找不回来，不上站，外孕罚款接着算。另外，给你说一声，真要是外生了，超生二胎罚款至少是六千块。你看着办。

支书往前凑着，想跟镇长说话。镇长不理他。镇长坐进面包车，平头把车门砰地关上了。

面包车开走了。车后腾起一股烟尘。支书迟疑了一下，也走了。他再没有回头。

十五年后的冬天，停停出嫁了。我在城郊一座二层小楼的婚房里，意外看到了那些石榴。它们跟红枣、花生、栗子、核桃、小石子混在一起，盛在一个藤编笆箩里。一些红枣、花生……小石子缝进了红被子。石榴的外皮失去了应有的光泽，蕊柱也掉光了。它们一同被遗忘在角落里，却死死抓住了我的目光。停停应该看到了，但愿她不会因此想起自家曾经的那棵石榴树。

我是想到了。

那棵石榴树被拉走的当晚，我跟爸爸妈妈有一段对话。

他们说刨就刨，说拉就拉？

爸爸说，他们说刨就刨，说拉就拉。

为啥拉着树和粮食转圈儿？

游街，爸爸说。现在不兴人游街了，就拉着他们东西游街。跟拉着他们一样。让他们丢人。

为什么要游街？

给别人看。

为啥给别人看？

让他们害怕，不敢违反政策。

那些被踩烂的石榴，许多籽儿掉在地上，能长出小树吗？

妈妈说不能。

它们要是没有踩烂，放到箱子里能成熟吗？

爸爸接住话茬儿，那要看它们从树上落下时，熟到什么程度。要是快熟了，放一段时间就能熟透，要是很生，就熟不了。

永远熟不了？

永远熟不了。

……

想到再也吃不到停停家的石榴，我心里一阵难过。那顿饭吃得无滋无味。

饭后，爸爸领我去看爷爷和奶奶。走在漆黑的街道上，我拽着他的胳膊仰望夜空。爸爸叮嘱我好好走路，别跌倒了。我答应着，依旧抬头凝望。

他知道我是在看星星。

我是在看星星。

它们越来越多，越来越亮。

它们是石榴籽儿。

以右臂的代价

两位护士为我做手术前的准备。

昨天下午，我们完成交割。任何手术都有风险，主治医生说，再好的技术，也不能完全保证不出意外。神经一旦损伤，会影响手指活动，甚至波及整条手臂，最坏的结果是完全丧失功能。……手术中可能出现呼吸骤停的极端情况。我心脏一阵狂跳。……不过，这只是可能。护士长递上病历夹子和圆珠笔。手术知情同意书上罗列了十多条可能的风险。我过目之后大脑一片空白。同意是如此，不同意也是如此。我的额上早沁出一层冷汗。我不能握笔，示意妻子代签。她看着我，一直踌躇不决。护士长再三催促，她才颤抖着手歪歪扭扭写下我的名字。

由于疼痛，由于不可预知的风险，我兴奋焦虑，浑身燥热，整夜翻来覆去睡不着。

九点整，我被扶着平躺上担架车。日光灯管后移。房门，多孔天花板后移。进电梯，上四楼。走廊上第一道门吱呀打开又哐当合上。我的同事被挡在门外。周围暗了下来。三道门依次打开又关上。嘈杂声在身后远去直至消失。手术室到了。眼前一片豁亮。阔大的房间并排放着四张手术台。他们把我安置在最里面的那张后就走开了。我孤零零仰面躺着，感到前所未有的寂廖和空旷。这是一个封闭而神秘的空间，一个小型的人体切割工厂，一个由意外开启的交通阴阳的渡口。没有谁能说得清，从建院开始，从手术室启用至今，这里做过多少台手术；也没有谁能说得清有多少人站着进来，躺着被推进来，最终悄无声息地被推出去。洁白安静现在成了恐惧、折磨、让人难耐的同义词。

这是七月中旬。高大的白杨窜过了四楼窗台。阳光让树叶像镜片般闪耀。我不知道接下来的一切将怎样发生。我会不会感到疼痛，会不会从麻醉中很快醒来。我是否还能看到窗外的一切，感受夏季的绿意和阳光的抚爱。

出事之后，我被送进市第一医院。从高处摔下来时，由于右肘吃劲儿，侥幸保护了头部。直到手术后，我才敢正视那些影像。四张不同角度的X光片，清晰再现了折断的肱骨影像。断口如刀劈甘蔗的斜度。断端全然错开，上端呈粉碎状，骨腔发暗。这组片子从不同角度述说着一个事实，冲击力太大了，坚硬的骨骼竟然如此不堪。

医生不主张手术，而是建议保守治疗。在半个小时的对接中，断端产生让人心悸的摩擦，有一种说不出的难受。他们为我打上石膏，固定了夹板。疼痛一波波袭来。我说服自己相信他们的处置是正确的。千万不要再折腾了。我已经受够。

整条胳膊肿了起来，上臂犹如小腿般粗细。手指透亮发胀，像成蛹前的桑蚕。尽管点滴始终没有停止过，但我还是发起了低烧。同事们提议我离开这里。他们认为既然不需要手术，何不转到东环路那家小有名气的私立医院。他们靠祖传秘方，招揽着方圆数十里的伤号。他们中西结合，土洋并用，给患者服用汤药，外加点滴的同时，适时宰掉一只咯咯狂叫的公鸡，用秘不示人的药物掺上鸡血，温腥地裹上患处。我被说服转了过去。我的表兄在卫生部门工作，他看了X光片，认为这一做法类乎巫术，纯粹耽误时间，竭力劝我离开。我从公鸡医院最终转到了矿建医院。当医生为我除下夹板，去掉石膏时，他们惊愕地看到，我的胳膊已经变成青紫色，皮肤上密密麻麻起了一层黑水泡。

几位外科大夫的第一句问话，差不多是一样的，你是怎么摔伤的？每当听到这句话，我就有一种本能的紧张，心跳也会加速。我总是抢在我妻子还有我同事之前回答这个问题。面对护士的询问也一样。我不愿意他们知道真实情况。我回答是从单位的楼梯上不慎滚下来的，而事实远非如此。

那天早上六点多钟，我走出家门，骑上摩托赶往分包的朱村。我原来不分包这个村，因为分包它的同事跟村里闹了别扭，主管领导才决定把我调过来。

朱村位于市郊，是一个三千口人的大村，有些育龄妇女在市里做生意，早出晚归，有的甚至买房定居下来。这为管理服务带来困难。在每次季普查中，六百多人最后总会剩下六七十位。他们中绝大多数没有政策外怀孕，这也成为他们不愿接受普查的借口。少数人却极有可能外孕，她们有意回避，以达到政策外生育的目的。郝玉敏就属于这种情况。她持有第二个子女生育证，本来应该每季度接受孕情普查，却连续几次没有露面了。这么长的时间，完全可以完成第二次生育，政策外怀孕第三胎。我多次找过她。她家的大门始终锁着。院里阒无人迹。他们好像搬离了村庄似的。

我们为什么要如此密集地安排育龄妇女的生殖健康服务（包括孕情普

查）呢？从大的方面讲，是为了稳定低生育水平这个目标。具体来说，一是可以及时统计出生，避免造成新生儿漏统。二是推行出生缺陷干预，实行全程监测，最大限度避免新生儿生理疾患的发生。三是通过程序监督，防备人为地选择胎儿性别而随意堕胎。因为人为选择胎儿性别，最终将造成男女比例失衡。跟踪研究证明，近一个时期，全国多数省份出生婴儿性别比升高势头不断攀升，而且越来越离谱。各级虽然采取了综合治理措施，包括禁止使用B超进行非医学需要的胎儿性别鉴定，禁止未经许可的医药经营单位销售流产药物，禁止私营、个体医疗机构开展计划生育手术，等等，但效果并不理想。非法活动由公开转为隐蔽。专家惊呼，多年之后，数以千万计的男人将找不到他们的另一半，从而成为"裸露的树枝"（一本国外专著的名称，意为光棍）。由此导致和引发的系列社会问题，引起人口学家、政策制定者、当政者以及全社会的密切关注。

　　郝玉敏长期缺席季服务之后，她的男人某一天突然主动找上门来，报告了她在家中不慎流产的消息，继而申请延签第二个子女生育证。此类情况一经发生，当事人须在二十四小时之内报告，镇计生委将派至少两名同志前往查验。若情况属实，将上报县人口和计划生育局，其第二个子女生育证可获准延签。这意味着当事人继续保有了再生育的权利，否则，证件将被收回，不再安排生育。

　　郝玉敏的情况令人生疑。

　　以往经验证明，当事人时常在这一环节上弄虚作假。原因基本相同：当获知胎儿为女性，有悖自己的初衷时，人为中止妊娠就成为可能。要么等孩子生下来后转移藏匿，再以小产名义蒙骗主管部门。如果获准延签，极有可能造成当事人持第二个子女生育证，政策外生育第三胎甚至第四胎。对此深查细究，很容易揭开真相。我在镇里工作的八年间，曾经目睹过一对夫妇在医院里假戏真做。他们不知从哪里弄来一个皮肤干瘪的死婴，放在纸箱里，顶替事先秘密转移出去的新生女婴。他们哭天抹泪，神情悲戚，得以蒙混过去。一年之后，村人举报了孩子的藏匿之所，真相才大白于天下。

郝玉敏的男人露面不久，村主管贾得宝随后找到镇里。他显然是受托而来。他的表现让人啼笑皆非。他一方面显得很积极，另一方面又会出于利己考虑，为某些人隐瞒实情，瞒哄上级。我相信这次仍然如此。果然，他从怀里掏出五百块钱，透露是郝玉敏家人的意思，许诺事成之后再给我一笔钱。我清楚此举背后意味着什么，婉言谢绝了他。一个月之后，郝玉敏的家人辗转找到了我的内弟，求我通融。他当然也无功而返。这更加肯定了我们最初的判断。郝玉敏没有小产，而是生下了第二个女孩，虽然现在我们不清楚婴儿藏身何处。我不会答应为其办理延签手续。不仅如此，还应尽快找到她，督促她接受普查。十有八九，她已经政策外怀孕第三胎。

郝玉敏的家位于村北，最后一条大街从她屋后穿过。她的家门高墙厚，位于胡同中央。

我在七点前赶到了那里。

我太熟悉这座宅院了。高大的门楼瓷砖贴面，大门两旁镶一副金底红字对联：三星高照安乐府，五福来临富贵家。横批：吉星高照。大门从里面上死了。西边开有偏门。两扇又矮又宽的绿漆铁门同大门一样，也是时常关着。

我支好摩托车，来到偏门前。我不抱多大希望。等我把眼睛凑上去时，我的心简直要跳出来了。我看到了郝玉敏。她头发略显松散，身上罩一件宽大的蓝衫，面对她的男人，坐在月台上。我让他们开门。她的男人随口应了一声。她们相互对视了一眼，似乎在商量是否把门打开。

一个五十多岁的胖女人，身着碎花衬衫，出现在自家的房顶上。她是郝玉敏的东邻。她一眼就认出了我。她对郝玉敏喊道，镇里来人找你啦，快走吧。胖女人的提醒说明了一切。我从门缝紧盯着她。她慌慌张张跑进堂屋，接着又退了出来，在她男人的指点下，手忙脚乱地登上窗边的木梯。一旦置身屋顶，她将会穿越相连的房子，下到任何一位邻居家中，抽中空子，从我眼前生动地消失。

我飞快跑进东邻的院子。院里同样竖着一架木梯，不是在堂屋窗前，而是在门楼边。我三步并作两步登上去。木梯在脚下颤动，发出咯吱咯吱的异响。我疾速登上屋顶，与那个通风报信的胖女人打了个照面。她讪讪地看着我，不时扭头回顾木梯上的郝玉敏。笨拙的身体加上内心的惊恐影响了她攀爬的速度。她像一只笨重的考拉，越着急动作越慢。我已占据优势。我让她别动。我们一个在房上，一个在木梯上，就那样面面相觑对峙着。我打算从门楼边下来，顺着小屋顶来到郝玉敏的房上，然后下到她家院子里。

东邻女人沿着房沿往郝玉敏的房上走。我已站到那座小房上。小房北边搭着空心板，南边覆盖着石棉瓦和塑料布。我有些心急，根本没有意识到已经临近的危险。胖女人轻车熟路地走了过去。我一边移步，一边盯着郝玉敏。郝玉敏伏在梯子上，进退两难。我继续往前走。突然，我脚下的石棉瓦塌陷了，塑料布漏了下去。我一脚踩空，从四米多高的房顶上摔了下来。我本能地想抓住什么，右臂已撞上坚硬的水泥地面，眼前一黑昏了过去。

护士用带子扎住我的手脚，把我固定在手术台上。

套在橡胶手套里的双手抱住我的脑袋，把它搬向一边。与其说是抱住，不如说是压住。抻展的脖筋酸胀。我的脑壳失去了自由。麻醉师带着一股强烈的消毒水气味，在我右锁骨处摁来摁去。他一边不停地摁压，一边跟我说话。他想让我放松，反而让我更紧张。你的手术是局麻，不是全麻，他说。在西方一些发达国家，这类手术都是全麻，但费用相对要高些。我们采取局麻，是从我们的国情出发，尽可能为患者减轻一些负担。我紧张地嗯嗯着。这叫臂丛麻醉。它同样能达到很好的麻醉效果，只是寻找那个部位要费点劲儿。

他在那片区域压上压下。我觉得他的动作越来越机械，手指变得像木棍一样僵硬。皮肤疼痛。肌肉和骨头疼痛。半个身子疼痛。偶尔会有麻木感传过手臂，一闪就消失了。他以为找到了那个敏感点，就把长长的针头刺进去，预期效果并没有出现。他反复试探着，一次又一次宣告失败。我痛得忍不住大叫。颠来倒去的折腾让我痛不欲生。扎了七十针了，这个没用的家伙，还是没有找对地方。汗水湿透了我身下的床单。渗出的鲜血让他方寸大乱。我失去了耐心，失去了对他应有的尊重。四十分钟过去了，这个蠢货还是找不着门径。我的锁骨上下被扎烂了。我大声抗议。放开我好不好，我不需要手术了，宁可废掉这只胳膊。我吼叫着，觉得奋力一跃就能带着身下的手术台一块逃掉。我的叫声让护士们细嫩的前额汗如雨下。他无可奈何地退了出去。一位老手出现了。他扎了二十来针就找到了部位。我一下子感激涕零了。开始推麻醉药。我的右臂马上失去知觉。骨折以来，它一直弯曲着不能伸展，现在，它被彻底放展了。他们把它啪地扔到这边，啪地扔到那边。我竟然毫无知觉。他们把它吊在床头的铁架子上。我看着它，就像看着与我无关的他人的肢体。我突然想起一位熟人的话，凡是木匠有的工具，手术室里都有。简直太恐怖了。我求他们让我睡去。他们给了我一针镇静剂。我在昏睡中听到器械丢进托盘的声音，听到电钻打眼儿的声音，听到医生和护士们咕咕哝哝的呓语。

却已经无能为力。

我一脚踏空跌下来的时候，黑夜突然降临了。

不知经过了多长时间，我发现自己躺在一个封闭的空间里。我身上压着破碎的石棉瓦，肮脏的黑塑料布垂在半空。我耳朵里嗡嗡作响，仿佛整个宇宙正在碎裂。我蜷缩在地上，稍稍举起头，微微张开嘴，冲着墙壁喊叫。我的喉咙发出一些含混不清的声音。我的喊叫吓坏了我自己，惊出一身冷汗。我看见了那个曾经站在房上的老女人，正面色苍白瞪着惊恐的双眼站在门边。我终于可以开口说话了。疼痛让我语无伦次。我让她把村干部贾得宝找来，赶紧送我上医院，否则就要死掉了。我心里充满恐惧，担心自己坚持不了多久，再也见不到我的父母和亲人们了。

老女人犹豫着，当她确信我不会很快死掉时，才蹑手蹑脚靠过来。她嘟哝了两句我听不懂的鬼话，问了两句"痛不痛"的蠢话，检验我的意识是否清楚。时间不长，她从街上喊来六七个女人，却没有一个男人。这些表情怪异的女人七手八脚把我从狭窄的空间抬到门外。她们把我放在地上。我知道那老女人的想法，只要把我抬出来，就是发生不测，也可以撇清了。

贾得宝过来了，支书李希宏随后也过来了。贾得宝鞋上有灰泥，是从正在建设的村民活动广场的施工现场被叫来的。李希宏则一尘不染。李希宏平时从不过问计划生育，主要靠贾得宝出面应付。他们要来一辆面包车，把我送进了市第一医院。他们把我交给先期等在那里的同事，就悄悄离开了。

在住院和术后的日子里，我有足够的时间思考一些问题。

我为什么不愿跟医生和护士说出真相，因为一旦说出，在他们眼里，我的行为就会现出古怪、难以理解的一面。摔伤作为一个值得同情的事件，可能变得无足轻重，甚至成为笑谈。不是因为他们不肯给予理解和同情，而是我的工作大大超出了他们能够理解的限度。他们不会相信，在倡导以人为本，建设和谐社会的今天，居然还会出现这样的人，发生这样的事。一个镇干部自觉地起了个大早，连早饭都顾不上吃，风尘仆仆跑了二十多里，去追踪一个育龄妇女，目的则是阻止她政策外生育。听起来像是天方夜谭。他们会认为有必要，进而支持你吗？在多数人那里，最可能的态度是，政策是一回事，我的行为是另外一回事，体现在自己身上是一回事，体现在别人身上又是另外一回事。我们这些人的形象从来都是被歪曲和丑化的。"进门摸肚，上炕脱裤"，是我的一个同学时常挂在嘴边奚落我的话。有人背后干脆称我们为"土匪"和"鬼子"。还有更难听的。他们以为我们吃饱了撑得没事干，就下乡扰民。大的政策背景被忽略。人家生养孩子，不用你抚养，何必穷追不舍，下此狠手。那是我的职责所在。睁一只眼闭一只眼行啦。从事这一职业的人，都睁一只眼闭一只眼，我们的人口总量将膨胀到何种程度。这是该你考虑的？再说，多生几个能膨胀到哪里去。移民是个好办法，凡是有水的地方就有中国人嘛。来一场战争就解决问题了。……我没来也就罢了，没看见也就罢了，来了，看见了她，怎么能装糊涂。跟领导撒一个谎，告诉他郝玉敏没在家嘛。领导会相信，我说不出口，我长这么大，还没有学会撒谎！

于是我起了早，上了房。我认为即使换了别人，大多会做出同样的选择。可是，你有未经允许进入他人家院，登上他人房顶的权利？你想拦住郝玉敏，控制住她，她要是不合作，拒绝跟你走怎么办？你能限制她的人身自由？她坚持离开，你能怎样？强制带她走？她要求你离开她家屋顶，你敢不离开？她要是铤而走险，从房上跳下来呢？想过后果没有？或者，她不跳，趁你不备，把你推下来呢？你不清楚自己势单力孤，处境危险？人家反过来诬你私闯民宅，动机不纯，把你揍一顿，你不得吃不了兜着走？你有嘴说得清吗？这样的事还少吗？入户调查，人家要你出示执法证件。人家看了证件，还是拒绝回答你的问题，还是不允许你进入家中，你又能怎么样呢？

我们总是指责他们思想守旧，生育观念陈旧，赶不上时代步伐，可是，埋怨和指责能改变现状吗？能使工作变得更容易一些吗？假如你还生活在乡下，跟他们一样，你会怎样想？心甘情愿只生一个？你不觉得这个家庭实际上很脆弱，几乎无力抵抗灾难、疾病等风险，而两个孩子相互可以有个照应吗？抵抗和承受风险的能力不是更强一些吗？他们到了年老体衰，丧失劳动能力之后，不像机关工作人员、城里人那样，可以享受养老保障、医疗保障、最低生活保障。他们没有这些。他们还得靠子女养老。养儿防老的观念固然传统，难道不符合人性，不符合我们的国情，有什么好嘲笑和指责的呢！而农村独女、双女户家庭，在生产生活上，确实会比那些有男孩的家庭面临更多困难……

多年前，国家计生委提出转变工作思路和工作方法，人口和计划生育工作转入以人为本的阶段，人的生育权受到保护，人格尊严得到尊重，现在更为人性化。政策外怀孕超过一定时间，不经当事人同意，谁都无权让其补救。可是，新的问题出现了。那些生育欲望强烈的人，那些不达目的不罢休的人，就会想方设法挨过这个时限，达到政策外生育的目的。负面效应随之显现。面对此情，我们能坐视不管，不作为吗？更高一层主管部门能姑息放任你吗？每年不定期的检查考核，能不以政策外生育率的高低说事，以一个村子的问题"一票否决"全乡乃至全县吗？被否决的地方能不亡羊补牢，对相关人员落实党政纪律处分和经济处罚，直至开除他们吗？为了扭转被动局面，能不举全党之力，全民之力，重拾早年明令禁止的过激做法，只顾眼前而不及其余吗？新的矛盾，新的对抗，新的违法现象在所难免。我们发现抓了这么多年，还是在"紧紧松松、松松紧紧"的怪圈里打转转。要问村支书、主管、育龄妇女小组长为什么不能很好地发挥作用？情况复杂，一言难尽。如果问题那样简单的话，就不会出现一面在市里、省里飘扬了二十年的红旗，突然被一封举报信放倒的事实！而放倒了才知道，揭示出的问题不过是冰山一角。

远了，拐回来，还说朱村。我们费尽周折，最后仍有十一个第一次生育了男孩的妇女没有见面。问题往往出在其中。这就是我们关注的重点，俗称"定时炸弹"。找到任何一个人，说服她接受普查，都需要付出数十倍上百倍的艰辛努力和代价。让人不可思议的是，有的被没收了浮财也要政策外生育，被捣毁了房屋也要生，离乡背井，抛荒田地，过着家不像家、生活不像生活的日子还是要生……这是多么顽强的欲望啊！放在全国范围，都对此装聋作哑，得过且过，稳定低生育水平的目标就会落空，一系列社会问题将会凸显……

想到头痛，还是理不出个头绪来。

该打针了。护士已经站到了床边。

三个小时的手术结束了，我被推回病房。我的右上臂植入一块10厘米长、1.2厘米宽的钛合金板。六枚同样材质的从2.5厘米到3.5厘米不等的螺钉把它固定起来。五枚垂直拧下去，一枚以20度的锐角斜拧进去。缝合了十二针。我远远瞥了一眼X光片，一股寒气从头顶直贯脚底。

我妗子知道了我手术的消息，她来到医院，说服我告诉我的父母。两位老人租了一辆车，从四十里开外的乡下老家心急火燎地赶了过来。父亲看了我两眼，默默坐在床尾，侧身埋下头去。母亲伏在床头，死死攥住我的手，生怕稍一放松我会离她而去。她老泪纵横，大放悲声，全然不顾别人的存在。呜呜，娘老了，没有用了，你不跟我说。呜呜，傻孩子啊，哪有你这样干工作的，不长一点心眼儿啊。呜呜，你要是死了，谁还赔你一条命！让我跟你爹怎么过啊！我的泪水情不自禁流出来。

十三年前，我从省经贸干部管理学院毕业，在省城找到一份理想的工作。姐姐出嫁后，父母希望我回到他们身边。我满足了他们的愿望，从此像浮萍一样漂荡不定。我在县招待所干了五年，工资很低还不能按时领取。八年前，我成了黄镇的一位聘用干部，工资只有三百元，去年才涨到五百。这一年，镇里兑现了每月十元的独生子女父母奖励，加起来一个月是五百一十元。我珍惜这份工作，起早贪黑从无怨言。除了这次事故，我几乎没有请过一天假。我女儿牙牙学语时，我说有一天带她去动物园看猴子和鸵鸟。她上了幼儿园。那天，她趴在病床前对我说，爸爸好好休息，我不去看猴子和鸵鸟了。我问为什么。她说我在书上都看到了。

我觉得后怕，同时深感后悔和内疚。我不敢想要是没了我，我的父母今后将怎样生活。更不敢想要是没了我，我的家庭会发生怎样的变化。我没有完成任务，给镇里添了麻烦。住院期间，每天平均花费七八百元。两次住院一共花了一万六千多元，相当于我三年的工资，或者说相当于跟我身份相同的三个同事一年的工资。如果时光可以倒流，我可以重新选择，那天决不会早早起床，而是一直睡到妻子把我叫醒，吃了早饭，再骑上摩托悠然地赶往镇里。那样，我就不可能摔伤，镇里也不会花那笔冤枉钱了。

郝玉敏侥幸躲过了普查，据说后来如愿以偿得了一个男孩。她家大门依然关闭。她深居简出，轻易不在街里露面。

去年春节前，他们向镇里上缴了三千元的社会抚养费。这笔钱是应缴金额的七分之一。这是一个政策外生育第三个子女的家庭付出的低廉代价。征收还将继续，同时也会面临许多困难和阻力。抱养子女的民间行情是以斤论价，男孩每斤一万，女孩减半。不言而喻，巨大的反差会怎样激起一些人政策外生育的欲望。

如此，我经受的肉体和精神上的痛苦，究竟有多大意义……

我再次住进了矿建医院。上次是植入，这次是取出。术前准备，臂丛麻醉，切开缝合，程序一步不少。我注定要经受双份痛苦。麻醉师在我锁骨周围重新上演了一出鲜血淋漓的活剧，把一次性床单弄得一塌糊涂。那块钛合金板，六颗钛合金螺钉，在我体内存留年余，终于完成使命，重见天日。护士用托盘端到我面前。我嗅到血的气息，肉的气息，骨头的气息。面对冰冷的合金，我沉默无言。出院之际，我请求他们把它交给我。它们曾是我的骨骼，我的上臂，见证了我的不幸和痛苦。我没有理由抛弃它们。

我很快上了班，波澜不惊地步入我熟悉的工作。第三季度集中服务活动正在扫尾。我们带着便携式 B 超和早孕试纸去"清村"。两位同事把竹梯抬过来（当时一次购买了三架，每个包片小组一架）。他们坐进面包车，把手伸出车窗，一前一后掭着竹梯。梯子超出了车身。二十分钟后，我们来到朱村。我心里五味俱全。面包车停在村南一户人家门外。我们悄悄下车，把竹梯靠在屋墙上。一位同事登上去。他看到墙外的电表飞转。

这意味着我们要找的人躲在家中。我们敲门。没有应声。一会儿，他示意电表停转了。他下了梯子。我们移过去顺上墙头。他轻快地登上去，纵身跳进院子里……

这是危险和违法的。然而，自从镇长从县里扛回流动黄旗后，我们就什么顾忌都没有了。

这次要找的人没有郝玉敏那样的幸运，一个多小时后，她被带到车上。车在村民活动广场停下来。他们去附近找另一位妇女。我走到那座水泥假山前停下。黑色花岗岩底座中央，是几块枣红色花岗岩，上面镌着一首镏金的颂诗，记录下领头人的功绩：支书李希宏，决心改村容。党员全支持，干群齐响应。村上知名人，慷慨巨资奉。捐款修公路，造福咱百姓。中心建广场，村民都欢迎。祖辈享益处，世代永传颂。

广场建成一年，假山出现了几处松脱。

因为不是周末，广场上看不到学生。几个老妇人坐在路边，照看着眼前的菜摊子。

李希宏一次也没有在"清村"现场出现过，据说，他喜欢独自一人，时常在傍晚时分来到广场。他倒背着双手，饶有兴致地站在那首颂诗前，一站就是半个钟头。

仿佛总在默诵，总在琢磨，总也看不够。

穿越十三年的刀光

　　贺老二走进厨房，一手扶着缸沿，一手拉开水缸上方的吊柜，从中摸出一把银亮的菜刀来。刀光一闪，一丝若有若无的轻音飘过，空气里似乎布散了钢铁的味道。他下意识瞥了一眼，让锋刃朝下，顺手揣到左腋里。

　　这是菜刀离开炉火，铁砧，滚烫的淬火盆，被独眼李铁匠带上庙会后的第七个年头。时间验证了李铁匠产品的耐久性。它随贺老二老婆一起度过二千五百多个日夜的切菜割肉生涯，第一次被人紧贴皮肉揣在了身上。

　　在一件白衬衫的遮护下，菜刀被贺老二很快暖热了。他的咚咚心跳有节律地叩打着，硬邦邦的布满肌肉条索的胳膊紧夹着，让它动弹不得。凝固的钢铁原子开始膨胀并相互冲撞。贺老二的呼吸时而粗重，时而急促，像一只破旧却鼓动的风箱。

　　头天下午，贺老二将它掭出厨房，用骨节粗大的手摁在磨刀石上。由于用力过大，骨头顶得皮肉酸麻。他来回拉动，哧——嚓——，哧——嚓——，砂石分子侵袭钢铁分子，让刀刃越发变得薄亮。节日临近了，为主人效劳的时刻就要来到。瘦肉来吧，肥肉来吧，排骨来吧！鱼来吧，鸡来吧，鸭来吧！需要的都来吧！它要剖杀，切割，斩剁，在院里腾起一片欢快的回响，就像七年里的每一个此刻，它的身体轻快地陷进肉里，嚓、嚓、嚓……飞刀疾切，转眼让它们支离破碎。

贺老二心事重重完成了下午的切割。他在水盆里清洗了刀身，把它放回厨房。除非明天来临，才可能有新的斩杀任务。他好像突然想起什么，重新返回去，把清洗一新的菜刀掂出了门外。他把它举到眼前，与双目齐平，接着举过头顶，让锋刃向上，在斜阳下仔细端详起来。他若有所思，目光飘移不定，越过南面的屋顶，一直望到那座小院里……

他从恍惚中回过神来，把菜刀摁在发白的条石上，淋上清水，重复了头天下午磨刀的全过程。这一次用力更大，时间更长，把刃次数更多，斜对阳光端详的时间更久。他握紧它，不断在胸前比试。他把它举过头顶，咬牙狠狠劈下来。他反复挥砍着，觉得稠密的氧气分子被切中，纷纷碎裂，四散射开。他闻到了独特的芳香。

做完这一切，贺老二满意地回到厨房，小心打开吊柜，把菜刀放了进去，然后关上吊柜，盯看了一会儿，确认不会有问题才走出来。

菜刀第一次离开案板、锅碗瓢盆，离开脏乎乎的灶台，被秘密收藏起来。

它高高在上。

下午四点多，贺老二起身离开了狗脊一样弓起的板凳，离开四角开裂的方桌，离开只有半截土墙的小院，独自走出家门。他的行动悄无声息，不乏沉闷。卧在西墙根的黑狗狐疑地看着他，没有做声。他走出留有排水明沟的狭窄胡同，来到南北向的大街上。街面一片聒噪。各色人等制造着拥挤，在拥挤中穿行。贺老二视而不见，充耳不闻。它们没能影响他赶路的步伐。

那把由邻村有名的铁匠独眼老李打制的菜刀，现在被贺老二揣到了大街上。它将随他去往一个陌生的地方。这是它问世以来，第二次随主人远行。这段行程比厨房更幽黑，比吊柜更憋闷，而且不可预知。

它时不时被夹紧一下。

贺老二竭力睁大酒后发红的眼睛，选择前进的路线，尽量避开赶会的游人，避免与他们说话和纠缠。他得以最快速度接近目标。他下意识控制着身体的摇摆，让汗发胶结的脑袋在肩膀上获得短暂的稳定。他瞅准人流中一个间隙，伸长脖子，高抬起脚，又猛然落下，脑袋像鸡啄米，身体像孑孓，一个趔趄歪向了墙根。

他庆幸靠着了墙根。没有人注意他。街上时而晃过醉汉，他们醉态万方，比他更可笑。街道在庙会前已经整修过，他还是觉得高低不平。他陷入气味的包围之中。苹果的气味，油条的气味，方便面的气味，花椒八角的气味，熬菜的气味，化妆品的气味，白酒的气味，白酒进肚翻腾上来的气味，汗腥味，百味杂陈，十分浓烈……贺老二皱着眉头，没有停下来。

有人喊他。他惊惶地抬起头，菜刀差点掉到地上。

不是喊他，是喊一个跟他同名的人。……腋下已黏湿不堪。

继续向前。走过一些小布蓬，一些临时搭建的铺面，一些三码车，一些地摊儿……他在红男绿女中瘟鸡般可笑地穿行。小石桥到了，赶会的人明显少下来。贺老二拐进一条胡同。

他把手伸到腋下，菜刀还在。他的身子发紧，四肢有些僵硬。他晃晃脑袋，让自己放松。他隔着衣服往上推推菜刀，夹紧。菜刀湿滑，像裹了一层油脂。

他迈进那座陌生的院子，心跳不由得加快。

贺老二毫不迟疑奔上房而去。他浑身发烧，变得兴奋。他早就知道了它的位置。他曾在夜间来过，两扇铁门把他挡在了门外。

小院主人是他的远房本家贺平均，此刻，正坐在圆桌旁歇息。那是一张可以折叠的圆桌。客人少时，它是一张小方桌，客人多时，从四边折上来，拼成一张圆桌。好多人家备有这样的桌子。

贺平均早上六点就起来了。他归整了砖石，拾掇了落叶，清扫了院子，洒水压住浮土，再为花树浇水。小院变得干净、清爽。他欣喜而轻松地等待亲戚和朋友的到来。现在，他们都走了。他坐在圆桌旁休息。桌上是残汤剩菜，桌下是横七竖八的空酒瓶。他想等一会儿再收拾。

有人进了院子。

他想起身打个招呼，但他太累了。饮酒的兴奋已经过去，脑子昏沉沉的。他没有了开始的热情，没有了多余的酒量，甚至连酒兴也没有了，剩下的只有负担和疲倦。失礼就失礼吧。他坐着没动，等那人进来。

贺老二出现在门口。他比贺平均大八岁，但按辈分，他得喊他叔叔。

贺平均想站起来，到底没有。一个晚辈……这时候来干什么，应该不是来讨酒喝的，借东西……

走进屋里的贺老二没有落座的意思。他绕过屋子正中那张八仙桌，径直朝贺平均走去。夕阳最后的余晖射进来。他捕捉到了贺老二不友善的目光。

贺老二走到他跟前，右手伸在腋下，劈头就问，服劲儿不服劲儿？这句话让他摸不着头脑。他搞不明白他想干什么，站起来问，什么服劲儿不服劲儿？

贺老二说，就问你服劲儿不服劲儿。贺平均说，有啥服劲儿不服劲儿！他顶了一句。

贺老二似乎在等着这句话。他的回答显然让他不满意，好吧，不问了。他突然从怀里抽出菜刀，照着贺平均的脑门斜削下去。

贺平均惊见一道白光，意识到情况不好，身体打了个激灵。

寒光飞纵，携带着冷风，裹挟着仇恨，以了断之势直奔头颅而来。贺平均酒醒了，眼看被寒光击中的瞬间，本能地一歪，左臂同时挡了过去。

寒光像一道弯曲的电弧，停在他的小臂上。他的小臂被击中，麻了一下，身体跟着抖了一下。他感到自己被高压电流击穿了。一股强大的冲力推着他，让他砸翻了座椅，重重摔在地上。

第二道寒光随即落下，与椅子靠背的钢管相遇，发出清脆的鸣叫。房顶上的尘土被震落，悄然掉进杯盘、酒盅里……一簇火星代替了寒光。

没有停顿，第三刀寒光紧接着飞过来，"咔嚓"一声落在圆桌边沿。桌沿吞灭了寒光，使它不能迸射和飞散。桌子瞬间承接了千钧力量，锐叫着向门口滑去。搭扣突然折弯，托架轰然塌陷，桌子抖动、倾斜、变矮，杯盘碗筷噼里啪啦倾砸在地上。

贺老二砍红了眼，不能控制自己了。他用尽浑身力气，想把菜刀拔下来，未能如愿。他把整个身子倾轧上去。他不想错过机会。他不能容忍菜刀的不配合。他不干不净地骂着。由于斩杀过猛，他的体力消耗过快，有些力不从心了。菜刀好像故意较劲似的，让他慢慢失去了操纵它的能力。他的快意大打折扣。是的，它太快了。他制造的锋利最终阻止了他。

贺老二匆匆瞥了一眼躺在地上的贺平均，拔腿跑掉了。

十三年前那个夏天的傍晚，贺平均走进贺老二破旧的院子。

贺老二已经生了两个女孩，还想再要一个男孩。他的妻子怀孕了。

贺平均刚刚当选为村委委员，正赶上计划生育突击活动，他负责做贺老二夫妇的补救工作。

贺老二老婆没在家。他需要家里出现一个男孩，而不需要出现一个男村干部。啥事？他明知故问，对贺平均心怀戒备，充满敌意。

听说侄儿媳妇怀孕了，镇里让做手术。

贺老二没有听完就来气了。我老婆怀孕，你怎么知道……你跟她睡了！他瞪起核桃般大小的眼睛，死死盯着贺平均。贺平均说，你还有人味没有，胡说八道……贺老二说，你们不说，乡里怎么知道？他原本在修理小饭桌，听了贺平均的话，掂着锤头站了起来。气氛有些紧张。

这个我就不知道了，贺平均说，是乡里给的单子。村里让我通知你。反正形势很紧，你看着办，最好准备一下。

贺老二气咻咻地蹲下了，一锤砸在小饭桌上。他没有按贺平均说的去准备。他另有打算。第二天早上，贺平均再来找他时，发现他家的院门紧闭，一把旧锁挂在上面。

贺老二带着他两个女儿，一夜之间消失了。

秋天到了，庙会来了。躲藏在外的贺老二领着老婆孩子悄悄回来了。她不是要过会招待亲戚，而是来收拾东西的。不出一个月，他的女人就要生产。

贺老二选择夜里偷偷进门，本想休整一下，在黎明前离开，可是没等他们起床，就被镇干部堵住了。三四十个人步行过来，包围了他的院子。他老婆被送到县服务站做了引产。过会那天，她虚弱而伤感地躺在了床上。

之后，贺老二和他老婆游离出镇干部的视线。让人没有想到的是，他们没有闲着，而是快马加鞭，抢墒播种，终于在第二年庙会前夕得到一个男孩。这让镇干部大感意外。贺老二连睡觉都是笑着的。从不在家中设宴的他，破例摆了几桌，招待名义上是来赶会，实际上是来贺喜的亲戚。事后，贺平均又来动员她老婆做绝育，这回没说的了吧，总算达到目的了。贺老二阴沉着脸不睬他。贺平均赔着小心，结扎去吧，七天以内最合适。

贺老二还是没听他的，他做了男扎。

术后的贺老二觉出了身体的异样，说不清哪里就会痛一下，麻一下。他认为是手术造成的。他觉得自己不再是个完整的男人了，即便做起那活儿来依然生龙活虎，心里却倍感腻歪。他变得更不爱说话，不爱凑堆儿了。他还不能见骡子，尤其不能听人家说骡子如何，后来，看到别人牵着驴马过来，也远远躲开。他恨贺平均，恨得牙根都疼起来。

他的男孩十三岁了。十三年来，他换了两把菜刀。上一把用了六年就报废了。独眼老李的这把用了七年，还跟新的一样。它帮他完成了夙愿。

贺平均躺在市第一医院的病房里，他头部撞伤了，打着绷带。他右脸青肿，涂了碘酒，擦伤正在结痂。他插着输氧管，右臂吊着液体，下身连着导尿管。

当天夜里，医生为他做了紧急处置。菜刀砍在左臂肘关节处。当他举手上挡时，肘部上方被割开一个十五厘米长的口子。口子呈弧状，贯穿了半个肘臂。骨头被砍断。缝合四十二针。两颗钢钉犹如连接桌面支架的搭扣，将断开的骨头咬合起来。

医生告诉贺平均家人，他的患肢神经已经受损，小指和无名指的功能是否完全缺失，缺失了是否能够恢复，都很难确定。医生建议适当时候进行二次手术，目的在于修复神经，但要两年之后，过两个夏天才可以。

贺平均没有多少积蓄，而手术是不能耽搁的。她妻子到她娘家和亲戚处求借，当夜凑齐了费用。

村里拿不出钱来。上任两年的贺平均没有领过一分钱工资。

……

案发一小时后，我们赶到了贺平均家。所长亲自过来察看现场。老于费了一番功夫，才把菜刀取下。上面的血迹已经凝固，能看到残留着的骨头渣子，金属星子和木头末子。所长面色严峻。他喃喃自语道，日他奶奶吧，是要命来的。老于把菜刀收进档案袋，写下"2002年8月9号，星壁村，贺老二……"轻轻折起，小心放进黑色人造革提包里。

我们赶往贺老二家。院门大开。贺老二没在。他乘乱逃离了村庄。

贺老二哥哥坐在贺平均对面的病床上，满脸羞愧和无奈。两年前，经过四十三名党员投票选举，他当选为星壁村的支部书记，成为贺平均直接领导，但他无法给村里带来收入。支村两委五位成员，从进入班子第一天起，就默然接受了为村民义务服务的现实。

他不能不来。这是再正常不过的礼数。于公而言，贺平均是他的搭档和下属；于私而言，他兄弟砍伤了人家，作为兄长，实际上的一家之主，没有理由不出面收拾残局。由于集体经济拮据，他在人前抬不起头来，面对病床上的贺平均，更不知道说什么才好。理亏而且没钱，安慰又有什么用，他选择了沉默。

贺老二已构成犯罪，他的前程通往监所。经济赔偿在所难免。作为贺老二的哥哥，他得替他做出交代。贺老二逃跑之后，他的弟妹没有登门跟他见面，更别说求他看望贺平均了。她怎么想，别人不知道，他还是清楚的。类似这种事，贺老二每年都要干一两次，干完一跑了之。他好吃懒做，手里没钱，人穷志短，她则就坡下驴。在她眼里，贺平均是仇人，砍了他，高兴还来不及呢！

贺老二哥哥安慰贺平均，全部手术费用由老二负担。他有意避开了法律追究的话题。贺平均明白，这已经是最好的结果了。

第二天下午，贺老二母亲把借来的五百块钱送到贺平均媳妇手上。明知他们吝啬，明知是杯水车薪，还得收下。

住院期间，贺平均接待了一拨拨前来探视的村民。越到后面，他看得越清楚：这些人明为探视，实际上是来替贺老二求情的。贺老二是个混鬼，一个穷不值，见酒发疯，跟他有什么计较？一个提拿不起来的人，就是砸锅卖铁，也凑不出几个钱儿。退一步讲，判他坐牢又怎样，还是得不到你要的东西。不怕没有，就怕实没有，实没有连鬼都没办法。以后还在一块住着，抬头不见低头见，要跟人家哥哥共事，逼得紧了，都不痛快，不如消消气，松个口儿，放他一马。

平时从不来往的街坊，满脸堆笑地围在身边。族长最后也出面了。人人都来劝说，人人都要参与。家里、病房热闹异常。贺平均陷入探视者热情的包围中，不胜其烦。

支书赶着来了两天，后来就不露面了。本不是人家的事情，不能强求。贺平均感到了支书的陌生，也感到了自己的孤独。大家异口同声替贺老二说话，他反倒成了理亏之人。如果不给面子，他将得罪很多人。

贺平均嘴上不说，心里已经有了让步的准备。

春节马上就要到了，贺平均吊着手臂去见派出所所长。我们这两天又在忙贺老二的事。所长边说，边往屋里让他。又是一次酒后，贺老二趁人不备，用锹把儿打破了邻居的脑袋。他像一个跑龙套的演员，完成击杀后，又轻车熟路逃离了村庄。他老婆仍然像什么事都不曾发生一样，平静地忙着家里地里的活计。邻居不在乎钱财，不要赔偿，只要求将他绳之以法。

所长让贺平均坐下，给他倒水，被贺平均劝止了。所长说贺老二恶习不改，近来有两案在身，他们正全力追缉。他理应受到法律惩罚。所长拍拍他的肩膀，你放心等着，我们再不会放过这个坏小子！

所长完全误解了贺平均的来意。他不是要求治贺老二罪的，而是为他开脱的。出院半年，情况比预料的要好些，现在看来，刀伤可能不会影响他出门挣钱。他在心里已经放过贺老二了，不放过又能怎样呢！他说，我胳膊里留着钢钉，还得二次手术……指头不灵活，恐怕永远恢复不到从前了。可是，他顿了一下，怎么说呢，他没钱，判了，关两年，没什么意思……别追究了。我自认倒霉……

所长一下子露出欣喜的笑容。他没想到贺平均会亲口说出这种话。他也不想治罪贺老二。不看贺老二，还得看他哥哥；不看他哥哥，还得看他嫂子；不看他嫂子，还得看她炒的菜、擀的面条。来村里办案的时候，经常在他哥哥家吃饭，厨师就是他嫂子。她会做拉面。喝了酒，一定吃她的拉面。他私下里跟自己老婆说过，贺老大老婆的拉面跟你的裤腰带儿差不多。

在邻里乡亲的游说下，贺老二击伤邻居案件，终于还是不了了之。贺老二悄悄回来了。开始，他还躲躲闪闪，后来觉得没什么事，就大摇大摆地走动起来。他没必要再躲着谁了。

没过几天，贺老二也来到了派出所。所长很吃惊，你小子是不是又惹事了，自己送上门来？贺老二嬉皮笑脸地说，所长，我已经改邪归正、重新做人了。所长说，你知道改邪归正、重新做人？贺老二说，我把酒忌了，不给您惹事了。所长说，狗要改了吃屎，就不打茅子墙了。贺老二说，我要再喝，就把指头剁了。所长说，剁成骨朵也改不了，剁了舌头也改不了……我问你过来干啥？贺老二凑过来，所长，能不能把菜刀给我？

所长十分警觉，脸色一下子黑下来，什么菜刀，还想砍人啊！贺老二说，不是，我老婆一直跟我要……所长没想到贺老二这么赖皮，敢惦记那把菜刀，哼了一声，真不要脸了！

贺老二讨好地说，所长，开开恩吧，我老婆要用它切菜。那把菜刀好使，她天天跟我说，把我快烦死了。

所长厉声道，滚吧，不走别怪我不客气。

……

贺老二走了。

所长却思量起来，是啊，菜刀放哪儿啦？他记着老于拿回来给了他。档案橱……窗台……脸盆架下……他挨着看了一遍，都没有。他的脑子一片空白。难道给人顺走了？他想了好一会儿，把脑袋都想疼了。司机喊他，他答应就来，然后嘟囔了一句，想它干啥，反正都过去了。

一个秋天的明朗和暧昧

　　我们村张铜拴老婆从茅坑捞上来的时候已经死了。

　　消息一传开，村里就炸了锅。人们猛然想起已经有一段时日没看见她了——那个平时不爱说话，术后更加沉默，说起来又开闸放水般收不住话头，头上一句脚上一句不着调儿的女人。他们大多知道她脑子出了问题，谁想不到说没就没了。

　　她是在进入那个公厕，突然发病一头栽了下去，还是蹲在条石上犯迷糊出现了闪失，或者已经收拾停当准备离开，却一脚踩空丢了性命，恐怕没有谁能说得清了。除了他的家人、亲友会怀疑和追问现场究竟发生过什么，谁会在意呢。反正已经死了，打发死者入土为安才最要紧，何况村人了解她平素的情况，搞不搞清楚又有多大意义呢！

　　听说最早发现她的是一个路过的女人。她在树下支好自行车，匆匆走进了前墙刚能隐身的公厕。当她透过叉开的双腿，看到茅坑里还有两条向上叉开的腿时，想要轻松的念头一下子跑到了九霄云外。她叫娘杀老子般地窜了出来。她手提着裤子边跑边喊，吸引了过往的目光。那些爱管闲事的路人，还有马路两边的住户，纷纷跑了过来。他们进入厕所瞅上一眼，慌忙退出来，一路小跑着回去，找出了粪钩和铁篦子，有的顾不上多想，顺手掂来了铁锨和粪叉……他们神情紧张地挤在公厕里，一通忙乱，钩着她的腰带和衣服，把她从一米多深的茅坑弄回到地面来。

她的头上、脸上、手上、脚上和衣服上，全都是臭烘烘的粪便和蠕动的蛆虫。人们把她弄到路边硬地上，成群的绿头苍蝇飞了过来。有人从车马店掂来了两桶清水，朝她的头脸哗哗泼去。她年轻苍白的面容露了出来。胆大的歪着头凑上前，一手捂着口鼻，一手指指戳戳，最终，都摇摇头失望地退了下来。

一个胖乎乎的男人扒开众人凑了上来。他看到了地上软绵绵的尸体和湿淋淋的头脸。他倒吸了一口冷气，知道他们担心的事情不可挽回地发生了。

他是一家乡村精神病院的厨师。当医生发现住进来没几天的女病号又一次不见了时，再次慌乱地打发他出门寻找。他顺着公路骑了十来里地，看到了人们正从公厕往外抬人的场面，很快，他吃惊地认出了那张刚刚熟悉没几天的面孔。

那天上午，我跟支书参加乡里的计划生育调度会。会议结束时已近晌午。我们在"一叶春"喝了两杯，随后到和平澡堂泡了半天，又放松地睡了一觉，才回到村里。我们刚在支书家的院子里坐下，张铜拴就找上了门来。

铜拴听到他老婆的凶信，是被从地里叫回来之后。他大哥带来的消息，让他半天回不过神儿来。他在五天前刚把她送到那家医院。院墙上

"视患如亲"的字样，老医生的和蔼慈祥，让他悬着的心放了下来。她的女人胆小自闭，不轻易外出走动，也不爱与人凑伙儿，时常一个人对着墙角儿、门旮旯发呆，偶尔嘟嘟囔囔的，好像对面有人隐着身子跟她对话。老医生的印象是，她患了精神强迫症，病情仍在发展，但他保证，经过一段时间的治疗，完全可以让她恢复健康。

铜拴脑子里嗡嗡作响，乱作一团。他知道让她恢复健康，连神仙也做不到了。

他的大哥已经把家族中比较亲近的成员召集了起来，带着几个中年人前往精神病院交涉。他的兄弟和几个年轻人，开着一辆三码车、三辆摩托车赶往出事地点。与医院的交涉还算顺利。医院没有看护好病人，导致出现意外，自知责任不可推卸。为了减小影响，为了声誉和以后的生意，他们忍痛赔付一笔钱以作了断。他的兄弟们行动更快，不到三个小时就拉回了尸体。

铜拴让他七岁的儿子给我们下跪磕头。我们少不了一番安慰，有什么需要帮忙的让他尽管说。铜拴红着脸，努了半天嘴，憋出两句话来，我老婆是后遗症……跟结扎有关……乡里得赔偿。我跟支书谁都没有料到他会突然提出这样的要求，吃惊地对视了一眼，一时不知怎样回答才好。

铜拴老婆是头年秋罢做的结扎，那天，是我安排车辆亲自把她们送到了县医院。他老婆耽搁了很长时间才过来。她裹着一件皱巴巴的枣紫色碎花缎面的夹袄，大概临出门才从箱子里翻找出来。我心里着急，没有给她好脸色，头天说好的事儿，还磨蹭这么长时间，让大家干坐着等你。她没有还嘴，低头上了车。

午饭过后，做了结扎的四位妇女又同车回来了。她们轻声说着什么，偶尔讥诮地开句玩笑。她们想笑又不敢大声，张着嘴，捂着肚子，一副奇怪难忍的表情。铜拴老婆闭着眼，紧锁眉头，仰歪在后座上叹气。我们挨门儿送她们回家。别人都是自己下车往家走。铜拴老婆格外小心，好不容易从车上拿捏着下来，没走两步就歪坐在了大门口。她情绪低落，满面愁容，别着脸揉了一会儿眼睛，才由铜拴和她妹妹搀进了院子。

　　她感觉腹部不适，下意识地在衣服外面摁来摸去，结果刀口真的发了炎。别人很快恢复如初，她却因为输液推迟了几天才拆线，从此像瘟鸡一样打不起精神来。

　　她的性格渐渐有了变化。她跟街坊平素来往不多，后来就完全中断了；从前碰了面总要打个招呼，后来看见了就远远躲开；再后来，出门也少了。多数时间寡言少语，偶尔又会突然话多起来。

　　有一次，我走在街上，她不知从哪里突然冒了出来。我想三言两语打发走她。她沉浸在自己的世界里，不停气儿地诉说。她说自己很长时间睡不好觉了，有时整夜做梦，刚一合眼，就见一个白布蒙面的陌生人，露着两只小眼睛，握着一把银亮的手术刀站在床边，要她脱光衣服，准备手术。她不敢不脱，胆怯地分辩，我已经做了结扎。陌生人说，我们不管那个，只管手术。乡里把你送来了，你就得做。她蜷起身子瑟瑟打抖。陌生人不再说话，照她脐下三寸狠狠拉下。她大叫一声惊醒，冷汗顺脖后而下。她心慌意乱，再也无法平静。她听到院子里有了响动，断定有人来了，连声喊铜拴起床，把他们轰走。铜拴经不住她一再嚷嚷，只好披上衣服走到院里，把大门吱呀呀打开又关上。

　　我劝她放松，那些没影儿的事，都是你自己想出来的。全乡二十多个村子，九千多个育龄妇女，一年少说要做一两千例手术，从未听说出过什么事，到你身上就有问题啦！她一本正经地说，病在我身上，不在你身上，你咋能知道。你相信不相信他们把我身上的东西拉掉了。我问拉掉啥了。她说肠子、肚子（胃）。他们给我结扎的时候，偷偷拉下来，卖给走后门的病号了。我笑她越说越离谱。她说你别笑，我一点也不骗你，肯定给他们挖走了，要不肚子里怎么总是像根绳子拧着一样，有时候还呼呼进风，几条被子都挡不住。我说，动了你的肠子、肚子，吃饭能没有感觉。她眼里闪过一丝光亮，怎么没有感觉，要不吃点儿东西，撑得受不了。他们切走一块，我的肚子变小了，容不下了。

我受不了她死缠活搅，也较起真来。我送人多了，手术上的事比你清楚。你知道啥叫结扎？说白了，就是把输卵管打个回弯儿，捆扎一下就完了。我弯回食指给她看。以前把回弯底部那一段切掉了，后来不切了，用手术钳夹一下，让它粘住，根本没有动别的东西……该切的都不切，怎么可能切了其他。她将信将疑，很快又不以为然。这时，铜拴远远走了过来。我说回去叫铜拴问问医生，看切了没有。铜拴连呵斥带劝把她领了回去。

过了些日子，她又找上门来。我把她拦在院里说话。她口角堆着白沫，重复身上丢了东西的老话，一时没有要打住的意思。我告诉她有人在村委会等我，想抽身离开。她突然抓住我的手说，我心里痛啊，受不了了，就想搂住你大哭一场。我妻子怕她真的号啕起来不好收场，急紧好言抚慰，劝她回家。她紧紧抓着我的胳膊，两眼直勾勾地盯着我，生怕我跑掉了。我平和了语气哄她撒手，先回家跟铜拴商量商量，他同意了你再过来，要不他会跟我拼刀子的。她信以为真，得寸进尺，他要同意了，就让我跟你过了吧！听着这些不着边际的话，我和妻子哭笑不得。我们费尽口舌，总算把她送走了。

铜拴曾经带她去过几家医院，没有查出实质性的病来。医生的诊断趋于一致，她患的是心理疾病，应该抓紧看心理医生，同时给予必要的药物治疗。他们建议给她换一个环境，转移一下注意力，兴许能慢慢好起来。

她不相信医生的判断，怀疑他们暗地得了乡里的好处，串通一气，变着法子欺骗她。她的症状时轻时重，情绪时好时坏，总不见明显好转。

铜拴的要求让我们十分为难。

此前，我们从未给乡里通报她的情况，现在说是手术后遗症，缺乏必要的过渡。他们也从未找过乡里。再说，是不是后遗症，需要县级以上的专家组鉴定，没有鉴定结论等于扯淡。退一步说，随便那家医院——哪怕是精神病院——曾经出过书面诊断，提出与结扎有关，也可当作说话的凭据，可他手里只言片语都没有。手术时间过去了将近一年，人又死在外面，死在住院治疗精神病期间，不说与计划生育手术离题万里，也相去甚远，贸然向乡里提出要求，难能得到认同。可是冷静地想一想，铜拴的要求不无道理，她毕竟是在结扎后有了精神上的变化。她的死不是由结扎直接引发的，但间接诱发的因素应该存在。我们看着铜拴的孩子，觉得挺可怜，再看看铜拴，真是够倒霉了。同样是做了结扎，别人照样活蹦乱跳，家里地里活儿啥都不耽误。他老婆却抑郁成病，快成了废人不说，还把他折腾得够呛。他的不幸应该得到同情。这期间，村里议论纷起，说什么的都有。有人说她过门前就有精神病，只是瞒过了铜拴，一遇上手术刺激，便旧病复发……我跟支书商量，不管怎么说，人是死了，铜拴和孩子们已经非常不幸，无论最后乡里怎样对待，都应该积极为他争取。我们决定明天上午去找乡领导，让铜拴领着孩子先回去。

铜拴和孩子刚离开，支书就说明天有事，让我自己去。我明知他是耍心眼儿，怕折了面子落埋怨，又不便推辞，只好在第二天上午，硬着头皮去了乡里。

性格随和直率的张副书记，坐在米黄色藤椅里，满怀热切地接待了我。从他睁圆的眼睛和急迫的口气里，我知道他对此事是感兴趣的。他不时插一句，生怕我漏掉关键细节。当我把话锋一转，提出乡里应该赔偿铜拴一笔钱时，他的嘴巴耷拉下来，笑容僵在了胖乎乎的脸上。他坐正身子，神情变得紧张严肃。他倒换了手上的蒲扇，把宽大的右手挡在我面前。你不要把屁股坐歪了，千万不能承认她的死跟手术有关。他的脑袋比他的右手摇得更快，唾沫飞溅，语气坚决，没有一丝商量的余地。它们根本不沾边儿。想讹人也得拣个地方。我大失所望，知道再说下去也不会有什么结果，不情愿地起身离开。他跟到门外，反复叮咛，千万不能跟他们搭这个茬儿，要不我们就没有安生日子了。其他做了手术的人，多少有点事儿，还不把乡大门挤破了。

我想人命关天，作为一个副书记，他不敢轻易表态。原本想给他吹吹风，让他从旁做些工作，不想被一下子回绝了。

我心情郁闷地去找乡长。

乡长是不久前选举产生的。这是他升职后遇到的头一件棘手事。我不知道他会怎样对待它。

我们村张铜拴老婆掉到茅坑淹死了。她去年秋天做了结扎。

去年是指一九九〇年。那年春天，他从县委办公室调来，担任乡党委副书记。他经历了秋季全县性的计划生育突击活动，对此应该印象深刻。

掉到茅坑淹死了……

她结扎以后精神就不正常了。

哦……除了王庄一位教师出现男扎后遗症，还没有哪个村做了手术的妇女出现这种情况。

她是有问题了……开始是不爱说话。

不爱说话……不能算不正常。

有时候说起来又没有把门，颠三倒四的。

下面结扎了，上面没把门了？

后来就不做饭，不管孩子了。有一次拉着我的手，说光想跟我过了。

呵呵……乡长嘴角浮上一丝微笑，那跟结扎有什么关系呢？

都是结扎以后出现的情况。她说身上少了物件，肠子、肚子被人拉走了。

乡长笑出声来，简直不可想象。

她说肚子塌进去了，还撩起衣服让我们看。

你算有眼福……看了有什么印象？

不像她说的塌进去了……人瘦了，肚皮松了。

医生肯定没有拉掉她身上的东西，不仅没有拉掉，还添了东西呢。我明白他是说缝合线。

我反复跟她讲过，她不信。她已经迷了，走不出来了。

照你这样说，她应该是心理问题……要是及时干预就好了。

她毕竟做过手术……

手术跟她的死亡没有直接关系，这不存在异议。有没有间接关系，你我说了都不算，得有实实在在的凭据。情况可能比我们想象的复杂。她到底是怎么死的，有没有外界因素……很难说。不过可以肯定的是，如果没有这个意外，她会继续在医院治疗，也就不可能跟我们发生关系了。

他们家人都说跟手术有关……差不多补偿他一些，能说得过去。

你能说得过去，我们能说得过去？赔了钱，就什么都说不清了。

……

乡长还问了她娘家的一些情况。

她娘家跟我们邻村，相距不过二三里地。据说她母亲抽过羊角风，她妹妹因为家庭矛盾受过刺激，精神一度变得不正常。

乡长说，我就知道事情不那么简单，精神病往往有家族史。

他像一个医生，而我显然说得多了。

没有得到肯定的答复，我垂头丧气地回到了村里。

走出乡政府大院，我犹豫再三，给党委书记通了电话。形势正在变得对乡政府不利。铜拴兄弟，还有本家几十个壮小伙儿，聚在一起等候乡里回话，如果达不到目的，就要拉着棺材堵乡政府的大门，堵县政府的大门。书记让我无论如何稳住局势，等他晚些时候说话。

铜拴大哥蹲在门口等我。我没敢说张副书记拒绝了，没敢说乡长没有拒绝，也没有明确表态。我告诉他，该见面的领导都见了，意见要等书记从县里开会回来决定。我让他们耐心等待，希望还是有的。

夜里九点多钟，我已经不抱任何希望了，书记打来了电话。

书记说乡里答应了铜拴的要求，乡政府决定给他一笔补偿。他让我督促他们从速处理后事，越快越好。我心里一阵狂跳，简直不敢相信自己的耳朵。书记强调，如果明天上午死者能够下葬，下午就可以把钱领走。我做梦都想不到，那笔补偿高达一万五千元，而一个乡干部的月工资才一百多块。

铜拴的愿望就要实现了。我心里变得异常松快。我说书记尽管放心，一切包在我身上。书记具体交代说，一是力争明天中午把死者埋了，对外只字不提她的死与结扎有关，至于补偿的理由，可以说乡里出于人道考虑，从民政救济款中挤出一些，给予了特别照顾。二是乡里跟你对口，你跟死者家属对口，双方互不见面。现在不见，以后也不见。人埋了，钱领了，就算两讫。三是你必须保证他们今后不找后账，不能以此为由上访。如果上访了，首先抹掉你的支村两委职务，同时提醒你一句，如果说话不算数了，等于自毁名声，将来不会有人再跟你打交道。

书记的话我全都接受了下来。其实，铜拴初次来找，我就有言在先，你上访的理由不充分。争取上了不必感谢，争取不上不能埋怨，更不准闹事，想要闹事，直接绕过去我们好了，我们也不必为此承担责任。铜拴答应说，争取不上只有自认倒霉，照样会埋人……现在，终于有了一个圆满结局。

第三天中午，随着一声老盆摔碎的脆响，拉着铜拴老婆灵柩的拖拉机开出了村庄。我长出了一口气。

葬礼结束，铜拴在院里摆了三桌酒肴酬谢忙客。我跟大家碰了几杯，吃了馒头、熬菜，骑上摩托车直奔乡里。

书记听完汇报，脸上露出轻松的笑容。

我心情愉快地去见乡长。乡长的微笑意味深长。我拿出铜拴写给我的保证书。乡长说不看了，你留着吧，不过，你要给乡里写个保证。我在一张空白信纸上写下保证，大意是我负责全权处理张银拴问题，保证他今后不给乡里找后账，如果找后账，本人甘愿接受组织处理。乡长收起我的保证。我随手打下一张一万五千元的收条。乡长签下"准付"两字。他略微歪着脑袋说，顶一个正式乡干部十几年的工资了。

我后来才知道，听了我的汇报，书记非常重视。等县里的会议一结束，他顾不上回家，匆匆赶回了乡里。他跟乡长和张副书记沟通后，连夜召开了党政联席会，很快形成一致意见。他说正逢计划生育再掀高潮的特殊时期，他们真要抬棺上访，堵了乡政府、县政府的大门，影响就难以估量了。全县二十个乡镇，县四套班子，特别是县委领导会怎么看？他们的第一印象，肯定是我们乡里出了大事，我们控制不了局势。这个印象一旦形成，将影响县委对干部的使用。那样的话，大家多年的辛勤付出就白费了，就可能在政治上吃大亏。如果我们推卸不管，可能省下几个钱（很难说），但最终得不偿失。所以，应该主动介入，促使问题尽快解决。我们要算经济账，更要算政治账，虽说一两万块钱不是小数……又不是从自家拿钱，有什么舍不得的呢！

乡财政所账上没钱，书记让财政所长跟我一块去找制瓶厂的厂长，让他提前预付了下年度的承包费。

我拿了钱回到村里。支书赶了过来。铜拴兄弟们搀着他们的老娘过来了。我说为了你们家的事，我给乡里立了状子，现在跟你们绑到一起了。你们已经答应了，以后绝不能反悔。我把丑话说到前面，谁要反悔了，先得经过我这一关，到时不要怪我六亲不认。他们没想到能得着这么大一笔钱，已是千恩万谢，立誓赌咒永不反悔。

铜拴拿到钱，打了一个收条，他们商量着以老娘名义存进了村信用站。临出门，我对铜拴说，知足吧，确实不少了。说句不好听的话，到时候再找个女人都花不完，还有长头呢！

他们被这句话逗笑了。

一晃十八年过去了。

今年初夏的一个周末，我在市里修车，碰上从此路过的老乡长。我们已经多年没见面了。乡长调离后，又走了两个乡镇，现在县直部门担任领导。这期间，支书退下我接班。十年后，我也退了下来。我跟乡长蹲在路边树荫下。对面四台重型机械正在作业。数尺高的瓦砾上，一派乌烟瘴气。

聊着，就说到了张铜拴。

我心里咯噔一下，怎么，他告状了。乡长说没有，当时处理得挺好，说过永不反悔的。我心里平静下来。乡长问张铜拴后来怎样了。我说第二年又成了家，生了个闺女，已经十七八了。乡长说过得太快了，他老婆掉进茅坑这么多年，快要沤成灰了。乡长的话让我困惑，谁掉进茅坑了？乡长说张铜拴老婆嘛。我说他老婆不是掉进茅坑淹死的，是病死的。乡长露出不解的神色。她掉进茅坑可是你亲口对我们说的。你说一个过路的女人进去解手看见了她，好多人用粪钩、粪叉什么的把她捞上来，怎么又成了病死的？一句她本来就是病死的没有出口，我忽然想起什么，意识到刚才说漏嘴了，赶忙附和了一句，噢，对对对，是掉进茅坑淹死的，快二十年了，一时想不起来了。乡长奇怪地看着我。那些往事在我脑海里迅速闪过。我掂量着，时过境迁，要不要说出实情呢。

铜拴老婆确实不是掉进茅坑淹死的，而是死在了一家县级医院。这些情况我后来才知道。在这个关键环节上，诚实的铜拴变得不诚实了，他还有他的家人都说了谎，一同隐瞒了女人死亡的真相。除此之外，一切倒是事实。做结扎后，她的精神不正常是事实，铜拴送她到乡下的精神病院治疗是事实，她从精神病院走失也是事实。她从精神病院出走后，医院没有及时通知她的家人，而是派人悄悄外出寻找。他们找了几天几夜都没有结果，后来，终于在另一座县城发现了她。因为饥渴，她已经严重脱水，昏倒在了路旁。没有人知道她是怎么过来的。她被送进当地一家医院抢救。她在那里躺了两天，最终还是死了。非常凑巧的是，此时发生了另一件事，一个疯女人掉进路边公厕死掉了。铜拴家人合计，想要得到乡里的赔偿，就得排除不利因素，让她的死跟结扎发生联系，死在医院病床上，显然不如死在厕所更能引起关注。于是，他们瞒着支书，瞒着我，把那个疯女人死亡的事件嫁接了过来。

没有必要为他再隐瞒了。

乡长听完会心地一笑。

我也笑了，难掩尴尬。

乡长说，其实后来我们也听到一些议论，跟你讲的大同小异。我们没做深究。有些事过去就过去了。回过头来看，当年的处理还是及时的，也是正确的。毕竟一个生命没有了。毕竟两者之间存在着撇不清的关系。毕竟铜拴是我们的乡民。我们没有亏待他。你在不知情的情况下掩盖了事实，错不在你，当时情有可原，现在更能让人理解。那件事儿发生在今天，恐怕不是赔偿一万两万的问题，没有十万二十万，不可能了结。我们应该承认书记料事长远，他拍板拍对了。不果断不行。随着死者下葬，一切风平浪静。我们成功应对了一起突发事件。我记得书记说过一句话，至今印象深刻。

我问乡长是一句什么话。

乡长说，舍得花钱买平安。

一九九二年的暴力

　　我与那条狗素无仇冤，他们也与之素无仇冤。我们以前没见过它，它也没有见过我们，彼此互不相干地存在于对方的生活和视野之外，不具备产生仇恨的前提和条件。它与我们相遇不过是几分钟之内的事。时间虽然很短，它却惹恼了我们，我们就以这个理由打死了它。人在消灭比自己卑下的生命时，有无理由其实并不重要，只要有想打死它的念头就够了。

　　弄死一条狗不是一件容易的事。狗有着尖利的牙齿，凶残的本性，正常情况下，靠近一条有准备的狗几乎是不可能的，杀法只能另辟蹊径。杀猪以刀刺项，杀牛以锤击顶，杀狗或类绞刑，以麻绳束颈，吊于树上或木梯上，也有将狗头夹在两扇大门间用力挤压的，目的在于令其窒息而亡。然而，狗的生命力很顽强，如果时间不够长的话，即使奄奄欲毙，一俟嗅到土气儿，马上就能活过来，于是就有杀不死狗反被狗咬了的。这是民间的传统杀法。我们的杀法既不传统，也不讲究，正因为没有什么套路，反倒毫不费劲地处死了它。

我们为什么要打死它呢？因为它冲我们吠叫了。大家知道，狗天生是要吠叫的，不吠叫就不是狗了，但问题是它不该冲我们吠叫。当然，是我们首先进入它主人的宅院了。我们彼此陌生和不习惯。我们进门的时候，它就不怀好意。当狗不怀好意时，最可能的反应就是吠叫，但它叫得太不是时候了。它的智力显然有问题。它可能认为吠叫就是尽职。如果是这样的话，它的以身殉职也在必然之中。

我们开始并不想打死它，如果我们能找到要找的人的话，它就活下来了，但我们没有找到。我们心里窝火。我们至少已经窝了好几天的火了，因为也没有找到要找的其他几个人。我们的火气窝大了，得发泄出去。这样一来，这条狗倒霉地成了我们发泄的目标。

我们那天去找谁了呢？找这家主人的老婆，一个二十五六岁的少妇。为什么？因为她怀孕了。女人怀孕本不是什么稀罕事，南瓜花败了就是为了坐小南瓜。问题是我们想方设法让南瓜秧坐很多小南瓜，却千方百计让政策不允许的人尽可能少坐胎或不坐胎，已经坐了胎的就要采取补救措施。她坐胎本来与我们没关系，但因为我们在乡里工作，肩负着控制政策外怀孕的职责，何况，按照上级下达的任务，此胎在必须做掉之范围内。这牵涉到我们的工作效率和责任，否则将被通报，被点名批评，有时可能还要当众做检查。

我们没有见到这家的主人，更没有见到他老婆。我们以前来过几次，情况大致一样。这表明他们为了生孩子，做"超生游击队"转战南北去了。我们只见到一个上了年岁的人，她的公公。我问，你儿媳妇到哪儿去了？他儿媳肯定是有名字的，我可能提了她的名字，也可能没提她的名字，但现在我忘记了。她公公说，我不知道她到哪儿去了。媳妇的事，人家不跟我说。他在说假话欺骗我们。这跟其他几个人一样，都在说假话骗人，但我们没有办法。对一个老人我们一点办法也没有。我们只能说，如果她回来，让她到乡里去做检查。他没有说话。我们悻悻地走了。

这时候，我们开始注意那条狗了，因为必须得注意它了。如果进门时，狗可能还在观察和试探的话，现在则变得亢奋起来，甚至想弄出点响动来了。我们进门时，它站在高大的影壁下，很不友好地怒视着我们。狗总是很不友好地看生人。它仿佛从肚子里发出了低沉的闷雷一样的声音。我们没有心思理它，我们的心思在人身上。如果此时它不是犯了常犯的毛病的话，它就活下来了。

然而如我所说，它犯毛病了，在我们离开时它吠叫了。它的叫声让我们心里暗暗发毛，但我们不能表现害怕。我们是乡政府的人，没有理由害怕。可是，我感到有人在有意地躲闪，我听到身边的步伐有些凌乱。有人确实害怕了，甚至可能乱了方寸。这从狗的叫声中能听出来，它由低吠变成了号叫。狗是能察觉到人的害怕的。快到门口时，有人一个箭步从门槛上蹿了出去。

我们慌乱地走出大门……说走出大门是不确切的，我们的动作介乎走与跑之间，出门时完全就是逃出来的。我觉得受了侮辱。我停下来，站在一个相对安全的位置，扭头注视着那条狗。其他人也停下来，注视着那条狗。人与狗的对峙形成了。如果这时候它稍有收敛，仍然可以活下来，但它没有。他恶毒地盯着我们，以为我们再也不敢进去了。后来干脆把头昂到天上，冲着大门一声紧似一声地狂吠起来。不知谁骂了一句：狗日的，找死。狗听不懂人在骂它，更不明白人在说这句话时，内心已经忍无可忍。这句话显然地刺激了我。这个场面显然地刺激了我。我们是谁，是乡干部。干什么来了？干工作来了，按照国家政策干工作来了，不是来看一条狗怎样向我们狂吠的。我们没有找到人，没有完成任务，已经够丧气的了，狗的吠叫更让我们气不打一处来。我们怎么回去交差呢？主人他爹是识趣的，他没有说什么，站在院子里一句话也没有说。他看着他的狗不说话，而狗却在不停地发言。这个场面太具有侮辱性了。我们难道愿意跑十几里路，来听一条狗发言吗？狗东西显然不懂人的心理。于是，我不耐烦地说：打死它！

开始基本上是吓唬。有人拾起砖头砸向它，它的吠叫更厉害了。这刺激了大家的斗志，火气一下子被点燃了，汽油桶被点燃的瞬间跟着就是爆炸，七八个人一起拾起了砖头。我们同仇敌忾冲进门里，石块像雨点一样砸在狗身上。它起先还在躲闪，还在招架，但根本躲不开那些石块。很快，它害怕了。它发出了胆怯的类似哭泣一样的叫声，向墙角退去，但它只能退到墙角，影壁阻挡了它的退路，铁链限制了它可能的逃跑。我们更猛烈地投掷石块。每一块石头都重如千钧，都是致命的。狗的眼睛黯然了。我看到它在发抖，像人在恐惧时一样浑身发抖。它发出低低的呻吟。这是认输的信号，是求饶的信号。它的尻部抵住墙角，身体缩成一团。它害怕得尿了一墙，还拉了一墙。院子里弥漫着浓烈的令人恶心的臊臭，许多人大声地干呕起来……我第一次见识了狗竟然也知道害怕，而且会怕成这样！

我们步步进逼。有人顺手抓起一根手臂粗细的棍子狠狠砸在它身上。它的呻吟顿成哀鸣。终于有一块石头，也可能是几块石头同时砸在它头上，它一下子软瘫在地，几乎没有挣扎，也没有再叫一声。人们还不罢休，乘势冲过去，砖石和木棍更加集中地打击它。它咽气了。身下满是血和尿，旁边是一盆打翻的狗食。

我们松了一口气，相视而笑。我们胜利了。没有谁能够逃脱必欲被置于死地的命运。我们拍拍手准备离开。我的额头和手心汗津津的。我们站在门口注视着那位老人的反应。他没有反应，木然至极。我回头往东墙上看了一眼，亮白耀眼处一行标语：宁叫家破，不叫国亡。黑体字，很大，刚书写不久。字迹血红，鲜艳欲滴。

……

后来，我离开了乡下，这件事渐被淡忘。十多年后，我根本记不得它是在哪个村里发生的。那里有六个村庄，错落成一片。我也记不得那是一条什么毛色的狗了。黑色的、黄色的、还是白色的，真的没有一点印象。是啊，我凭什么非要记着一只畜生呢！

然而，我注定要记起。那天，我在人民路上散步，一条无家可归的狗，从对面一瘸一拐地流浪而来。我怕它是一条疯狗，在它经过身边的时候，不自觉地往大路边儿靠了靠。它很快瞥了我一眼，也不自觉地往外面靠了靠。它也担心我会伤害它。它很瘦，裸露着骨架，身上的毛发一片片脱落，样子很难看。它一路低头嗅着小跑过来。对它来说那是一个饥饿的早晨。它要觅食，但首先是警惕伤害。我们错过之后，它跑出很远。我看着它向南拐弯。我忽然心事重重，担心它会不会找到食物。如果找不到的话，我心里就会不舒服。它的出现像一把钝刀，割开了我记忆深处尘封的岁月。我想起我养过的一条狼狗，然后是曾经在我生活里存在过的大狗和小狗，最终是那条被我们打死的狗。屈指算来，此事已经过去十五个年头，我也由一个二十来岁的年轻人而届不惑了。

以前，我不断想起这件事，想起来就有一种快意涌上心头。有一段时间我非常愿意讲述它。一同参与这件事的人也乐于讲述它。打死一条狗曾经唤起我们内心深处杀戮的快意。它显示了作为公务人员不畏凶险、无坚不摧的豪迈，以及可以轻易处置外物的权力和自得。我以为那是我的政绩，值得一生炫耀。

时间真的不可思议，到头来会使一颗坚硬的心一天天变得柔软，变得多思和多疑。漫漫长夜，原本是要用来省察自己。那条狗的死亡让我受到深深的谴责。我的内心交织着恻隐、怜悯和懊悔之情。我意识到当时的我和我们是多么蛮横，而非了不起。我们的行为与那个尚未健全法制的时代联系着，与严峻的人口形势下人的急功近利联系着，与善于以人为敌而非以人为本的环境联系着，与当时我们社会地位的优越和内心的狂傲不羁联系着……

我们最终以尽职的名义打死了同样是尽职的一条狗。我把它定性为凶杀。这是我平生指挥并参与的唯一一桩杀戮事件。没有人审判我，但我在心里以上帝的名义审判了自己。每当想起此事，想起那个惨烈的场面，我都会不安，并且追悔莫及……让我不能理解，并深感悲哀的是，直到今天，依然有人对此津津乐道……

劫夺阳光和呼吸

　　青谷镇的"四术"进度落后于全县平均水平，几次调度，仍不见起色。主管李镇长在这个镇上"盘踞"了十几年，跟村干部们混得烂熟，平日凑在一起摸个小牌，耍个小钱，下个酒馆，喝高了相互称兄道弟，指戳裤裆，手捂后脑，把升迁进步早丢到了九霄云外，工作落后与否自然不放在心上。他有句口头禅，叫"'做一天和尚，撞一天钟'的都是好干部"。县领导清楚他的状态，除了不断在会上旁敲侧击一下子，似乎不想让他太难堪。

　　县计生委的同志在上面坐不住，频繁下乡督导。那一天，我跟着陈副主任，坐了面包车去往青谷镇，约好了不见他们书记和镇长，径直开进计生办的后院，直接去堵李主管。

　　李主管正无所事事，坐在沙发里养神，用陈副主任的话说就是"驴鸡巴没事闲悠打"。我们的到来让他始料不及。他从沙发椅里僵硬地起身，远远把手伸过来。他鼓胀着肉眼泡，脸上堆出标志性的迷蒙微笑，不用问肯定昨夜又喝高了。

陈主任，你打枪的不要……

陈副主任知道他的意思是说"鬼子悄悄进村了"，没等他说完，就回敬了过去，给你打招呼，你早撅着尾巴跑没影了！

逗了两句嘴，笑了一通，方言归正题。陈副主任问，你这个主管是怎么想的，西部几个乡镇，手术都超额完成了。东部跟你们基础一样的，超过你一二十个百分点。你不够平均数的一半，真想在全县介绍经验？

李主管滑头归滑头，真要到了挨剋的地步，自然不甘心。他耷拉下眼皮说，娘儿们一个个挨着摸过了（用B超检查孕情），都没问题，我有啥办法。

陈副主任清楚再说下去，他也不会承认工作没做好，遂不听他饶舌，让他领到统计室查看普查账。统计员小张紧张地盯着他的脸。李主管说，你先找找，找着了送到我办公室。说完招呼大家往外走。陈副主任知道他又想要滑头，说，找什么找，还用找！一把拉开没有落锁的柜橱，把账卡一股脑儿抱到了桌子上，从中随便翻出一本普查账，说，不用你们动手，我们看得懂。

其实，陈副主任不大懂，翻看只是个样子。我替她翻阅一遍，将未上站人员清点了数告诉她。她说，一个芦湾村一千三百口人，就有二十三个一孩妇女不上站，你是怎么普查的？李主管被抓到证据，知道辩解已经没用，只得借坡下驴，说，没上站归没上站，但都没问题，村干部们一个个都打过了保证。又问小张，你怎么不给人家销号？小张咕哝了一声，一直下乡，没顾上。陈副主任说，下乡不是干这事啊，说谎也说不圆全。到底有没有普查，有没有问题，我们往村里走走就清楚了。

听说陈副主任要去芦湾村，李主管心里敲起鼓来，但随即又安慰自己，没有什么好怕的。我们找不到人，你冷不丁来一次能找到，才真算能耐。

我们坐回面包车，李主管坐上镇里的面包车在前面开路，不到一刻钟开进了芦湾村。陈副主任从车上下来，镇干部走在前头，去找一个叫金小素的育龄妇女。

李主管说，这个娘儿们没在，去年秋天回了四川。我们找得不再找了。

说话间来到村东，停在一座半新不旧的小院前。从熟悉程度来看，他们以前应该是来过的。大门对关着，轻轻一推竟然开了。院里没有人，也没有鸡鸭，红砖砌就的甬路上放着一个铝盆，盆里泡着几件脏衣服。小张冲着正房喊，谁在家里？话音刚落，屋里传出回应，门帘撩动，一位挽着衫袖的少妇走了出来。

陈副主任问她姓名。她说叫金小素。陈副主任问，你什么时候从四川娘家回来的？金小素说，俺娘家不是四川的，俺也没去过四川。李主管面露尴尬，赶紧揽过话头，是我记错了。你妯娌是四川的。金小素说，俺妯娌也不是，她跟俺是一个村的。陈副主任撇了撇嘴，说你是个猪脑子，你还不承认。你老婆才是四川哩。李主管挤出几声干笑来。

陈副主任问金小素，你为啥三个季度不参加孕情普查？金小素吭哧了半天，没有下文。李主管说，领导问你呢，怎么不吭声！金小素突然进出一句，俺参加了。陈副主任问，什么时候，在哪里参加的？金小素说，刚才去了，在村委会。普查本才放到抽屉里。陈副主任说，不是说这一次，说前三个季度。金小素又不吭声了，把衣袖撸下去又绾上来。陈副主任盯着她的眼睛，这次普查什么结果，生了没有？金小素怔了一下，矢口否认，哪有……把目光投进洗衣盆里。

李主管点上一支烟，似乎为了稳定情绪。他眯着小眼睛说，不会有事儿，放心户……一直没事儿。陈副主任说，三个季度没普查，查了没有生育……我不信。她让金小素往前来。金小素没动。李主管夹着烟指点她，叫你呢，没听见？金小素不情愿地往陈副主任身边挪了两步。

陈副主任死盯住金小素的脸，让她很不自在，转而把目光移到她胸前。金小素不敢对视了，目光转向别处。陈副主任上前一步，加重了口气，你敢说没生孩子？金小素低下了头。陈副主任问，孩子几岁了？金小素说，三岁。陈副主任说，三岁了还吃奶？金小素不知陈副主任什么用意，说，不吃了。陈副主任说，不吃了，胸前怎么回事？众人一齐望向她的胸脯，就见两簇峰起处均湿了一片。陈副主任说，我是过来人，你瞒得过别人，瞒不过我……把上衣解开。金小素呆在原地没动。陈副主任近前一步，扯一下她的衣角，没奶过孩子，有啥害羞！金小素才动手解扣子。

陈副主任回头对小张说，给她挤挤。小张刚结婚不久，涨红着脸没好意思动手。陈副主任着急了，说，一边闪闪，磨磨蹭蹭的能干啥！伸手把金小素的衣服当胸扯开，两只雪白胀满的乳房露了出来。她一把抓住左乳，金小素皱了一下眉头。陈副主任五指用力，多股乳汁喷射而出。

陈副主任的脸色立马阴沉下来，没有，没有，没有啥，奶水这么好，喂孩子爹呢！李主管也变了脸色，快说，孩子藏在哪儿了？金小素捏着衣襟，忘记了系扣子，干瞪着眼不说话。李主管朝她臀上蹬了一脚。金小素小声说，在西头娘家。李主管对小张说，通知戴拥军他们暂停普查，跑步过来，送金小素到技术站做结扎。

我目睹了这堪称奇异、刺激的一幕。当洁白的乳汁从金小素左乳喷射之时，我突然觉得脸红耳热，心跳加快。充足的乳汁竟然强劲地喷出两米多远。一股新鲜甜香的气味飘进鼻孔，让我一阵晕眩。

陈副主任的猜测得到了验证，凭着敏感和经验完成了对青谷镇孕情普查走了过场的认定。她变得兴奋而多话。金小素喷涌的乳汁，当众滋了李主管一个大跟头，弄不好还会滋到书记、镇长身上，让他们难逃干系。李主管脸上挂不住了，把一腔怨愤撒到金小素身上。他警告说，做完结扎，收缴超生罚款，一个子儿都别想少。

我想起三天前的党委书记调度会，它让所有与会者印象深刻。二十个乡镇党委书记的汇报穿插各种轶闻趣事，把会议气氛不断推向高潮。最令人瞠目的汇报，是平固乡党委书记提到的"挤奶"法：对否认计划外生育的育龄妇女，当众"挤奶"，验看其是否在哺乳期，从而推定外生与否。他列举了三个具体事例，证明此法屡试不爽。最早一次是在徐村。妇女主任小吴实施了检查。那位小个子妇女的乳汁滋到了埋头点烟的乡主管身上，他大呼小叫着往后退，失足跌下高高的月台。发言导致全场喧沸。一向形容端严、不苟言笑的县委书记，在主席台上咯咯笑出声来，对此给予了高度评价。消息在全县迅速传开，成为乡村干部津津乐道的话题。有人会后问他是否"独家创造"？他笑笑说，回家问你老婆就知道了。那是嫂夫人亲授？他依然笑笑，跟你说你也不懂，把弟妹叫来，我们一块示范给你，你就明白了。众人笑得前仰后合。

这次在青谷镇，一向头脑活泛的陈副主任，借鉴并实践了这一手法，当即收到立竿见影的效果。陈副主任得意非凡，连走路的姿势都变了。我为之高兴，同时有些不自在，心里隐隐感到一种压力。一把手到任不久，始终不动声色地关注着我。我不应该满足于做一个办事员，浸泡在传达、材料、会务无尽重复的程式里，也不应该满足于做一个跑龙套的班头。要证明自己精通业务，有实际工作能力，离不开敏锐地发现和解决问题。

陈副主任走出统计室时，我已随手抄录了一份未上站人员清单。走进金小素家院之前，我已经把那份清单浏览了多遍。那个叫张巧莲的妇女，深深刻在我的脑子里。她跟金小素的情况一样，一个男孩，三个季度未上站普查。在眼下普查中，她又出现了，结果同样是有环无孕。是什么理由导致她三个季度的缺席？

　　在张巧莲家中，我们没有见到她本人，见到了她的婆婆，一个五十来岁体型发胖的妇人。她不欢迎我们，处处戒备，一双防贼般的眼睛在我们身上扫来扫去，嘴里嘟嘟囔囔，抱怨打扰了她的平静。

　　张巧莲在吗？我问。没在，回答很干脆。去哪儿了？不知道。你是她婆婆，她去哪儿能不告诉你？人家不说我也不问……我们早不搭话了。她阴森森地瞥过一眼，让人浑身别扭。

　　我走向陪房，让她把门打开。屋里空荡荡的。地上扔着废纸、破塑料布、旧鞋子，一片凌乱。方桌不见了。立柜不见了。双人床不见了。窗前留下泛白的印迹。喜鹊登枝的中堂下，孤零零放着一张枣紫条儿，上面留着一方厚厚的尘痕。尘痕之上，应该摆放过电视机，现在也不见了。

　　一切征兆表明，张巧莲最近在这里生活过，因为众所周知的原因搬走了。而全县要求"四术、征费一遍清"，不过是最近几天才做出的部署。她会往哪里去？愿意接受她的，无非是至近的亲人。

　　我走进她婆婆的住房。一台14英寸电视机放在靠墙的平柜上，一块蓝布围裙对折搭在上面。这应该是在陪房里消失的那台电视机。靠窗摆着两张旧床。在陪房里消失的衣柜、睡床，没在这里出现。它们应该在别的地方。

　　从屋中陈设来看，不完全像妇人长期居住的地方，倒像是年轻人的居室。墙面还算干净，贴着花花草草，留着孩子的涂抹和勾画。难道这也是张巧莲的住处，临时跟她婆婆调换了地方？她婆婆原来在哪里居住？我搞不清楚了。但不想过多纠缠。那么多未上站普查的对象，总能发现我想要的东西。

　　我们将要走出院子的时候，妇人突然在身后骂开了。整个过程就像烧开水，从我们走进来时烧上，终于沸腾并溢了出来。谁也没想到后面还有高潮。我们站下，怒视着妇人。她识趣地闭嘴就罢了。她不识趣，没有打住的意思，反而莫名其妙地提高了嗓音。我时常听乡镇干部说起，他们背负的公共骂名是"土匪"、"老贼"、"响马"，具体到个人又有不同，与骂者本人的性格及所处场景有关。我说，你这么大年岁了，怎么张口就骂人？李主管碰了我一下，不让理睬她，也许还有别的意思，但当时没有意识到。这种情况他们经常碰到，跟他们一般见识，天天都得打架。我是第一次遇到，接受不了，强忍火气跟李主管往外走。妇人像魔鬼附体似的，愈发狂躁，明目张胆地冲我而来。她用了乡下最刻毒的语言，咒骂我的家人。我受到极大侮辱，不想饶恕她了。我转身回到她面前，再骂一句，我就不客气了。妇人不吃这个，竟然跳起脚来，用食指戳点我的额头，全然不顾我的劝告。她完全变了一个人，五官挪位，容貌丑恶。她的大舌头高频扭动，嘴角挤出一堆白沫。我要控制不住自己了。仿佛有一种声音命令我，同时有一种力量抬起了我的右手。我的愤怒瞬间化成巨大能量，照妇人的丑脸狠狠扇了过去。妇人完全没有想到。她正挥动胳膊，身体时而着地，时而悬空。赶上她悬空的刹那，我的掌掴赶到了。随着啪的一声，她的叫骂声碎裂了，变成呜哇的杂音。妇人着地了，像一只大陀螺，摇摇晃晃在原地转了一圈儿。她的五官回到了正常位置，丑陋换成了惊讶。她愣在那里，不知道发生了什么。她的意识应该出现了空白，连抚摸脸庞的本能动作都没有。我暗自吃了一惊。我怎么会打人呢？但确实打了。我不知道一张五十来岁的老脸，能否承受一只三十岁的年轻巴掌。我不知道这一掴下去会发生什么。还好，什么也没有发生，相当完美的一掴。她的嘴角和鼻孔没有流血。她没有倒下。她的撒泼放刁被这一掴收拾起来了。她的头发散乱，嘴角挂下长长的涎水，忘记了擦抹，一直滑落到衣襟上。

情绪稍定，我真正感到后怕。发生在头年的震惊全国的5·15事件恍如昨日。河北省永年县某乡党委书记孙某，一句习惯性指示，让乡干部度过一个不眠之夜。更深人静之时，他们把一个政策外生育，不服村干部管束的村民押解到了乡政府。这个平常的举动，导致一场惊天悲剧。据说，在其家中，他与乡干部发生了激烈的肢体冲突。在乡政府，他被众人重重修理了一番。翌日游街示众。由于天气炎热，汤水不继，内伤发作，这个体壮如牛的男人，渐觉体力不支，在街头当场殒命。孙某人等以执行政策为由，致人死亡，构成刑事犯罪，最终被提起公诉，在从小熟悉的洺河滩上伏法，就此断送了性命，毁掉了锦绣前程。

这一事件的发生地与我县相邻，影响积年不灭，想来令人胆战心惊。对育龄群众中的刁蛮之人和刁蛮行为，乡村干部再不敢轻易出手，以至于忍气吞声，人人自危。大家相互告诫和提醒，"工作可以不做，生命不能不要"，"宁可被撤职，不能叫孩子没了爹"，"就是不当官，也不能叫老婆走了家儿（方言读"尖儿"音）"，保持克制，最好"骂不还口，打不还手"。我却犯了禁忌，心里惴惴不安。

然而，开弓没有回头箭。事到如今，已经没有停下来的理由了。我们不能走开，必须刨根究底。找到张巧莲变得必要和迫切。它将抵消妇人的怨气，遏止她可能的反攻倒算。我让李主管领我们到妇人老家去。她有老家？李主管惊异又犹豫。妇人脸上掠过一丝慌张，脸色青一阵白一阵，连说老家没人。她的有意掩饰，恰恰暴露了心虚。现在由不得你了，带我们过去！在我们强迫下，她拉拉衣角，黑着脸走出家门。

我们行色匆匆赶到她的老家。当我从门缝中看到狭小的院里扯着铁丝，晾着孩子的衣服时，我知道我在与妇人的交手中占了上风，胜利已经在望。我跟陈副主任异常兴奋，李主管灰头奋耳，郁闷不乐。我接过统计员小张从车上掂来的火柱，插进锁头，轻轻一别，锁头脱落，铁门旋即敞开。

我不想赘述在这里发生的一切了。院门一开，妇人顿时像霜打的叶子，眼皮奋拉下来，面露无奈和自责，不敢抬头与我对视。短短十几分钟内发生的事情，引发的急骤改变，是她绝对没有想到的。这足以让她记忆一辈子，也足以让我记忆一辈子。她眼睁睁看着即将足月的儿媳张巧莲，换上衣服，抱了薄被，走出家门，跟金小素一起，被送往县技术服务站。

不同的是，金小素是结扎，她是大月份引产。

在孕情普查的紧要关头，居然能够碰到大月份外孕，出乎所有人的意料。我则大喜过望。面对接二连三出现的异常情况，李主管十分懊恼，只有以快速行动来挽回面子和影响。戴拥军带着几位精干的年轻人小跑着赶过来，把金小素和张巧莲安置在面包车的后排，加速驶离村庄。

下乡督导的目的已经达到，预计接下来的日子，李主管得大忙一阵子。我跟陈副主任上车前往另一个乡镇。

那天注定是要见血的。金小素和张巧莲不可能幸免。然而，节外生枝了，变数出现了。应该流血的平安无事，不该流血的却头破血流。助理员戴拥军受伤了。统计员小张受伤了。张巧莲万分幸运地躲过了一劫。

下午3点多，戴拥军带人回到镇上。他的额头被硬物磕伤，下颏裹着纱布，渗血洇湿一片。小张脸色苍白，右肘被拽得脱臼，左小臂留下一道长长的擦伤。戴拥军心有余悸，神情沮丧。他们未能圆满完成任务——张巧莲被人劫走了。他不认识他们，小张也不认识，在场的人都不认识。谁都不知道他们来自何方。

经过是这样的：载着金小素和张巧莲的面包车，一路狂奔，顺利抵达了县技术服务站。站里站外众声嘈杂，人满为患。戴拥军指使两人挂号排队，登记交费，让小张等两人在车上守护。天近中午，让几个同志到路边吃饭，叮嘱快去快回。安排停当，戴拥军踱到车尾，拧开随身携带的塑料口杯。

就在他仰头喝水时，服务站东侧丁字路口出现两辆摩托车和一辆工具车，急驶到面包车旁停下来。从上面跳下十几个人，有的穿着背心，有的光着膀子，有的踢着趿拉板儿，有的提着家伙。他们围过来，不由分说把面包车门打开冲了上去，很快将埋头低泣的张巧莲搀出车外。戴拥军回头发现异常，明白遇到了打劫，扔掉水杯冲过来关门，被一个满脸横肉的光头从后面一手揪了衣领，一手揪了头发，往车窗上撞脑袋。一双文着蛇蝎的粗短手臂将他双手扭在了身后。一个金发披肩、满嘴酒气的瘦子，不干不净骂着，照他腰部凶狠地蹬了几脚。他动弹不了，眼看笨重的张巧莲被人送上了工具车。小张吓出一身虚汗，等到明白发生了什么时，想要帮助戴拥军，却被瘦子一把扯住胳膊甩在地上……几个镇干部吃完饭，说说笑笑走回来时，工具车和摩托车已经跑出十里开外了。

与此同时，我们从外乡返回青谷镇上，在"吴记饭店"用餐，而芦湾村的支书正在邻近一家酒店里应酬。他接到一个电话，随后站起身来，五指收拢，夹起四只酒盅，让人斟满了，连道失陪失陪了，抬手仰脖倾进大张的嘴巴，有意碰得牙齿咔咔响。此刻，他喝多了，眼睛发红，脖颈发红，连耳根都红了。他走出酒馆，解开上衣扣子，又松了松腰带。皮带头没有串进裤襻儿，一路悠打着来到了镇政府。他径直上了二楼，拳脚并用，敲击踢打党委书记的屋门。党委书记正在里间午休，听到第一声敲门睁开了眼睛，但没有起来。他骂："狗日哩，装什么装。"一边骂，一边打着酒嗝。整个二楼都没有反应。他骂了一阵，晃晃悠悠走下楼梯，不再敲别人的门窗，而是站在院里骂个不停。午休的镇干部，悄悄撩开窗帘往外瞅瞅，装作没看见重又躺下来。

……

支书骂了一阵，接住一个电话，情绪稳定下来。工夫不大，驶进一辆小车，车上下来两个人，把他架上去拉走了。

事后才知道，张巧莲叫他堂叔，妇人是他堂嫂。

党委书记午休起来，穿戴齐整，打开了屋门。阳光有些晃眼。他站在门口，手搭凉棚向西瞭望，伸了个懒腰，打了个哈欠，一副惬意的样子。电话员上楼报告，晚上九点，县里召开计划生育调度会，请他参加。他干咳两声，表示知道了。

李主管在镇里吃过午饭，闷闷不乐躺下了。芦湾村支书叫阵的时候，他没有睡着，也没有起来。当戴拥军、小张敲开他的屋门时，他的眼睛红红的，眼皮有些浮肿。看见两人负伤归来，他皱起了眉头，显得十分心痛。他倒了两杯水递给他们，让他们坐下稳稳神，上楼去给书记汇报。书记一直干咳，面无表情，没有发表任何意见。他料定是这样的结局，不由自主跟着干咳两声，走了出来。他对戴拥军和小张说，你们回家休息几天，书记会妥善处理的。小张爱人骑着摩托车接走了她。戴拥军回到屋里，拉上窗帘，一直躺到夜幕降临，才蹬上自行车回家。

时隔数日，县、镇两级没有任何反应，仿佛什么事情都没有发生一样。我询问李主管，李主管打着哈哈，半吐半咽。我没想到会是这样的结果，心情黯然，情绪有些急躁。我想向陈副主任建议，让计生委领导给县里汇报，请领导过问干预，几番冲动放了下来。向县里汇报，应该是青谷镇的党委书记，尚轮不到计生委，即使轮到计生委也轮不到陈副主任，更别说轮到我了。我敢断言，谁都清楚此事产生的负面影响，但谁都愿意耳根清净。青谷镇党委书记不会不知道怎样处置，之所以保持沉默，令唾面自干，除了大势方面的原因，恐怕还有难为外人道的隐衷。我若建议，当是六指搔痒，多此一道儿而已。村支书敢于公开跟镇领导叫板，与其身份显耀，有恃无恐不无关系。他是县人大代表，优秀农民企业家，后一名头已蝉联多年。村外几座合股的铁炉，日夜不停向空中喷吐浓烟，成了他人无法与之比拟的资本。虽说对县财政贡献微薄，但上级领导视察工作，多被引到此处。风机鸣响，炉焰熊熊，热火朝天。领导戴上崭新的安全帽，绕厂一周，笑逐颜开指点江山，就餐时少不了让支书来陪坐。

镇党委书记就逊色多了。他没有靠山，没有乡镇工作的厚重阅历，喜听巧言，不恤下属，遇事优柔，人心离背，在困厄临头时，除了装睡，好像没有更好的办法。

与其前任比，一个是天上，一个是地下了。

前任调任青谷镇党委书记时，也曾遇到芦湾村支书的不恭，那是在为他专设的接风酒宴上。酒宴是形式，斗法才是实质。一探深浅虚实，借机给党委书记一个下马威才是目的。酒席上输了，工作上就得让人三分。开始是愉快融洽的。推杯换盏，满面春风。半斤白酒下肚，支书露了本性，说话开始不着调儿。党委书记早有风闻，有备而来，耐着性子看他表演。他们暗暗拧上了。酒酣耳热之际，因为一句话，村支书要罚他三杯。他笑着挡了回去。支书不依不饶，起身端着酒杯撸到党委书记嘴边。党委书记扳住他的手腕，反手倒进他的口里。支书恼羞成怒，随手摔碎了酒杯。党委书记反应敏捷，抓起一只酒杯摔在桌上，又抓起一只酒杯摔在盘子里。玻璃渣子飞溅。一声比一声清脆。支书把手伸到桌下，抓住桌沿，哈腰弓背，用力掀起来。这是他的一贯做法。党委书记眼疾手快，双手像两把钢钳，卡住他的手腕。僵持片刻，支书力不从心，手臂被反剪，脑袋被摁在桌面上。镇党委书记压着村支部书记，让他动弹不得。他的半边脸失去弹性，嘴巴也合不上，而几只切开的猪蹄尖又正好对着。他既不能吞咽咀嚼，又不能挪开，简直难受死了。

酒宴不欢而散。

过了几天，支书在市里的高档酒店又摆了酒宴，专题给党委书记赔罪。相逢一笑，尽释前嫌。

……

现任党委书记在楼上干咳两声后，镇干部们陆续走出屋来。谁都没有睡好，谁都显得很好。他们相互招呼着，像往常一样扯淡，玩闹，闭口不谈芦湾村支书大闹天宫的事情。公开议论的环境已不复存在，装傻不仅明智，而且高妙。

我也懒得打听张巧莲被人劫走后的情况。她应该生了，是男是女无所谓了。

我的骄傲，别人的忌讳。不提也罢。

杀　青

支书李贵新的五亩玉米一夜之间被人放倒了。他的村庄像汤锅一样躁动起来。其余二十多个村的支书和村委主任先后陷入焦虑和恐慌之中。

玉米地在村东一条南北向的土路边，因为靠近滏阳河，灌溉便利，长势很好。出顶打泡期已经过了，正是半仁拱籽时候，再有二十天就能收割了。李贵新头天还到地里去过，密密麻麻的青棒子让他很受用，没想到转眼之间，就被一棵不剩地毁掉了。

站在地头，除了心惊和惋惜，就是无话可说。抛开破坏性质不讲，单从毁掉的面积来说，完全可以用艰巨一词来形容。这需要消耗多少体能？如果不是身强力壮，不是手头利索，不是几个人一块动手，不可能在夜深人静到鸡叫天亮这么短的时间内完成。倒地的玉米秆并不凌乱，横看茬口高低不一，顺看却大致齐整，仿佛是排着队一行行砍过去的。

那是农历七月十五，民间称之为哭离别的日子。这天要上坟祭奠先人。选择这样的日子毁掉他的庄稼，用心刻薄不言自明。这给李贵新原本难过的心中又平添了一份压力和沉重。他原本发黑的脸变得青中带黄，黄里泛灰。孩子们躲进屋里不声不响。他老婆枯坐在地头，一副失魂落魄的神情。

在乡下人看来，庄稼被毁是一件大事。它损害了你的利益，扰乱了你的生活，毁坏了你的名声。对于李贵新而言，后者更为他计较和看重。如果只从经济上考虑，这些损失可以忽略。按亩产八百斤计算，五亩地四千斤收成，市场价五六毛钱，不过两千多块。按每斤一块钱计算，顶多四千块。对于一个普通农家来说，这笔钱可能是全家一年多半的收入，对李贵新来说不算什么，因为他有自己的企业，有自己的保温材料厂。他是在改革开放初期，最早兴办企业的能人之一，而且产品销路一直很好。他家底儿厚实，很早就买了两辆铃木125型摩托车，后来添置了轿车。这笔损失对他来说不重要。什么才重要？隐藏在事件背后的不可知的一切才重要，才让他揪心。这等于给了他一个明确的、显然是警告和威胁的信号：不管你是否意识到，你已经惹下了仇人。他（他们）碍于条件和形势，不敢公然站出来跟你作对，却暗暗盯上你了。这不是一般的仇怨，是很大的仇怨。一般的仇怨，毁你几棵庄稼，毁你一片庄稼，发泄一下就完了，你不会在乎。这个不是。他们把它当作一件大事来看待，当作一项工程来实施，彻底、干净、寸草不留，这就是严厉警告和严重威胁了。杀青之举不是一时冲动，而是蓄谋已久，要不怎么选择了那样一个日子！你在明处，他们在暗处。他们发出无言的威吓，你却不知道他们是谁，藏身何处，更不知道他们日后还会采取什么行动。他们白天见了你，哥哥、叔叔、大爷地热情称道，背地里却面目狰狞，只嫌下手不狠。你被算计，可能从此再难逃脱被算计的厄运，安定的日子恐怕一去不复返了，永无休止的恐惧将如影随形。

形势虽说险恶，想要侦破却何其艰难。李贵新把情况讲完，我的第一个反应就是如此。现场只留下一些鞋印，几颗烟头，除此之外什么都没有了。他们没有弄走玉米。他们不是为了占有，而是为了毁坏。毁坏结束，犯罪中止，线索可能就此中断了。

面对内心焦灼的李贵新，我想安慰他，又清楚此刻语言是多余的。他要的是真相，是毁坏庄稼的那些人。犹豫再三，觉得应该如实相告，把话挑明为好，杀青案件不好破，可能永远破不了。他脸上浮上一抹忧郁复杂的神情。毫无疑问，我们应该向最好的方面努力，同时要有最坏的打算。如果把报案当作亮明态度，警告犯罪分子的手段，不计较最后结果，我会从维护村干部利益、支持工作的角度出发，让乡、村分别给他一笔可观的补偿。

我必须知道是谁干的，不惜任何代价把他们找出来！李贵新态度坚决。我们决定马上报案。你同时要向公安局提供线索，提供嫌疑对象，我说。把你身边的人、村里的人、生意上的人全过一遍。李贵新告诉我，事情发生后，他挨家挨户数算过了，认为不是生意上的对手，不是班子里的同事，也不是街坊邻居，但肯定是村里的人。如果说得罪了他们，绝对不是因为私事，而是因为工作，计划生育工作，因为另一项同样是主要的工作——粮食征购——在村里从来没有成为过问题。

我对李贵新比较了解，做事精明圆通，在计划生育工作上比较保守，多数时候表现为有心计地消极回避。他以一贯的玲珑圆全维系着与乡里的融洽关系，保持着与乡干部的真纯友谊，以言辞上的积极主动和行动上的迟滞缓慢祖护了一些违例（省计划生育条例）生育的村民。

他的小村位于乡政府的西南角，共有二百来户人家，七百多口人。每次孕情普查，总有十多位育龄妇女缺席。缺席即意味着在外生之前见不到了。由于人口规模不大，平时很少被上级抽查到。我们的注意力和主要精力不是放在这里，而是放在那些人口规模中等（2000人）左右的村庄。李贵新对此很清楚，在应对上形成自己的一套。我说有人举报你们村某某外孕了。他满脸堆笑敷衍，前两天还看见她在街里，瘦得像扭劲儿的麻花，怎么可能怀孕，往哪儿怀啊？要不就矢口否认，早不会生了，村里都知道。再紧张也有松弛的时候，秋忙五月就得考虑农业生产。这就是空档，就是喘息机会。李贵新总能巧妙地抓住这些机会跟你周旋。形势相对缓和一下，要找的人可能就把孩子生下来了。我们后来不听他汇报，让村干部直接领上门，但十有八九找不到那些妇女。她们不在家中。李贵新总有理由，她娘病了，去伺候两天。她小孩姨家过会，走亲戚去了……就算打发了。到底是怎么回事，最终弄不清楚。我猜可能是得到信息躲开了，至于是不是李贵新暗中送了信儿，不好确定。应该结扎的对象也是这样。他劝你不要上门，去了，还真找不到人。他以自己的聪明保护了一大批人。

村里没有办公室，乡干部进村落脚点就在李贵新家里。话筒和扩音器放在里间，喇叭支在房顶上。吃饭招待在家中安排。李贵新热情好客，眼睛不大，喜欢眯缝着，给人一种亲近感。村里没有什么积累，一应开支都由他个人垫付，这就形成了他与乡干部之间既显亲密又被制约的微妙关系。

有一次，我们瞒着他把底数摸清了。哪些人政策外怀孕，哪些人需要手术，他们住哪条街道，房子有什么特征，都暗暗做了记号，趁他外出时神不知鬼不觉开进村子，搞了一次突然袭击。我们把这些人的家院包围起来。什么张巧叶、李先茹、王变芹，一个也没有跑掉。我们把她们一车拉到了县医院，该补救的补救，该结扎的结扎，完了送回来。内幕撕开，让人吓了一跳。村子不大，大鱼不少，有的生了三胎、四胎又外孕了，有的生了四胎还没有结扎。李贵新啊李贵新，你可真沉得住气！我跟他通话，你们村张巧叶、李先茹、王变芹都该手术了。他说她们没有外孕，她们身体不好，她们都不在家啊。你还说不在家，我们把她们拉到县医院做完手术，给送回来了，现在家躺着呢。这一下他没辙了，开着车笑眯眯地赶了回来。还是领导神通广大，我一个大老爷们怎么好意思问人家怀没怀孕。我是真不知道。你说那个王变芹，瘦得像根扭劲儿麻花，她要能怀上，连鬼都能怀上了。我是说不起话了，自己打了自己嘴巴。不说了，不说了，吃饭，吃饭，喝酒，喝酒，我犒赏大家。事情就这样结束了。结束是结束了，不可能不留下隐患。那些做了手术的人，还有他们的亲属，不会认为李贵新真的不知道。这笔账到底还是记在他头上。

李贵新分析有四个人可能干这种事。他们年龄都在二十七八岁上下，近两年都生了二胎或三胎，妻子先后做了结扎。其中有一个叫二满，是个双女户，是那次突袭时做了绝育的王变芹的男人。他们都姓李，虽然跟李贵新不是本家，却有红白喜事上的来往。

我们乡属于刑警大队一中队的责任区。我通过电话给一中队的田春队长联系。他本来在家休息，听了报案，立即赶回单位，带领干警奔赴现场。

李贵新提供的情况，后来从一中队那里得到初步印证。他们从现场提取了四双鞋印，随后接获一条重要信息：案发当天深夜，有人见他们四人在临近玉米地的小桥上抽烟。

二满他们合伙开着小工厂，在市里一家私人旅馆设有办事处。干警们在报案当夜出击了一次。他们找到了那家旅馆。四人正在打扑克。面对突然涌进的陌生人，他们本能地警觉起来。干警说找二满。二满顺嘴说他刚走。问到其他三个人，都说不在。因为没有村干部跟着，干警不认识他们，结果从眼皮底下滑掉了。大家感到惋惜。第二天再次出击，已是人去楼空。

过了一周，干警们瞅准时机，分别在家中，在办事处控制了他们。审讯夜里在乡政府展开。

乡政府大院东南角有一个小院，是农机站办公地方。从一个半月形的小门进去，穿过狭窄过道，就来到这个规整的小院里。审讯结果令人失望。他们一口咬死，李贵新玉米被毁的当夜，他们在邻村一个同学家里喝酒。这个同学是村支部委员兼治保主任。酒席设在哪间屋子，用了方桌圆桌，桌子如何摆放，谁挨着谁坐，喝了什么酒，喝了几瓶，谁先闯关，谁喝醉了，几点几分散场，谁先起身出门，谁拉灭了电灯，主人送没送，送到哪里……讲得清清楚楚，没有一丝破绽。如果相隔一两天，能够清楚忆起这些细节，不值得大惊小怪，过了一周还如此清楚，丝毫不差，就难以让人相信了。明明让人生疑，却没有办法。他们串供了，订立了攻守同盟。他们有足够的时间这样做。

线索断了。

除了他们，还有没有别的可能？他们深夜站在桥头，难道真是刚喝酒回来？最初判断不准确？李贵新思来想去，认为不会有错。干警们也认为推断没错。他们决定上手段。我回避了。一个乡干部转述了现场审讯的情况。他提着一根木棒想过瘾，被干警制止了。他们动用了一根尺把长的黑色橡胶棒。这种东西有个好处，用力多重，都不会留下痕迹。二满光着上身跪在地上。这个人我见过，个子不高，长得敦敦实实，有一百七八十斤。这副身板应该能够经受住，可是橡胶棒一落在身上，还是禁不住大叫起来。他的叫声是克制的，短而压抑，突然发出，突然中止，是表明还算硬气，还是不想让外人听到，我们不清楚。能否使用橡胶棒，该不该使用，现在说来是个问题，二十年前不是。嫌疑人基本上等同于坏人，坏人则该打。现在不行了，坏人也不能打，要按规矩来。他们揪住二满的头发，猛地一拉，他一头栽下来，还没有栽倒，干警壮实的膝盖又当胸顶了过去，结果，他不是一头栽下来，而是仰面倒过去。这些动作机械重复着，直到全身汗如水洗，还是那句老话——我没干。其他三个组的审讯结果也一样。三四个小时过去，没有任何突破。

侦破陷入停滞。

与此同时，他们家庭成员开始四处活动，一刻不停展开公关。他们有的在市里工作，有的在县里工作，个别人在政府部门任职。他们找到了刑警队大队长，很快，他要求办案同志撤回去，以证据不足为由，要求放人。问题变得复杂，形势微妙而不可预料，侦破眼看要半途而废。我匆匆赶到县里，给分管政法的副书记做了汇报。书记表示支持。他当即抓起电话打给公安局长，局长在市局开会，于是直接打给刑警队大队长。他对一中队前期的工作充分肯定，代表县委对参与侦破的同志表示慰问和鼓励。他有意识地肯定大队长政治敏感，调遣有方，鼓励他们迎难而上，查个水落石出，严惩案犯，为乡村干部撑腰。大队长的态度原本是暧昧的、不积极的，听了书记电话，马上来了个一百八十度大转弯。他没有多少文化，但脑瓜灵活，反应敏捷。他郑重表态请书记放心，刑警队的同志足智多谋，能征善战，有信心有决心侦破此案，给县委、给全县人民交一份满意答卷。至于跟全县人民有什么关系，只有他能说得清。放下电话，他乘着三轮摩托赶到乡里。他把干警召集起来，传达了书记的意见，要求人员不撤，兵力不减，再上措施和手段，不破此案不收兵。不管他心里是怎样想的，此举还是起到稳定军心、鼓舞士气的作用，虽然我明白，其中不乏故意表演给领导看的成分。

侦破继续下去，进展依然不顺，种种迹象表明有人暗中上下其手。田春队长委婉道出跟我相同的看法。对手没有停止活动。他们跟大队长的关系变得异常亲密，言谈举止中不避讳这种亲密。他们时不时到办案现场转悠，一副无辜受难的样子。他们甚至游说到了乡领导那里。

有一位副乡长，跟其中一个在县里工作的人有交往，但并非过从甚密。他们接触忽然变得频繁。他们借此不断出现在他的办公室里。副乡长终于被打动了。他跟我说，一中队恐怕是弄错了。这几个孩子都说没干，肯定冤枉了人家。李贵新没有证据，不过胡乱猜疑罢了。他平时跟李贵新关系不错，忽然说出这样的话，证明思想有了动摇。这尤其令我担心。许多事情不是从外部被毁掉，而是从内部。由于案件没有实质性进展，我不好多说什么。他分析道，这些家长们说，孩子们要是干了，事先不跟家里说，事后不可能不说，特别是刑警队插手时候。于是得出结论，他们就是没干。他还透露了一个意思，这样下去，万一没有结果，乡里会很被动。他的话让我不无担心。

此时的田春队长更承担着来自多方面异乎寻常的压力：领导的期望，上司的阻力，嫌疑人死不松口，线索中断……案子破不了，他们还会面临反戈一击。他在公安战线工作多年，有着荣耀的历史。他破获过几起命案，有两起是在陷入绝境情况下，由于他的加入获得重大进展。眼下这起案件有可能让他丧失得来不易的荣誉和名声，让参与办案的同事，面临被推上被告席的危险，李贵新及其家庭未来将十分难堪，面临直接而无法回避的对立，后果难测。刚开始时，田春队长是三天一条烟，现在两天不到就抽光了。李贵新则天天失眠，消瘦的身体快要支撑不住了。

干警们曾经用过一些办法。

他们利用嫌疑人家属跟他们接触的机会展开心理战，希望通过政策攻心，从外围突破，结果徒劳无功。

有一天，他们安排一位女民警扮作干警家属，在院子里洗衣服，把二满和另一位嫌疑人从看守所提出来，铐在两棵相邻的桐树上。水池离两人很近。他们希望从他们谈话中获取有价值的材料。一个上午过去了，两个嫌疑人只说了几句话，与案情无关。他们一无所获。

田春队长内心焦躁，表面还得表现如常。他们的家人越来越嚣张。他们在村里大造舆论，李贵新成心诬陷他们，乡政府一屁股坐在李贵新那边。一中队贪赃枉法，不问青红皂白，企图制造冤案。他们到县里鸣冤叫屈，说一中队使用酷刑，要屈打成招。他们败坏了孩子们的名誉。他们不会轻易放过他们。他们最终会清清白白地走出来。他们将向乡政府和公安局要求精神和经济赔偿，不但要为他们公开恢复名誉，还要把办案的一干人等送进监狱。

这成为双方心理和精神上的角力期。一中队坚信案件没有突破，不是判断有问题，是突破口没有选好。我们对他们的活动冷眼以对。你要打通关节，毕竟不敢光明磊落地进行。你投门子托关系得花钱，我们不用。你的关系再硬，没有我们靠山硬。我们依靠县委领导，而领导是有明确指示的。你开着两轮摩托，我们开着四轮，你跑不过我们。你能活动的不过几人而已，我们却有一个领导集体，还有全乡干部。我们也在较劲儿。有时在路上碰见了，他们怒目而视，要不就远远吐唾沫。我们一笑置之。

我一开始就跟李贵新讲，这种案子不好破。我的真实想法是，不要跟小人一般见识，可以报案，但不必过分较真儿，非要穷根究底找出真相不可，让村里加倍赔偿不失为全脸之策。以前不是没有先例。有一年冬天，崔家堡支书的五六十棵果树让人砍了。这个人砍树前是动了脑筋的。他不是朝树干上砍，是绕着树根砍了一圈儿。他的想法不外乎是既把活做了，又不让人马上发现，等发现了也晚了，树已经死了。那些果树正在盛果期。我征求这个支书意见，要不要报案。他很明智，说即便破了案能怎样，肯定是村里人干的，抬头不见低头见……还是决定不报案。我们召开党委会，让村加倍赔偿，乡里同时补助他一笔款。他痛快地接受了。他是果树专家，一棵一棵做过处理，用土把砍伤之处培起来。让砍树人没有想到的是，第二年春天，果树一棵没死，全都开花挂果，秋天意外获得丰收。刀斧之伤起到了环剥作用。砍树人当了一个无名英雄，搞了一次义务劳动。

李贵新要是同意，我就派乡干部到村里，打开广播宣传，他因为工作得罪人了，乡里关心支持他。你暗地里砍他的玉米，我们就光明正大地赔偿。再砍再赔。有一点可以肯定，我们给他的赔偿，永远高于他实际可能得到的收入……现在，案子要是破不了，固然还可以这样对待，社会反响却会大不同。最初舆论是倒向他这边的，此刻会反过来。

我曾经思考过，为什么这么大点的一个小村，一个保守的与人为善的支书，偏偏遭到这样的报应？遇人不淑是一个原因，李贵新性格和处事上的弱点是不能排除的另一个原因。在如何看待和实行计划生育问题上，有些人显然抱有偏见和成见。他们不认为是国家政策的要求，而归结为个人的主观意愿，认为你让他做了手术。你以为工作客观自然，他认为故意跟他过不去。这个责任理所当然记在支书头上，让你不知不觉成了冤大头。你的回避忍让，正好成为软弱可欺的理由。你不想得罪人，一味退忍，最终还是把人得罪了。如果不怕得罪人，反而有可能不得罪人，从而保全自己。我在另一个乡工作时，分包村的支书就是这样做的。他送一个妇女去结扎。她在大街上一蹦老高，指着他鼻子叫嚷，是你让我挨的这一刀，出了问题，全家人不饶你！这个支书根本不吃这一套。他当仁不让，胳膊一伸，梗起脖子瞪着眼大骂，候着你呢，大不了对了你狗操——！那个妇女一下子被镇住了，耷拉下头乖乖上了车。李贵新老是想做好人，没想到好人并不好做。

半个月了，局面仍然僵持着。近日再无突破，一中队将考虑撤出。在侦破后期，他们已经在考虑退路，考虑如何收场了。我不想看到这样的结局，又别无指望。李贵新精神到了崩溃的边缘。

一天中午，我在办公室闷闷不乐坐着，一位干警匆匆忙忙推门进来。田春队长让他专门送来消息，案件取得重大突破！形势急转直下。四位在押嫌疑人心理防线彻底崩溃，供认了砍杀李贵新玉米的全部细节。

听到这个消息，我欣喜若狂，几乎从椅子上蹦起来。天无绝人之路啊！

案件是从哪里突破的？从那个治保主任身上，嫌疑人供述的在其家中喝酒的邻村村干部身上。

半个月下来，四个嫌疑人没有如他们亲属讲的那样，很快从看守所放出来，治保主任心里越来越没底了。他时不时跟办案人员接触一下。这很自然，因为他是治保主任，平时跟公安干警打过交道，彼此熟悉。这也是一开始，他以及他的证言没有被怀疑的原因。他给人的表面印象是想了解同学的情况，实际上是在观察动静，看情况是否有变，会否牵扯到自己。这一天，他又来跟田春队长套近乎，请干警们吃饭。田春队长抓住这个机会，决定将计就计。酒宴设在乡政府旁边一个小酒馆里。大家推杯换盏喝得尽兴时，门帘突然一挑，一位办案干警急匆匆走进来。他很兴奋，脸上流露出掩饰不住的笑容，又似乎很谨慎，仿佛刻意回避什么。他附在田春队长的耳边说了一句话——招了！田春队长精神一振，急口就问谁招了？干警说二满招了。田春队长说，快说说是怎么回事。干警说他们那天根本没有在外村喝酒，说到这里，下意识地看了一眼治保主任，一切都是假的！田春队长问，口供录了没有？干警说录了，随手把一纸口供递过去。田春队长不看还罢了，看了脸色陡变，一掌拍在桌子上。这一掌用劲太大，震得杯盘中的酒水、菜汁乱溅。在座所有人被吓蒙了。田春队长对着治保主任突然骂开了，你他妈的装什么洋蒜，到底想干什么？那边已经招了。你他妈的还摆鸿门宴。你给我放聪明点儿，再他妈的不老实，马上把你塞进去！治保主任坐在田春队长下手，瞥见了二满的口供笔录，当时心里一惊。田春队长一阵吼骂，让他顿时乱了方寸。实际上那个材料不是二满写的，干警模仿了他的笔迹，是诈术。为什么选择二满？因为他年龄最小，不是治保主任同学。如果问谁最不可靠，二满最不可靠，最有可能供出实情。这在情理之中。治保主任知道露馅了，再也撑不下去了，额上汗水立刻流下来了，滴滴答答砸在地上。他满脸羞愧站着，不住赔礼道歉。我不是人，实在对不起田队长。这两天我一直睡不好，觉得早晚要毁事儿。你千万不要跟我一般见识。我先喝三杯认罪。田春队长心里有了底儿，高兴自不待言，嘴上没有和缓的余地。他从腰里把手铐取下，重重拍在桌子上。喝鸡巴啥喝，这他妈的不是喝酒不喝酒的问题，你涉嫌作了伪证，是他妈的进去不进去的问题。这个一米八几的治保主任，魁梧结实，平时威风凛凛，当时跟傻了一样。他开始还手足无措，后来跟木桩子差不多了。他认识田春队长，没想到一点面子都不给。田春队长站起来，黑着脸说，赶紧他妈的交代，省得费事儿。治保主任此刻只剩下顺嘴往外倒的份儿，比灌啤酒还利索。他们那天没有在我家喝酒。他们是第三天夜里找到我的。我跟某某、某某是同学，不好推辞，糊里糊涂答应了。他们为此专门请我吃了一顿饭。田春队长让干警现场做了笔录，让治保主任在酒桌上打了证明材料，做完这一切，端起一扎啤酒痛饮而尽，临出门撂下一句话，铐上带走。

酒宴似乎不欢而散，大功却已告成。

田春队长一刻不停赶到看守所，把四个嫌疑人挨个儿提了出来。因为有了治保主任的口供，审讯势如破竹。那天夜里，他们在市里喝酒，乘酒兴潜到村外，用事先准备好的工具毁掉了李贵新的玉米。

第二天一早，我把案件告破的消息，报告给县委副书记。我们把喜报，把给公安局、给刑警大队一中队干警请功的报告，贴在县委机关大门口。四套班子领导纷纷表示慰问和祝贺。离开县委机关，我们党政班子全体成员，给公安局送去感谢信。局长握着我的手久久不松开。他说建国四十多年，县里发生多起杀青案，破获了的，这是开天辟地头一遭。我们及时宣传造势，让公安局的同志们感到前所未有的荣耀。

在给县委的报告里，我们提出给所有参与侦破的干警请功，提出给田春队长请功，提出给公安局请功，只字没提给刑警大队请功，更没提给大队长请功。我们态度鲜明。我们的用意就是要让他知道。

乡村干部反应热烈。他们相互联系，提着烟酒来到乡政府，说要跟我们一醉方休。有人提议在乡政府门前搭台唱戏，好好庆祝一番。以前每逢工作紧张就提出辞职的个别村干部，也不好意思地前来见我。他们表示，有乡党委撑腰，没有了后顾之忧，今后将加倍努力把工作做好。

案件很快进入公诉和宣判程序。犯罪嫌疑人家属真正慌了手脚。他们由以前对我怒目相向，变成点头哈腰，满脸赔笑。由以前在路上碰到了不理不睬，变得老远就下车，老远就掏烟，老远就一溜小跑……他们知道乡里说话是管用的。他们开始频繁跟我接触，托关系求情。他们请求我手下留情，给他们一条生路。他们都有老婆孩子，一旦判刑，家中日子就不可想象了。那个副乡长意识到自己以前态度不妥，十分惭愧。他解嘲道，我一辈子没看错过人，这次算是瞎眼了。

李贵新的目的达到了，他显得异常轻松。他的小眼睛又眯缝上了。可是很快，脸上笑容就消失了。他又感到了压力。原先四处活动的那些人，对他非常仇视的那些人，开始登门拜访他了。他们不空着手去。他们调动了所有能够调动的关系，让他放他们一马。外界有了新议论，这四人真要被判了，绝对会成李贵新死对头，出来之后，他就没有安生可言了。李贵新犹豫了，又睡不着觉了，又来找我了。这次反过来为他们求情。他请求我跟县领导说，不要判他们了。他跟他的对手坐到了一条板凳上。有道是恶有恶报，杀一做百，以我的想法，是绝不会答应从轻处理的。我说李贵新，这个主儿我做不了。这是检察院和法院的事，总不能让我一路跟人家求情吧。李贵新认定一个理儿。你再给县委副书记讲讲，书记会听你的。考虑他将要面临的处境，我只好违心去找县委副书记。书记批评我，你怎么这样，还有没有原则！这是我能说了算的，说抓就抓，说放就放。然而，批评归批评，书记理解乡村干部的难处，支持我的工作，最后还是表态，让有关部门考虑以教育为主，用好法律，从轻发落……

二满他们最终得到宽大，实刑改成缓刑。

玉米下地的时候，县里在我们乡召开公判大会。

卡车开过来，路上人满为患。

他们四个人挤在一起，全都低着头，不敢往车下看。他们害怕与邻居、亲戚、朋友熟悉的目光相遇。人们看不清他们的脸。四颗光头形状各异。几个女人指指戳戳小声议论，那个脖子后面堆着一疙瘩肉，头像冬瓜的就是二满。

田春队长跳下吉普车，食指和中指略弯，轻拢一根香烟。香烟看上去很长，那是他将整支烟接到抽了一半的那支上形成的。这是他的习惯。他往四外看了一眼，似乎在寻找谁。其实我清楚，他不找谁，是显示一种姿态。他偶尔与熟人打声招呼，嗓音像铜锣。眼前正在发生的一切让他相当满意。他是战胜者。战胜者是有资格雄视四周的。

田春队长最后使出的那一招儿，实际上是在铤而走险，是没有办法的办法。治保主任邀他喝酒时，临时产生一个念头：兵不厌诈，不成功便成仁。这一招能否奏效，一方面取决于现场动作是否连贯无漏，更重要的，还取决于对隐蔽事实的判断是否准确。他把荣辱褒贬抛在一边。他心里根本没底。他甚至做好了被处分的准备。

他赢了。他可以好好休息一下了。

李贵新也可以好好休息一下了。让他颇感欣慰的，不仅是案子破了，而且今后可能面临的许多问题和危难，由此得到清除。毁坏他的庄稼，不过是他们密谋的一连串事件中的一件。他们至少还谋划了另一件事：在第二年七月十五，即杀青一周年时候，仍将在深夜潜到村外，去挖他的祖坟，将他的先人翻尸、抛骨、扬灰。他们的理由很简单——他让我们少生了孩子，我们就让他断子绝孙！

温婉与决绝

去年冬天的一个早上，我在单位接待了一对来访的母女。那位母亲看上去有五十多岁了，她眼皮浮肿，眼里布满血丝，让我感到她失去良好的睡眠已经很久了。她的女儿紧绷着脸，拘谨僵直地坐在沙发里，始终没有大声说过一句话。

你们从哪里来的？

李家集。

有什么事就说吧。我以为她女儿在办理生育证方面遇到了阻力和麻烦。

我们是来举报的。女人直截了当，有个女的怀孕了……你们管不管？

噢……原来如此。我知道她接下来要说的，应该是一个政策外怀孕的女人的情况。她显然知道哪种情况是政策允许的，哪种情况是不允许的，她要拿不准，就不会跑这么远来找我了，只是她不知道怎样明晰表达，把政策外怀孕跟正常怀孕混淆了。

你举报的人是哪里的？

张家桥的。

她住在张家桥?

她不住在张家桥……她娘家是张家桥的。她现在住在城东。

这就有点玄了。李家集镇和张家桥乡,一个位于县城正南,一个位于县城东北,相距五十里地,它们与被举报者的居住地分别隔开三四十里,虽说不是风马牛不相及,但也相去甚远……中间该有什么隐情吧!

她叫什么名字?

叫……叫候丽芳。

隔得这么远,你怎么知道她政策外怀孕了?

女人仰起脸来,一副十足把握的样子,我知道,我给你打保证。

我想问一下,你是怎么得到信息的?

我……我就是知道。外人不知道。我知道。

她有多大年纪?

女人对这个问题很敏感,她开始激动了。她的嘴唇微微颤抖,突然爆出一句粗口,这个小浪X,二十一二吧。

你怎么认定她是政策外怀孕,一定该做?

她没有结婚,跟人乱搞,跟有妇之夫……她下意识看了一眼坐在身边的女儿,女儿脸上掠过复杂的表情,低头看着脚下。

我已经察觉到了,哦,看来跟你姑娘的婚姻有关系?

没有,没有……女人矢口否认,有些不安。我不便多问,转了话头。不过,我怎么断定你们的举报一定是真实的?

女人再次受到刺激,她从沙发上站了起来。我一大把年纪了,还能欺骗领导!我以我的老脸担保,我……我当着孩子的面儿呢!

我制止了她，示意她坐下。好，好，好……不要赌咒。我相信。你说这个人住在城东？

女人回问她的女儿，她女儿附在她耳边小声嘟哝了几句。女人回过头来说，离城东菜市场不远。

能不能再具体一点儿……越具体越好。

她又回问她的女儿，她女儿又附到她耳边。她接着说，菜市场往西路北第三条胡同。胡同口有一家豆腐店，门口写着"真正卤水……"。

我一一记了下来。

顺胡同一直走到顶头，西边有一座二层小楼……小浪X住在二楼东头！

我觉得情况已经清楚了，对她说，我会安排计生局跟城关镇的人去调查。你们先回去，过两天再来听信儿。

女人不大放心，她欠了欠身子，用近乎乞求的口气说，你们一定要把她逮住，让她做了引产，千万不能让她生下来。

我们先看看情况再说，争取让你满意。

两人对视一眼，从沙发上站了起来，快走到门口时，女人又折了回来。她讨好地对我说，你们布告说举报有奖，我举报不是为了图钱，两千块钱我不要，你留下它买烟抽。我就要一样儿，求你们把她做了！

现在，我已经对这位母亲反映的情况深信不疑了。

一般来说，关于政策外生育的信访举报，尤其是当面举报，其可信度是很高的。举报本身意味着举报人做好了承担风险和付出代价的准备。风险不可预料，代价可能极其沉重。我的表态意味着要对那个女子展开调查，直至采取技术措施。可是，在当前情况下，我们是否有权这样做，是否可以对一个没有履行结婚登记的公民加以询问、检查，强令其中止妊娠？我们行使权力的初衷和目的，是维护生育政策的公平性和严肃性，但是否会造成新的违法？

时间倒推十几年，处置此类情况完全不成问题。由于当时人口形势严峻，控制生育数量既是当务之急，也是当务之本。全党动员，全社会参与，绝对的泰山压顶之势，一年四季，乡村干部的主要精力几乎全部投入其中。凡没有取得合法证件而怀孕的妇女，不管什么原因，无一例外视为补救对象。久而久之，乡干部养成一种职业敏感。他们凭借灵敏的嗅觉和经验，在非工作场合、非工作时间，可以驾轻就熟地对任何一位育龄妇女实施生育方面的盘问、检查。以下故事，想必在乡镇待过的，一定不会感到陌生。

两个乡干部走在下班的路上，远远望见一位女子骑自行车过来了。他们打赌，你说她怀孕没有？一个说有，一个说没有。他们等在路边，把她拦了下来，几个月了？女子一脸困惑，什么几个月了？他们单刀直入，怀孕几个月了？女子脸上腾起一片红晕，推起车子想赶紧走开。两人跨前一步，一个牢牢抓住车把，一个死死拽住后座，还没回答呢，往哪儿走？女子羞愤气急地甩下一句，我还没结婚！他们松手了，并不以为尴尬。赌输的只好不情愿地掏出二十块钱，拣一个便宜的路边小馆请赢了的吃饭，随后他们醉酒而去，留下一段笑谈。

最让人回味的是庙会上的狭路相逢。几个人从村干部家里出来，醉眼迷蒙，脚下轻飘飘的，但警惕性不减，看到人群里有挺着肚子的妇女，比得了宝贝还兴奋，个个两眼放光，围过去要她出示证件。大肚子女人惶恐不安，我来娘家走亲戚，忘记带了。他们把她带往村委会，或者干脆带回乡里，等待她的家人送来证件。她不敢反驳，乖乖跟着他们走。如果证件没有办下来，或者根本没打算办理，最有可能的是立即被送到县引产指挥部做补救。信息灵通的，四处托人活动，很快凑上几千块钱交到乡里，千恩万谢，说尽好话，也许能侥幸地把她领回去。没有门路的，叫天天不应，叫地地不灵，只得哭哭啼啼去补救。赶上突击活动，乡镇不再收钱放人，他们要的是进度。甲乡从庙会上拦住带走的女子，正是乙乡苦苦追寻一直见不了面的，费尽九牛二虎之力，劳而无功，却被甲乡轻易迎面撞上。乙乡听说引产记录上在甲乡的账上，遂发生激烈争执，双方吹胡子瞪眼，剑拔弩张，几乎就要大打出手，最后由县领导出面调停。领导虽觉好笑，但裁断英明，念乙乡前期在人力财力上的付出，破例将这个指标一分为二，给乙乡也记了一例进度，才告平息。

现在是绝对不允许这样做了。现在讲以人为本，讲"七不准"，讲"群众工作八项纪律"，讲"八个严禁"，各级三令五申，敢侵犯育龄妇女合法权益的，将受到组织处理，直至绳之以法。贸然行事不仅会引火烧身，还会给领导惹来麻烦。我得认真权衡，这种情况究竟在不在我们的职权之内。

一种意见认为，我们能管也该管。所有非婚姻关系的怀孕，都不符合省计划生育条例第19条、第20条规定，应该落实补救。省条例第51条还规定，如果本人未在要求期限内改正，可以给予1000至2000元的处罚，形成政策外生育的，可以按照第46条第6项征收社会抚养费。征收的额度，以男女双方子女总数计算。这是后话。另一种意见认为，我们不该管也不能管。我们管理服务的对象有明确界定，那就是已婚育龄妇女。这个女子既然没有领取结婚证，就不能算做已婚育龄妇女，管理显然超出职权范围，即是违法的。然而，如果不加干预，举报者肯定不会善罢甘休。她已经撂过话来，我们不管，她将一路举报到市里和省里。省市主管部门领导，很有可能大笔一挥做出批示，责下属调查，从而让我们陷入被动。

不是没有前鉴。当我听说她来自李家集一镇时，心里暗暗吃了一惊。

去年秋天，李家集辖下一个不足千人的村子，因为计划生育问题，引发了全县一场大地震。

因为支村两委换届，两姓明争暗斗着要上台，触发了由来已久的家族矛盾。台下的举报台上的乱划宅基地问题、经济问题、作风问题，皆如泥牛入海，最后归结到计划生育问题上。举报者扔出人肉炸弹，他们举报了自己。省计生委派员秘密调查。他们在村里转悠，按照信上罗列的姓名，顺利地将张三李四王二麻子的政策外生育情况搞清了，认为该村计划生育"完全处于失控状态"，下发红头文件，把我们定为"省重点管理县"。我和乡村领导一干人等受到了牵连。全县自上而下几乎把所有精力都集中到摆脱落后局面上。十多年前大上"四术"的情景重现。技术服务站前车水马龙。县里十天一次调度会，当场颁发流动红黄旗，党委书记表态发言，县电视台排位曝光，四套班子领导坐镇乡村指挥。一次黎明会上，李家集的党委书记本想要转嫁压力给村干部，一句话没有出口，嘴角流下涎水，一头歪在主席台上……想到这些，让我不寒而栗。

无论如何，再也不能让人给添乱子了。

十点多钟，主管法规的副局长回到了单位。他们按照举报人提供的地址，不费周折找到了那个地方，经过简短的现场询问，把租住在那里的候丽芳带回了技术服务站。

经过是这样的。

他们走进那所高宅大院，看见一个女子在楼下洗衣服。她身材单薄面色发黄。她们问她是不是叫候丽芳。她没有承认，也没有否认，疑惑不安地打量着他们。他们盯着她微微凸起的腹部，一切了然于胸。有人举报你政策外怀孕了。她待在原地，一脸茫然。他们问她几个月了，有没有一胎生育服务证，领没领结婚证，家里还有谁在，男人干什么去了……她一句也不回答，任手中湿衣噼噼啪啪滴水在脚上、地上。你不回答，就证明了人家举报是属实的，请收拾一下，跟我们走吧。

候丽芳上楼去换衣服，他们在楼下等着，过了很长时间，不见她下来。法规科长上楼去催，见她背对着屋门坐在床边流泪。屋里陈设简单。靠西墙放着一张双人床，北窗下摆着一张三人沙发，东墙是一个双门立柜，门口立着一只铁锈斑驳的盆架，上面一只塑料脸盆，窗台上一盆叫不上名字的花卉，打理不周，叶片已经泛黄。科长在她身边站了一会儿，看她没有止住的意思，轻轻拍了拍她的肩膀，劝她下楼……

候丽芳在服务站住了下来，如果没有特殊情况，不出三天，她的问题就会得到妥善处理。

中午时分，我准备下楼吃饭，服务站站长推门进来。情况不像我想象的那样乐观。候丽芳身体不佳，情绪波动，拒不配合，中止妊娠的事一时半晌定不下来。

她患有轻度贫血，血象偏高，不知道是因为紧张，还是别的原因，血压也超出正常范围，而中止妊娠需要本人签字同意，否则不准施行。几位站长轮流做她的思想工作，好话说了一火车，连自己都觉得厌烦了，她始终一声不吭。让她通知家人过来，没有反应，说多了就咬着下唇默默流泪。站长们没了脾气，商议等她心情和身体好起来，继续做工作，兴许会有效果。

候丽芳刚在服务站住下，有关她的传闻甚嚣尘上。有人说她是坐台小姐。有人说她在外面打工，放荡不羁，与多人有染，到底怀了谁的孩子连她自己都说不清。还有一个版本，说她混上了一家木材加工厂的老板，老板比她大二十多岁。

　　传闻归传闻，工作归工作。医护人员一边听着这些议论，一边为她治疗，精心做着中止妊娠前的各项准备。他们从改善她的贫血状况入手，用了维生素B_{12}，人胎盘组织液，对症采取了措施。半个月下来，候丽芳的脸色变得红润，血象接近正常，血压趋于稳定，体重也增加了。

　　这期间，她始终是形单影只，除了一日三餐，除了上卫生间要到外面去，她都把自己严严关在屋子里，要么躺着睡觉，要么呆靠着床头沉思，要么就像个傻子一样站在窗前，一站就是半天。

　　施行中止妊娠的条件已经成熟，候丽芳还是不签字，她说要再等几天。我们知道她怀有心事，不再强求。市里决定在我们县召开集中服务活动现场会，手术骤然增多起来。候丽芳的事一时定不下来，白白占着一个床位，我们决定往后推一推。我特意安排了一辆车，本着从哪儿来送回哪儿的原则，让法规科长把她送了回去。

　　候丽芳回到住处的第二天，消息灵通的举报者跟她女儿又坐在了我的办公室。她对我们的做法颇为不满，以近乎质问的口气说，为什么不给那个小浪X做手术，还把她安安稳稳送了回去？

　　她不签字。

　　不签字就不做了？你们叫她生下来？

　　我们没有叫她生下来。我们只是说，本人不签字，不能强行手术。

　　别人就能，你们啥也不说，来了就给做了？

　　你说的不是那回事。那些手术都有本人签字，而且还有组织负责。这个谁负责？他男人不来，家人不来，手术出了意外，谁能负得了责任！

她死了才好呢。她不死人家不能过，她死了都能过了。

你说得就离谱了。她虽是政策外怀孕，可是还该不着让人死吧！

她要是一直不签字，家里一直不来人，你们就不做了？

……恐怕不好办。

那我就往上告。

你愿意上告我们拦不住，那是你的权利。我们不能拿人家生命开玩笑。

那就便宜了这个小浪X了。她赌气坐在沙发上不吭声了。一腔怒气无处发泄，脸色都变了。

你为什么对她那么狠，她跟你有仇啊？

女人用奇怪的眼神看着我，顿了一下，仿佛下了决心。要说家丑不可外扬，事到如今，我也不怕你笑话了。我实话对你说吧，这个小贱人混的男人，就是我家老头子！

我曾经往这方面猜过，但不敢肯定，现在由她亲口说出，还是让我暗吃了一惊。

你老头多大年纪了。

多大年纪了？我五十三岁，他比我大三岁。真是老不要脸了。我三个孩子，两个大的成了人，老小也到了成家的年龄，人家听说家里出了这种败鸟，都看笑话呢，谁还来给你说亲，孩子窝在家里不出门，觉得没脸见人。

他们在一起多长时间了？

有两三年了。孩子们先知道的，都瞒着我。这个小浪X到加工厂上班不到仨月就勾搭上我老头了。我知道的时间不长。她怀孕了，孩子们觉得不能再瞒了，再瞒就要出大事儿了。我找到了这个小浪X。我不跟她闹，我跟她说理。我得顾我老头的面子啊。我说这个小浪X，你跟谁不好，跟谁不是图个那呀，为啥非要跟一个老头子。她都能当你爹了。你跟你爹在一块是个啥感觉？你还觉得是多美的事哩！你猜这个小浪X说啥，她说我活是刘家人，死是刘家鬼。哎呀……这个挨刀攮的，她凭什么这样说啊！她有脸这样说啊？把我恨得牙根发痒，恨不得卡住她的脖子……

我被她的讲述吸引了。

你知道我现在最担心的是什么？

我当然知道，但还是愿意听她自己讲。她咬牙切齿地说，我不能看着她把一个小孽种生下来，到时候跟我的孩子们争家产……真不能往下想，一想我手脚都发烧了。

我突然产生一个想法，要不你让你老头签个字，说不准她会同意的。我们就给她做了。

我明告诉你吧，老头现在是在家呢。外人知道他往东北定木头去了，实际上他没去。我小子什么也不干，整天看着他。他还想偷偷给那个小浪X打电话，让我撞见，把手机给他摔碎了。他想来见她，别做梦了。我小子说了，他要再敢跟她来往，就打断他的腿，自己也不活了。可是，话是那样说，那是他爹，我能让他们把他腿打断，打断了还不是我伺候。

听说她娘家跟她断绝了关系，你不让老头来，她又不签字，这事可真难办了。

女人面露急愤，到底被难住了。她怔了一会儿，突然充满期待地问，要不，让我签个字行不？

你签字？你跟人家是啥关系？人家会让你签？你签了顶啥用！

你别管顶用不顶用，也别管啥关系，就这个关系，肯定顶用。

你要是同意，我去跟她说。我敢签字，我就敢承担。

这不是你想承担就能承担得了的，你签是没用的。你们没有亲缘关系，法律不认可。

管它有没有关系。你当我跟她有关系不就行了。再说咋没关系？她跟我老头有关系，跟我就有关系。我豁出去这张老脸不要了。只要能让她做了，我啥都能干出来。她让我再把她带过来，她要当面做她的工作。

我担心她们会动起手来。

女人保证不会动手，她说要动手早等不到现在了。

我不再说什么。女人跃跃欲试。她甚至已经认为可以稳操胜券了。

我们的谈话回到了候丽芳遗留问题上。她在服务站住了半月，欠下一笔费用走了，再过来又会发生费用。这些费用谁管？

女人不假思索，谁管，除了那个小浪X，还能叫谁管！

她连自己的事都解决不了。她走的时候，食堂的饭钱都没算，别说治疗费了。

她说没钱是假话，她骗我老头多少钱了。我老头弄俩钱都给这个小浪X了。

再住进来的话，花费仍然是个问题。

女人若有所动。她看了她女儿一眼，像是要征求她的意见。她女儿没说话。女人忽然想起什么，这些日子，县里不是负担手术费嘛？

县里负担的是计划内怀孕的手术费，计划外的不管。她在这里欠下的主要是治疗费，跟计划生育没有关系。我们赔了两千多块了。

那你说怎么办，这个小浪X……

我不知道该怎么办。这是一个实际问题，总得解决。按道理说，你老头应该替人家负担。

女人不说什么了。她们一块出去了。我以为她们被这个问题吓走了，然而过了半天，她们又进来了。

女人变得底气十足。她说，我们商量好了，孩子们也都同意，小浪X以前和以后的花费我们包了。

真是石破天惊，突如其来。一刹那，我觉得她太了不起了。没有谁要她这样做。这种事即使让一个男人面对，都会犹豫不决。

我让自己尽量显得平静，既然这样，那就让她再进来，只要身体状况允许，我们就尽快手术。

她打算亲自去见候丽芳。她说，我不怕她。她不同意也得同意。这个小浪X，她凭啥不同意。她要敢不同意，看我撕烂她的……

女人离开后的第二天傍晚，服务站站长打来电话，候丽芳住了进来。这次不是我们拉来的，是出租车送来的，跟她一同前来的，还有那个举报了她的女人。

她的女儿为候丽芳办妥住站手续后离开了。女人陪候丽芳在服务站住了下来。她们合住在二楼西头一间康复室里。

第二天夜里，值班医生听到候丽芳的屋里传出吵架声，两个女人闹起来了。住站妇女走出门，站在了楼道里，她们听到屋里传出女人侮辱性的叫骂，还有几声响亮的啪啪声，啪啪声停止时，压抑的嘤嘤的哭声传了出来。

值班过去制止她们。女人没有开门，她隔着屋门对外面说，没事，你们休息吧。我打蚊子呢。

我担心接下来会发生更严重的事，到时候不好收拾，让服务站劝女人离开。女人对夜里发生的事讳莫如深。她让我们放心，她们的问题已经解决，双方达成了某种妥协。

那个被响亮和啜泣装饰过的夜晚就那样过去了。举报者信守承诺，在以后日子里，努力实践自己的诺言。与此前相比，她简直像是换了一个人。她们相安无事，融洽和睦。陆续住进来的育龄妇女可能不大留意，服务站工作人员在有意无意之间，还是把发生在她们之间的一切尽收眼底。他们看到那个上了年纪的女人，无微不至照顾着那个年轻的怀孕女人。一日三餐，女人早早端着饭盆到食堂打饭，端回房间伺候她吃完，再到水房把碗筷洗净。上午，医生为候丽芳输液，女人坐在床边为她看针。下午没有液体，候丽芳就在女人的陪伴下，来到楼东的小游廊休息。夕阳晚照，落日余晖，剪影了女人给候丽芳加披一件外罩的瞬间。夜晚，女人弓着椎间盘突出的老腰，打开了水房的水龙头。候丽芳的衣服，包括内裤，被她洗得干干净净。她女儿偶尔会到服务站来一趟，不进康复室，而是像一个线人一样，在门口或者楼道跟她母亲会面，把有关情报带回去，把买来的水果、点心留下来。她母亲掂进康复室，跟候丽芳一同分享。

这个口口声声大骂候丽芳小浪X的女人，真的与她朝夕相处时，竟然来了个一百八十度的大转弯。这是我做梦也想不到的。

有人问到她们的关系，女人面带微笑，是那我闺女。

候丽芳在这里又住了十天。第三天，她在手术知情同意书上签下了自己的名字。翌日黄昏，中止妊娠手术顺利完成。候丽芳虚弱地走出手术室，一直等在门外的女人面露心疼，上前架住了她的胳膊。她像扶着一只景德镇的薄胎大花瓶，小心翼翼把她搀回了康复室。

之后的举报者，像是完成了一个重大使命，脸上现出前所未有的轻松、惬意，连走路都变得轻快。

候丽芳的床头柜塞满了牛奶、蛋糕、果汁一类营养品，床头放着替换的洁净的衣服，床脚放着一包包卫生纸。女人在卫生间和康复室之间不厌其烦地跑来跑去，倒掉水果皮、牛奶袋、鸡蛋皮，以及成堆肮脏的草纸。她不再到食堂去打饭，而是在康复室里，用电磁炉和电饭煲，为候丽芳变换花样调剂饮食。她一直陪她住到出院的那一刻。

女人叫了一辆出租车，直接开到服务站楼下。她打开车门，让候丽芳坐进去，再把车门关上，自己从另一边坐上去。出租车一声亮笛，缓慢起步，把候丽芳送回她租住的地方。

她是否伺候她出了月子，我就不得而知了。

深冬里，整个乡在疼……

　　获得省里要来检查的消息，用时下一句流行语表述，就是一下子让人"晕菜"了。"晕菜"的直接表现就是，领导层一时阵脚混乱，争论不休，半天形不成统一意见，不知从何处着手准备才好。

　　这类消息犹如台风过境，每年都会有几次，其在乡村造成的紧张和压力是显而易见的。一年辛勤工作，说白了实际上就是为了迎接一场台风的到来，然而，因其在某个乡镇登陆的几率很小，久而久之，让人心生侥幸，变得麻木。后来，发布预警演变为领导督促工作的手段。当一般性部署和号召引不起足够重视，领导便适时地制造紧张。这一次事先没有半点征兆，它在省城生成，一周之后，将登陆我们乡这个既定目标。震撼超出想象。它让所有人感到不知所措。

　　为什么会是这样？全市十九个县（区），偏偏是我们县？全县二十个乡镇，偏偏是我们乡？是随机抽取还是有意为之？若是后者，说明调查组掌握了某些负面信息，情况不妙。好在我们提前捕获了一些消息，还算幸运。准备时间固然有限，但强过一无所知、束手待毙的局面。在余下的日子里，全看领导临场发挥，如何把握和利用时间了。

消息不断变化。由统计部门组建的人口调查队负责实施检查，传说中的阵容由二十人增至三十人、四十人，队员来自各地市，近日将在省城集结培训。检查内容涉及多个方面：结婚、出生、节育、补救、对违纪生育的党员干部的处理、超生子女费的征收和使用……压力来自检查方式的变化。一是检查组不再局限于在县、乡搞搞座谈，听听汇报，做做评述，而是要深入乡村一线完成诸如此类的程序。二是要登门入户，面对育龄妇女做近距离的查访。三是对节育措施加以验证。他们因此带来了B超专家。四是着重核对"八账一卡"，即：结婚登记账、人口计划账、出生账、怀孕账、节育措施账、未婚男女青年账、死亡账、普查账，育龄妇女卡片。一个人从成年到结婚再到死亡的信息，在这些交相呼应的账卡里，都有详尽的反映。毫不夸张地说，每一点失误，每一个不对称的信息，都有可能引起特别关注，形成致命漏洞，完全可能由此否决一个乡镇，甚至连带把一个县送入"省重点管理"的行列。基层实际情况的确不容乐观。出生率在40‰以上，而且底数不清。政策外出生屡禁不绝。为逃避手术而弄虚作假。超生费征收不到位……仅以往形成的以粘堵为主的假手术，要在有限的七天时间内重新落实节育手术，就有相当大难度。完善"八账一卡"的任务繁琐。领导心中没底。人人都有大难临头的感觉。

在通常情况下，省人调队对各市的考评，总是同时选取几个县（区），这次却让人看不明白。但是不管明白与否，检查是肯定的了，要不市县计生系统领导、县领导不会如临大敌一般，在第一时间赶到乡里。至于对检查结果的使用，应该是他们所关心的，作为一个乡计划生育统计员，我的任务就是把底数澄清，当好参谋。

在书记办公室，我见到了市县一干领导。他们已经理出了头绪，只待我提供一些数字，以及与之对应的对象。他们统统把目光集中到我身上。市计生委的顾主任是一个快言快语的人，我跟她几年前就熟悉了。她说小易，这次再也不能隐瞒了，一定要把底数兜清。你兜不清，活就干不彻底，干不彻底，乡领导就要倒霉，县领导就要受处理，市里也难逃干系……我一听这番话头就大了。我的责任这样大，还要你们干什么？趁早把我吓趴下算了。再说，兜清底数是一个问题，交清与否又是一个问题。我们书记可不像你这么想，他才不愿意把底数交出来呢。我能怎么办！我定了定神说，我尽十二分努力……给我两天时间。

顾主任拦住了我的话，喊——喊——两天，哪有两天！一共一周，你就占两天！别想了，连夜加班弄出来，明天上午开始手术。我不知道该怎样评价这个女人。她总是抢着表态。一夜之间兜清底数，存心不让人活了。

县领导说话了。这个时候也轮不到别人说。他说形势严峻，任务艰巨，我们没有更多的时间来讨论，就按顾主任说的办。底数是下一步工作的前提，因此，必须在夜里搞出来，而且要实事求是，不能隐瞒……这是最终定调儿。乡党委书记一口接一口抽烟，以掩饰内心的失望和焦虑。县计生委主任说，我带来了统计、法规科的科长，还有熟悉业务的同志，大家可以留下来帮忙。

乡党委书记瞥了我一眼，说话有点磕巴，大家……在市里住，就不用跟着……熬了……小易自己会……弄清楚……我知道他的真实想法——不愿意让任何人接触账卡。我附和道，眼下还不需要帮忙，等到誊录账卡时，你们再上手吧。

我清楚任务有多么艰巨，除了未婚男女青年账和死亡账涉及不到，其余六账一卡至少都要过一遍，有的甚至要过几遍，才能保证不出问题。我亲口把别人帮忙的机会推掉了。

先从哪本账开始？从哪个村入手？我需要相对快捷的路径。以育龄妇女卡片和普查账为基础，与节育措施账比对，澄清近年来采取粘堵手术的对象。这无疑是一个不小的群体。拉出两个季度以上未参加孕情普查的名单，从中确定可能政策外怀孕的对象；从人口计划、怀孕和出生账中，核查哪些人已经生育，哪些人可能已经生育而漏报，生育了的是否超过了落实节育措施的最佳时间……在对村庄的选择上，还是沿袭一贯的做法，从最容易被抽查的中等村开始着手，向两头延伸。

我把自己幽闭在昏暗的宿办室里，陷身于堆积如山的账卡中。黄昏时，外面起了风，像是要下雪。屋里没有取暖设备。主管李乡长让人帮我在窗外钉上两层塑料布，在屋里又扯上一挂棉帘子，把40瓦的灯泡换成了500瓦的。我腿上搭着褥子坐在桌前，小腿抽筋儿两次。我用力蹬踹，撞上了墙壁，痛得几乎流下泪来。凌晨，院里还有人走动。我用冷水洗了把脸，从地下挪到了床上。我披上被子，用褥子围住身体。门外传来细微的沙沙声。我戴着露指手套，手指僵硬地翻动账页，一张又一张……

我的眼皮越来越重，脑子里成了一锅糨糊。我终于支持不住倒在了床上。不知过去多长时间，我被敲门声惊醒了。李乡长提来一壶热水。我翻开东张堡村育龄妇女普查账。我记起这个2000多口人的村子，有69例粘堵手术。我翻到了32个，突然，电工老婆熟悉的名字蹦了出来。

头年秋天，也是在凌晨，我们被李乡长从睡梦中喊醒了。八九个人挤进了一辆破吉普车。车子颠簸了二十分钟，把我们卸在了东张堡村口，调头驶了回去。来来往往跑了三趟，拉过来二十多人。李乡长领着大家三拐两绕来到一座房子前——是电工的房子。大家愕然。李乡长让四个人退守住路口，四个人守住房角，其余的围住了房屋。两人手扶围墙蹲下，司法助理蹬上他们的肩头，巡防队员再蹬上司法助理的肩头。他们把巡防队员送上了墙头。他跳进院子，打开大门。大家一拥而入。

北屋一团漆黑，似乎有轻微的响动。

司法助理喊电工开门，没有人回应，好像睡死了一样，喊了一阵，终于有了动静，着大裤头的电工打开屋门。人们看见地上铺着一领凉席，惊醒的两个女儿坐在床上，惊恐地注视着。司法助理问电工老婆哪儿去了。他说回娘家了。司法助理把一双带襻带的布鞋从门后踢了出来。巡防队员抖开布单，女人的衣物掉了下来。妇联主任走到床边，撩起了床帷。一个一丝不挂梳着独辫儿的女人直挺挺仰躺在床下，隆起的肚子顶着床板，好像卡在里面动弹不得。我打了一个冷战儿。妇联主任放下床帷说，赶紧出来吧，窝着多难受！男人们退向屋外。我们让电工叫她出来。屋里一时静得可怕。

女人从床下艰难地挪了出来，赤裸的全身沾满泥土和灰尘，一副无助无奈的样子，让人心生怜惜。她坐在一件衣服上，双手放在身后，撑着变形的身躯。我从未见过如此笨重的女体，庞然到不可想象。我跟妇联主任蹲在她面前，劝她穿上衣服，起码把内裤穿上。她像哑巴一样不言不语，傻傻地坐着，完全停止了思想。我抬起她的右腿，她用力蹬脱。妇联主任架起她一条胳膊，她抢起另一条胳膊阻挡。半个多小时过去了，衣服没有穿上。李乡长在屋外做电工的思想工作，人家举报你了，我们没法儿。你不比谁清楚，知道老婆怀孕了还不让她跑，乖乖在家等着？咱们关系不错，我不只一次吃过我弟妹做的饭。我不是不讲感情，是确实不能表态放你们走，人家举报的盯着呢。乡里二十几号人，都为这事而来……哎，还是认命吧。电工站在门口一动不动，像一截枯死的树桩。天就要亮了，街上传来开门的声音，再不走就有麻烦。李乡长仿佛下了决心，他说不能再拖了，也别说好看不好看了，大家一起上手，给她穿衣服。我和妇联主任又是一通劝说，不穿又能怎样？还不如好好穿上，体体面面地上车。你自己考虑不周，能怪谁呢！这句话戳到女人痛处，她突然大叫一声号啕起来。她的哭声极度悲伤绝望，听了让人心中阵阵发毛。司法助理厉声喊道走，男同志一起开吼走、走、走……七手八脚用布单把她罩上，有的抓胳膊，有的摁腿，三下五除二替她套上了衣服。她失去了挣扎的欲望，四肢一软，瘫在凉席上。男同志又发一阵喊，走、走、走……又是七手八脚把她抬出去。

吉普车行进在坑洼的村路上，女人不住声地啼哭。车上人都不说话。李乡长让司机开慢些，再开慢些，语气竟有些着急。他想拖延时间，希望过了预产期的她，能在被送到县里之前生下来。经过乡政府大院，李乡长突然改变主意，让司机拐了进去。

李乡长对电工说，看在我弟妹过了预产期的份上，我今天犯个自由主义，再给你们一个小时时间，你让她蹦蹦跳跳，扒扒门头，看能不能坠下来。电工媳妇在地上跑一会儿，蹦一会儿，歇一会儿，歇一会儿，蹦一会儿，扒一会儿门头。电工帮她摁肚，捶背，费了半天劲儿，肚子还是没动静。天已经亮了。李乡长连声叹气说，算我造孽，走吧，走吧，让她上了吉普车。

引产指挥部设在县招待所，离我家很近。我一直惦记着电工女人，趁中午回家，拿了饭盆、水杯给她送过去，想当面安慰她几句。

大辫子女人闭眼躺在床上，一脸泪痕污渍。我说我来看你，给你拿来了饭盆……女人坐起来，怔了一下，认出是我，随即目露凶光，愤怒地大骂起来。我意识到自己不该过来，心嗵嗵直跳，下意识往后退了退。女人突然抓起饭盆，骂了声日你奶奶，用尽力气，照我面部砸过来。我一闪，饭盆砸在身后的门上，一方玻璃被砸得粉碎。我吓出一身冷汗，双腿软得几乎站不住，狼狈万分地退了出来。

当天深夜，又往招待所送人，知道了大辫子的最新情况。她在注射催产素后，趁医生松懈，在别人帮助下，跳下公厕三米高的围墙逃走了。天下着小雨，女人在树林和田野里留下了歪歪扭扭的脚印。她没能跑出多远，就被追了回来。从三米高的围墙跳下，够得上剧烈运动，早该催动了胎儿，可她就是不生。夜里十点多，才在严密监视下诞出一对双胞胎男婴……女人一次又一次昏厥过去。

……

事情过去了年余，她一直没有参加季服务，据说又有了身孕，当在手术之列。有些人年年怀孕，年年碰上补救。做还是不做……犹豫再三，我把账页翻了过去。

难熬的冬夜过去了。我打开屋门，阳光刺眼，空气清新。塑料布上结满冰花。南墙、东墙根下积起一层薄雪。我有死去活来的感觉。顾主任已经来到了小院。她干瘦无华的面孔带着夜的灰暗，头发纷乱，像个鸡窝。

我们一起来到乡党委书记办公室，一夜未归的县领导都在等着。

在要求时间内弄清了亟待手术的底数，让我找回了自信。

先说粘堵手术。这类手术多为男性，计有629人，他们的女人曾经成功地躲避了结扎。重新清算的时候到了。要么是他们，要么是她们需要结扎，两者必居其一。其次是当年已经生育，种种原因没有落实节育措施的对象32人。其三是漏卡重新纳入管理从而需要手术的对象14人。其四是已婚至四十周岁，生育两个以上孩子，尚未采取节育措施，最后筛定的69人。她们有可能政策外怀孕，如是则必须无条件地补救。另外，有136人需要放置宫内节育器。总计880例存量，便是今后六天的工作任务。我清楚接下来会发生什么。随着几十把手术刀的划动，十几把扩阴器的开合，以及相应数量的上、取环器械的使用，数以千计的家庭神经将被触动。这些人一呻吟，整个乡都会疼痛、抽搐起来。

在一片惊叹声中，乡里将头天草拟好的行动方案加以修改完善，专呈县主要领导。各项准备活动全面铺开。九点半，全体乡村干部参加的动员大会召开。五位代表发言，让人觉得接下来仿佛不是要做人的工作，而是要虎口夺粮。十六个县直部门组织队伍，自备车辆，十点前赶到了所包村庄。县卫生局组织外科专家，在招待所集中培训半天，中午进驻乡里。乡领导一早开始腾房，十几间宿办室改成了手术室，检查室，宣传室，办公室，指挥部，临时休息室……

我溜出动员大会会场，脚踩棉絮，深一脚浅一脚回到屋里，一头扑在床上睡了过去。时间不长，被屋外乒乒乓乓的响声惊醒，实际上一个小时已经过去了。我走出小院，看见四五个陌生人，把外套搭在树杈上，穿着绒衣，挥动铁锤钢钎，正在西围墙上凿洞呢。

乡政府与卫生院一墙之隔。卫生院有一间手术室，谈不上设施齐全，平时很少使用，眼下根本无法承受如此集中的手术。为了实施高效的组织指挥，领导让凿穿围墙，贯通两个世界。

天近午时，围墙两边已是人声鼎沸。大院的热闹程度胜过了乡村庙会。汽车的鸣笛声，拖拉机的轰响声，三码车马达的隆隆声，自行车不间断的铃声，公驴一波波兴奋的吼声，孩子哭爹喊娘声，让爹把被子抱过来的召唤声，大人训斥孩子声，手术对象的争吵声……众声喧哗，气温被吵得至少升高五度。乡村干部跟我打招呼，这个说来了三个，那个说还有六个在路上。这个说今天争取一锅端，那个说明天滚水泼裆，毫毛不留……这个让跟医生说照顾一下，那个说你敢加塞，我就让你嫂（多为村妇女主任）躺到手术床上……

秩序好像失去了控制。好在大家不是为了别的，是争着上手术台，让领导暗生喜悦。一共七个手术室，每个手术室门口都有两名乡干部把守。生性要强的女人抽空子挤进手术室，抢占手术床。医生非常震惊，你躺到床上干啥？她说手术。医生问检查了没有。她说不用检查，我没病。医生说不检查怎么知道没病，出了问题谁负责？她说别的手术室都不做检查了。医生将信将疑，摘下口罩到外面转了一圈儿，看到的情形跟她讲的一样。他只好掏出体温表让她试体温。程序简化到不可思议的程度——只要体温正常，就算符合手术要求，别的检查一概顾不上做了。再往后，连体温也不量了，往床上一躺，手术即告开始。

乡大院人来人往，热闹非凡，凌晨两点才能安静下来。第二天一早，同一景象再度上演。门外是107国道，路边聚集了二三十家炸油条、卖方便面的流动摊贩。行人驻足，车辆减速。人们相互问询，这几天乡里怎么了。回答不无调侃，过大事呢。有的回答更干脆——埋人哩！

第三天傍晚，我最后一次走进手术室抄进度。

在第五手术室，医生说就要结束了，不想看看手术？我说想看不敢看。他说不用怕，很平常的。我在乡下工作多年，一直跟手术对象和数据打交道，没有想过了解手术是怎样进行的，更没想过亲自体验一回。她们从手术室出来时的难受样子让我望而生畏。这次确实有些心动，嘴上说有什么好看的，却不自主地凑了过去。

手术室由李乡长宿办室略作改造而成。前后窗户钉上了白布单。手术床是垫高了的普通睡床。床的上方扯着一块塑料布，承接屋顶不时掉落的灰泥块。没有准备间，没有缓冲间，没有更衣室，没有消毒的流动水。经常是在手术进行期间，泥块啪嗒一声落下来，医生们见怪不怪，头也不抬，手下动作不停。这里做过上百例手术，还没有发生过感染等意外事故。医生说，比战争年代条件好多了。

手术床上躺着一位大辫子妇女，脸扭向里边。我以为又是东张堡电工的老婆，心里一阵紧张。我放过了她，难道他们把她拉了进来？定睛再看，不是，是另外一个人，跟她的发辫和面目相像。她不安地躺在血渍斑斑的衬单下。这是一块白布衬单，由于鲜血浸染，早已失去了原有色泽，变得又暗又黄。我问她多大了，她说二十三了，三个月前生了二胎。她有一双好看的眼睛，大而明亮，只是面色发暗，跟她的头发一样枯黄。她跟电工老婆同姓，名字里也有一个字相同，我不知道是不是她妹妹。我不敢多问。我对她产生了同情，心里七上八下，很不是滋味。

医生接过助手递上来的手术刀，在衬单开口处比画着。我心里开始发慌。他把刀子摁在她肚皮上，肚皮下凹，形成一道浅沟。女人闭上眼，皱起眉头。手术刀划过皮肤，留下一条细细的血线。我听到一种声音，连续、奇异、细微而清脆，吱——吱——，像冰面破裂，具有不可阻挡的穿透力，直达心尖和灵魂。六七把止血钳夹住肌肉，摆在刀口两边。我看到了令人作呕的像鱼肉一样的脂肪。我双眼迷离，脑袋发晕，仿佛腾上云端。我恍惚看到医生把一根顶端带钩的器械深入她的腹腔，不断搅动提起。女人发出吭哧吭哧的呻吟。鲜血渗出来。一团团面纱沾了血迹，扔在床下的塑料桶里。我觉得身体在发抖，心要跳出来了。这次小腿倒没有抽筋儿，而是发软，终于两眼一黑，失去了知觉。

顾主任是一个内行的领导，她亲自指挥整理了十六个村的账卡报表。县计生委的业务骨干夜以继日，承担了全部繁琐的业务。他们以十二分的努力，让脾气暴躁的顾主任没了脾气，干涩的脸上露出了微笑。

检查来临时，一切准备就绪了。

县领导听取了有关准备工作的汇报后乘车离去。

住勤的全体乡干部凌晨四点起床，吃过免费的烧饼、羊汤，赶赴分包村庄。李乡长坐上那辆拉过电工老婆的吉普车，怀揣从县里借来的大哥大赶往检查组入住的市宾馆。他不敢公开露面，伺机跟市里的同志接触，打探有关检查的哪怕一点点可怜的信息。结果一无所获。带队的组长上车前当众拆开第一枚信封，公布了将要检查的县（区）。吉普车像一条追逐猎物的鲨鱼，悄悄尾随检查组的中巴向乡政府方向驶来。检查组成员后来透露，中巴驶离宾馆之后，组长在车上打开了第二枚信封。几个人围上一张崭新的地图指指画画，惊呼找到了目标——即我们乡——确定了行车路线。李乡长跟在后面，随着他们走走停停，脸上露出会意的微笑。

中巴毫无悬念地开进了乡政府。

乡领导恭候多时，表面上却像一无所知。虽说准备了一周时间，究竟会检查哪一个村，心里还是没底，难免惴惴不安。

县领导再度出现，欢迎之辞既传递意外之感，又不失热情周到。

座谈会按时开始，乡村有关人员不到十分钟就入了座。他们提前被召集起来，在一边等着。他们按照领导旨意，回答问题时小心翼翼。如果问题跑出预知范围，就会有人借口方便走出来，接受场外指导。座谈会在看似轻松，实则提心吊胆中结束了。检查组长决定抽取样本点。这是令人揪心的时刻。他打开了随身携带的密码箱，从一个加了封条的档案袋里取出第三枚信封，举到与眉眼平行的位置，示意密封得很好。李乡长屏住呼吸，鼻尖早沁出一层细汗。他有幸目睹了这一令人心紧的重大时刻，兴奋中夹带着骄傲。众目睽睽之下，组长用裁纸刀沿封口轻轻划开，取出了对折两次的信笺。他略显笨拙地将它打开。李乡长熬过了漫长的等待，看到组长优雅地抬起头来，严肃的目光与他热切期待的目光遇在了一起。组长问，东张堡村在乡政府哪边儿？李乡长脱口而出，北边，不，南边儿！

在全面准备的同时，东张堡村早已被当作了重点。原因是多方面的。在最后确定检查组仍然由二十人组成时，领导认为除去组长、司机、技术专家，检查组最多能够组成七个入户小组，若两人在调查点查验账卡，入户的只能是六个小组。村庄太小没有意义，太大了一个上午结束不了。这就决定了他们最有可能选取人口规模中等的村庄。东张堡靠近107国道，交通便利，人口适中，两委健全，村情稳定，基础较好……从检查和被检查的角度作综合分析，它都极有可能被抽中。

判断得到了验证。乡干部们大喜过望，从各自分包的村庄往东张堡集结。领导们更是欢欣鼓舞。他们清楚，经过一番精心准备，特别是确定了东张堡村，应该能够稳操胜券了。

东张堡的广播一个上午没停，乡村干部轮流登台喊话，省里来我们村检查，所有育龄妇女不得外出，走亲访友的，要千方百计通知回来。全体村民要配合好这次检查，知道多少说多少，不要胡乱说话……县里预备了七八辆机动车，全都等在村外，准备随时出动找人。

六个检查小组在专职人员陪同下分头入户。领导有言在先，不管采取何种措施，都要跟紧检查组的同志，给男同志送盒烟啊，给女同志递瓶水啊，提醒他们村里养狗的多，在前面带带路，免得被狗咬了啊……诸如此类，无非是想寸步不离，随时掌握检查情况，一旦发现疏漏失误，及时上报领导，对症处理。两个小时前还素不相识的调查队员，渐渐深陷乡村陪调人员的温情包围之中，由开始的不让靠近，到后来默认让他们带路，等到离开时，俨然成了朋友。

需要上站受检的育龄妇女，陆续来到检查场所，即支部书记的东厢房。外间验证登记，里间是B超室，查看环情兼验看结扎刀口。几天前，村里更换变压器停了电，乡里预备了柴油发电机。院里机声隆隆，人流熙攘，绵绵不断。

为了防止意外，乡里避开检查组耳目，增设了站外站。需要查验环情、验看刀口的对象，首先要经过这道关口，待技术人员确证节育措施无误，再由专人护送到支书的东厢房。应上环的对象要求百分之百落实。这一要求现在看来非常苛刻。患有生理禁忌的妇女，不得不在站外站临时上环，出血是不可避免的，等到专家检查后，再返回来取下。她们都有怨言，但也表示理解、配合。在相互攀比心理驱使下，计划生育率更是报得越高越好。为提高此率，只好将某些政策外生育对象的年龄修正到符合条件的年龄，突击补发一纸生育证，等到检查结束再行收回。那些记性不好，天生口拙的，被告知要闭口不言，保持沉默，只需把证件交给检查组成员就可以了。如果非得说话，这句话只能是，我记不住，你们看吧，情况都在证件上写着呢。

天近中午，上站率达到了98%，265名育龄妇女，只差8人没有上站。有的在浙江打工，有的回河南老家探亲，一时回不来了。距离五十公里之内的，汽车已经在叫人的路上，预计两个小时才能赶回来。而检查组成员五点半起床，已是人困马乏。支书见有机可乘，遂从外村找来几个关系可靠的育龄妇女来顶替。最后一位叫刘红霞，五天前刚刚政策外生育了二胎，根本不能跟检查组见面，见了面就漏了汤了。支书让找来的妇女去顶替，她说我刚顶替了出来，再进去怕被认出，只好作罢。

　　李乡长把我叫到跟前，你知道刘红霞情况，我们没有上报她的外生，而是放在了一胎上环里。我看了证件，你跟她长得很像。你熟悉业务，又有环，替她一下，连照片都省得换。我连连摆手拒绝。我一直跑前跑后，人家认得我。李乡长说，这么多人，谁认得出！再说你在这边儿，不是在那边儿。你把头发弄弄，换件衣服，就认不出来啦。我说你找别人吧，我害怕。李乡长说，不要推辞了。我跟书记、乡长都说了，认为你最合适。难道非要书记、乡长说话？我知道推辞不掉了，心里紧张得厉害。李乡长把我叫到车上，让我换上别人的衣服，陪我往支书家里走。他问我环没掉吧，要不要先检查检查。我说去你的吧，还嫌我不紧张啊。走到支书家门口，我的小腿开始抽筋儿了，脸色一定很难看。我跟李乡长说，我不进去，你再找人吧。李乡长堵在我面前，连哄带求地说，别耍小孩子脾气，一会儿就完了。大家都等着你呢。我闭上眼睛，深深吸了一口气吐出来，硬着头皮走进院子，走进东厢房。

　　一个四十多岁戴平镜的男人坐在外间的破桌子边，接过我递上的证件端详了一阵，又抬头打量了我几眼。我已经镇定下来了。他问你是刘红霞。我说是。你孩子爸爸叫啥。崔庆生。他是哪一年生的。我想了想，是1968年7月22。他不问了，记在登记表上。我走进里屋。一个戴近视镜的女专家操着浓重的外地口音，让我躺在床上。她一手握住B超探头，一手往上面挤了些耦合剂，在我脐下按压，不过十秒，对着外间喊道，有环无孕。我顾不上黏糊糊的耦合剂是否擦干净了，给他们打了声招呼，匆匆走了出来，还没迈出屋门，平镜男人突然喊住了我，等一下，等一下。我想糟了，要出事，心就提到了嗓子眼儿，两腿一阵颤抖，没想到平镜男人说，拿上你的证件——

　　送检查组登上中巴离开，已是下午两点光景。县领导在市内一家高档酒店设了专宴。乡党委书记在107国道边的饭馆摆了几桌酒席，大宴乡干部，宣布放假一周。

　　他端着酒杯来到我跟前，你弄清了底数，立了头功，我代表全体乡干部敬你。我哪有酒量，连连推辞。书记不依不饶。我抿了三下，跟他碰了三次杯，脸上顿时热辣辣的。

　　李乡长像是撑着船荡了过来。我说刘红霞，了不起！你让大家安安稳稳地过了关。书记敬你是你先喝，我敬你是我先喝……我喝三杯。我说你得喝七杯，因为忙了七天。他说就七杯。将七杯白酒折进玻璃杯里，一仰脖子全灌了进去。他要我喝。我说你再喝三杯。他问为啥。我说以后不准那样叫了。他一时怔了。我说我姓易，不姓刘。他说好、好，不那样叫了，又喝下三杯……大家串着桌子敬酒，气氛越来越热烈。时间不大，司法助理跌跌撞撞来到了后院，来不及下蹲对着南墙吐起来。一名巡防队员远远喊道，溜墙呢！老板闻声赶来。我问，怎么没见嫂子？平时总是忙前忙后的。老板说，她妹妹做了结扎，去伺候了。我哦了一声，觉得无趣，敷衍几句，离开了饭馆。

　　阵阵笑声从身后传来。

　　他们肯定是不醉不归了……

偏　锋

调任清泉乡党委书记前夕，我才知道大刘庄已经三年没有支部书记，没有支村两委了。它中断了与上面的联系，成了一座无政府主义孤岛。村民们乐得无规章约束，自由散漫度着日子，一些人甚至天真地希望这种状态能无尽延续下去。

在一个相当长的时期，我的前任曾试图改变这种状况，把这艘搁浅的船拉回到航道上，然而现实弄人，他在徒劳地费了一番心劲儿后，不得不浩叹一声，打消了继续拯救的努力。

现在，轮到我为之操心和失眠了。大刘庄现状一天不改变，我的压力就一天不会消除。在全面了解前任所做的努力后，我变得忧心忡忡，对自己能力产生了怀疑，甚至不无悲观。我不知道能否解决这个问题，在多长时间里解决，前景幽昧，无路可退，只好硬着头皮摸索前行。我期待弥漫的雾障消散，短时间完成对村支书的物色和选拔。

到任半个多月，对大刘庄支书人选的考察提上日程。组织委员带着两名同志踏上了那条熟悉且显生疏的村路。他们要登门拜望所有党员，与历任村干部见面，不带任何成见接触二十来位群众代表，倾听他们对于支书人选的举荐和品评。他们在村里满满泡了三天，带回的消息让人失望。就他们印象而言，跟三年前没有多大出入：那些头脑灵活、有能力的党员大多离开了村子，到城里或更远的地方闯荡去了，留下来的都是只会与土地打交道的庄稼汉。他们头脑僵化，意志消沉，普遍缺乏领导能力和干事魄力，有的麻木不仁，面对考察组的问题要么笨嘴拙腮，要么蹲着抽闷烟，像树根一样木讷寡言。我不得不收回视线，把审视的目光投向当过村干部的人，缩小进一步考察的范围。那个时时被人提起，据说口碑很好的老支书刘礼成，在被我有意忽略和疏离后，宿命般地从搁浅的水域再次浮了上来。

他已经65岁了，先后两次出任过村支书。他的每一次离任，都会引发一场不大不小的震荡，拉开频繁换帅的帷幕。每一任都像过客，在大刘庄政治舞台上昙花一现，来去匆匆，最终出现三年空缺的尴尬局面。

资深的组织委员在乡里工作多年，跟刘礼成素有往来，而且相处很好。他代表乡党委请他出山，却意外地被挡了回来。他抬出卧病在床的老伴做挡箭牌，老伴行动不便，离不开人，把我绑死了。组织委员说，让你在村里工作，又不是到外面，家事村事都不会耽搁。他说恐怕不行，病人计较不说，精力也达不到了。送他们出门时，他似乎有意杜门谢客，你们那么忙，以后不要再跑了。

听了组织委员的陈述，我陷入迷茫，一时猜不透刘礼成的心思。他是真的不想迁就我们，还是在权衡得失，借机抬高身价？若是一拍即合，轻易答应下来，反倒让人觉得不牢靠。他的回绝愈发引起我的兴趣。乡长也曾竭力举荐过，何不让他出面做做工作。

相隔两天，乡长亲自往刘礼成家里跑了一趟，两人交通了些国际国内大事，旁涉了些乡下的野史轶闻，才转入正题。刘礼成谦谨地推说年纪大了，跟不上趟儿了，何况孩子们都不支持。他们说你从"文革"后期就当干部，联产承包责任制之后又干过几年，断断续续十多年，干出什么好儿了？家里没置下什么，却得罪了一大堆人。有些关系这两年刚说有些缓和，再干免不了又要惹下，一家人别想安生了！说了半天，刘礼成没有松口的意思，乡长起身告辞，郁闷地回到乡里。

与其说刘礼成给了一个理由，不如说他找了一个借口。一个干过两任的村支书，仅仅因为家事缠身，就不顾乡长情面，放弃重返政治舞台的机会，难以让人理解。他应该别有隐衷。老农机站长跟他私交深厚，我让他晚上去见他，一探刘礼成的真实想法。

如我所料，刘礼成没有再提家庭困难，没有再提孩子们不支持的话，而是一无遮掩道出了实情：村里三年多没有班子，规矩坏了，人心散了，烂到不能再烂的地步。最后一任是被告下来的。他干不成，也不希望别人干。他的关系，他的三亲六后都是这个想法。村民们不管这个，没有班子，没有辖制，反倒更自由。他们在路边集体闲散地上争抢房基地，时常发生打斗。现在是什么状况？不瞒你说，家家户户有超生，超生了不用做手术，不用交罚款。你到街上走走，满街尽是小不点儿，一年添百十口子人，不得了啊！除了这些，公粮不用交，农业税不用交，农林特产税不用交，车船使用税不用交，半点义务不用尽，还有什么情况能比没有班子好？村民们已经习惯了这种状态，有了支书，有了两委，这些好处统统都得取消。谁愿意要支书？谁愿意你当支书？谁又会真心支持你当这个支书？⋯⋯

刘礼成这番话道出做支书的真正难处，印证了我的猜测，困难和障碍明摆着，让他没有勇气接手这个烂摊子。强扭的瓜不甜。条件不成熟，还需从长计议。

村里议论纷起。有人说刘礼成不是不想干，是跟乡里讨价还价，让书记否定了。有人说他有什么本事，两次下场还不是一样，都是让人给撸下来的，再干照样如此，不会有好后程。多数人觉得，有了支书，好日子就到头了，嘴上不说，心里酸溜溜的不是滋味。有人在酒场上出言不逊，谁要当支书，日他八辈儿祖宗！

抢收抢种刚刚收尾，夏季突击活动就开始了——"四术"、征费一块上。县里对此调度考评一仍旧例："四术"下达任务，征收超生子女费下达任务，测算基础和依据是乡镇总人口，还有县计生委平时印象。测算谈不上精确，根本没法精确，大概其罢了。县委、政府两办每天的信息，每周的通报，都会在第一时间呈报四套班子领导。他们不分昼夜下乡督导。五天一次分片调度，十天一次集中调度，连续两次排在后两位的乡镇，书记、乡长要扛黄旗，做检讨性表态发言。乡里依样画葫芦，为了留有余地，分配给村里的任务往往大于县里的任务，有时根据上次完成情况打些折扣，给个别村减几例手术。即便如此，村干部们依然啧有烦言，肥瘦都哼哼。怨言归怨言，哼哼归哼哼，却没有谁硬顶着不干，等到突击活动结束时，绝大多数村都能圆满完成任务。

从难度上说，外孕补救难度最大，超乎想象，需要乡干部强力介入。在业内人士看来，外孕形成、数量多寡是不能轻视和绕过的关键问题，是衡量人口控制水平的主要指标，因此，落实补救变得重要和急切。对孕妇而言，怀孕就是怀孕，不存在内外之别，生命一旦孕育，便与其身体、心理、情感、愿望、家庭、生活发生了紧密联系，让胎儿顺利落地，成为一个或几个家庭的共同责任和担当，因此，在实施补救中发生抵抗和冲突就不足为怪了。

征收超生子女费则主要依靠村干部。任务下达后，县、乡紧盯各自应留的部分，至于收谁的钱，收多少，怎么收，一般不过多干涉。村干部们掌握着主动权，有一定活动空间，对征收对象自然要分出三六九等，远近亲疏。哪些人必须交，哪些人不必交，哪些人必须多交，哪些人可以照顾，全凭一张嘴说了算。他们常常加码，在任务基础上翻一到两番，把多收的用于支付工资和村务开销。

由于这次突击活动与春季那次间隔太短，村干部的反应普遍消极。个别村迟迟没有动作。

我现在已经记不得大刘庄村当时的"四术"和征费任务了，也许根本没有推算，因为无从下手，那些可资参照的坐标失去了价值和意义。这个两千口人的村庄情况，像荒野古井一样渺不可测。当别的村庄年复一年、季复一季在"四术"和征费中被折腾过来、折腾过去的时候，它依旧保持日出而作，日落而息的生活节奏，那些小人儿们就在一片平和的外表和热切的哼叫声中，孕育而成，呱呱坠地。

三年多了……

县第二次计划生育专题调度会在第三会议室召开。清泉乡因为进度缓慢，排在倒数第三，随时有跌入后进危险。这在情理和意料之中。我们没有解决掉大刘庄的问题，反过来又让它影响了乡村干部情绪。如果不能在短时间内拿出方案，啃下这块硬骨头，那么，在下一次调度会上向县委做检查，就会成为确定无疑的事实。

我的一位战友曾跟我讲过一件事，两年前的春天，他们县成功组织了一次大规模突击活动，合围了一个叫胡家湾的村子。这是一次真正意义上的规模空前的集中活动。它跟大刘庄的情况大同小异——没有支书，没有两委班子，征购粮收不上来，外生像雨后蘑菇，两派势力相互钳制，某一派想掌权，马上引发铺天盖地的小字报和雪片般的告状信。在一个乍暖还寒的凌晨，全县集结了五百多名县乡干部、公安干警，神兵天降般地突然包围了胡家湾。那天连一只鸡都没能跑出去。以县直部门一把手和乡长带队，县直、乡镇干部为行动单位的小分队，带着事先掌握的欠缴公粮和"四术"、罚款对象的清单，令人惊恐地出现在熟睡中的他们身旁。他们迷迷糊糊，惊魂未定，弄不明白到底发生了什么，堆放在墙根的粮食就被一麻袋一麻袋抬了出去。"四术"对象来不及兜上裤子，兜上了一时又找不到裤带，找到了一时又系不上，就被推着架着带到了车上。由于大军突如其来，声势浩大，各队带去的一二百条绳子和几十副手铐基本没有派上用场。仅仅一个早上时间，胡家湾久拖不决的主要问题得以解决。所有在家的"四术"对象，悉数做了结扎和补救。数十万斤欠缴的征购粮，除个别极其困难的家庭之外，一扫而清。有人事后调侃胡家湾人，都说你们厉害，怎么不见一个人跳出来？对方无话可说。他进逼一步，听说人大气不敢出，连狗都躲在窝里，拉也拉不出来，滋得满墙都是屎尿……

胡家湾由乱而治，回归正常。

合围胡家湾的经验让我豁然开窍，我们完全可以拿来一试！我不指望县委举全县之力，搬演胡家湾那一场。一来大刘庄问题没有那么大，社会影响没有胡家湾深远，村里起码没有公然形成宗派，出现上访告状；二来我忌讳让问题公开暴露出去。三来虽说胡家湾的问题一朝得到解决，而且解决得酣畅淋漓，到底还是伤了元气。县里开会，他们党委书记和乡长再也不像从前那样摇摇摆摆一屁股坐在前排，而是像干了错事的孩子，一副熊头土脸的样子，拣个不起眼偏座悄没声息坐下来。县领导对那次行动异常敏感，动不动提起显摆一番，夸耀之际，不忘表达对乡领导的批评和不满。这件事至少在他们嘴边挂了两年，差不多到了逢会必讲的程度。前车之鉴，教训深刻。我不想自讨没趣，成为别人的笑谈。我们县领导一贯是"谁的孩子谁抱，谁的孩子谁哄"，自己的问题，还是自己解决为好。

清泉乡满打满算七十来名乡干部，单凭这些人合围大刘庄，怕是顾了这头，顾不了那头，难能有决定性成果，更别说一蹴而就了。派出所干警加上联防队员不超过二十人，平时多有合作，让他们参与，既可确保行动安全，也可扩大社会影响，但从解决问题的角度讲，仍然不会有本质上的突破。乡直部门的干部名义上在乡下工作，却从未参加过计划生育活动。他们的了解，可能仅限于知道一些轶闻趣事，若要真正参与，只能是帮个人场，虚张些声势而已。最有可能发挥作用的，应该是各村村干部。全乡三十六个村，支村两委加起来两百多号人。他们身在其中，有处理问题的能力和经验，可谓见多历广，熟路轻车，如果鼓动得法，措施得当，不仅能让他们充分施展，而且有把握打开令人瞩目的新局面。他们有明显的弱点，就是没有出村作战的经验。俗话说好狗咬不出村，既是说心理上的弱势，也是说环境影响战斗力。值得欣慰的是，这支队伍阵容强大，比派出所、乡直部门在经验和气势上都强过许多，只要组织指挥得法，给足压力，应该能够兵到城破，如果合兵一处，将会形成绝对压倒的优势。为了确保万无一失，我跟邻乡的党委书记通了电话，请求他们支持。他答应在行动的当天，派三十名年轻人过来，以壮声威。

总体思路形成了，但顾虑没有完全消除。如何调动村干部的积极性，保证行动效果？让他们在面对"四术"对象时，能够有超乎寻常的发挥，该出手时就出手，最终完成预定任务？他们平素的态度我再清楚不过，自私，有惰性，讲情面，耍小聪明，消极甚至狡黠……更有甚者，找借口逃避集中活动，风头一过，又毫无愧色出现在村里舞台上。让他们暂时丢掉这些毛病，心甘情愿成为行动主力，需要给以极端刺激。

走访个别支部书记，听取他们的意见？绝对不行，一旦传扬开去，只能使计划流产。召开党委会，集思广益，统一思想，同样有走漏风声的危险。后天就是全县调度会，时间不等人，只有狠下一条心，自断后路，才可能闯出一条生路来。组织村干部合围，缺少的不是理由，而是动力。他们与大刘庄村民无冤无仇，怎么能够心甘情愿？什么能让他们感兴趣？表扬……他们不是三岁孩子。金钱……拿一笔钱不成问题，可能起些作用，但会把他们惯坏了。"四术"，罚款……对了，同样是"四术"，何不用大刘庄的对象抵顶他们村的任务？……真是绝了！——李代桃僵！——让他们回避与村民的矛盾，避开自身困难，从精神压力下解放出来。——山重水复，柳暗花明，茅塞顿开天地宽。

当天下午，我主持召开党政联席会，讨论对大刘庄实施合围的计划。我的想法一经提出，立即引起热烈反响，很快得到普遍认同。我们转向对激励措施的商议。谁都没有类似经历，更谈不上经验。大家认为把现场结果跟各村任务挂起钩来不失为一个绝佳办法，如果有两个村的干部能带头行动起来，就会出现各村之间争先恐后、冲锋陷阵的局面。

最终商定的激励措施是这样的：在大刘庄每认定、控制一例"四术"对象，把她们顺利送到乡里，可相应等量抵顶本村任务。具体讲就是，在大刘庄做一例结扎，从本村任务中减一例结扎，做一例补救，从本村任务中减一例补救。如果在大刘庄完成的"四术"量，突破了本村任务量，则大月份（超过四个月以上）补救每例奖励村干部500元，小月份补救每例奖励300元，结扎每例奖励200元，早私婚予以上环的，每例奖励50元，而一例"四术"都没有拿下来，则相应增加该村三例任务量，村支书向乡党委做出深刻检讨。

行动时间定在第二天凌晨两点。

方案定下来后，班子成员原地不动进行政治学习，一直到十点才结束。包村干部连夜通知村支书，让他们带上两委成员，三到五名党员或后备干部培养对象，按时到乡政府大礼堂集合。会议内容有意做了变更：统一乘车到外县参观肉牛养殖。这样安排不会引起注意。市里新近换了领导，重新规划了奔小康的蓝图。其前任目标是全市农民户均养殖家兔十只以上。他没有否定这个目标，却表现出对肉牛养殖的罕见兴趣，基本是逢会必讲，却连兔子尾巴都不提一句。全市上下见风使舵，县、乡（镇）领导谁都无心待在家里，全都奔向神秘的内蒙古大草原，使得那里首次出现了买牛的比牛还多，因而更加热闹的场面。为了筹备全市肉牛养殖现场观摩大会，承办会议的先进县的三级领导忙得头脚颠倒，不分黑夜白天，四处求亲告友，托关系去借牛……

夜里十一点，村干部陆续来到乡政府。大院灯火通明。一些人在宿办室门前支起桌子打扑克，一些人坐在院里聊天，等待会议时刻的到来。

凌晨两点，我走进大礼堂，里面黑压压坐满了人。按照设计能盛二百来人。他们事先在通道上加了几十张座椅，仍然不能满足需要，好几十人只好站在门口或窗外听会。屋梁上三只500瓦的灯泡亮如白昼。大家多年没有这样的体验，兴奋莫名，原有的倦意全都跑到了爪哇国。

我将宣布一个让大家感到意外的消息——当我说出这句话时，礼堂里顿时变得鸦雀无声。为了行动圆满成功，我们给大家开了一个小小的玩笑。现在，我郑重纠正一下，今天会议的内容，不是参观什么养殖业，而是合围大刘庄，利用一个上午时间，把村里的"四术"存量全部拿下来。他们显然没有料到，礼堂里腾起一阵不大不小的嗡嗡声。我抬手示意大家安静。

我通报了全县的计划生育形势，特别强调了我们落后于全县的事实。如果再没有超常举动，在下次全县调度会上被点名批评将确定无疑。严峻的形势让人寝食难安。与其等着挨剋，不如奋起一搏。大家都知道，大刘庄的糟糕情况存在三年多了，我们决不能允许它继续存在下去。从组织角度讲不允许，从对事业负责的角度讲不允许，从多数遵纪守法群众的思想感情角度讲不允许……各位齐心协力，定能一举扭转被动。

会场气氛变得严肃，凝重。我宣布了党政联席会的决定，再次引发一阵骚动。针对大刘庄的特殊政策措施，在他们心中激起了波澜。对待本村的"四术"对象，他们态度一贯暧昧不明，以各种理由回避跟当事人正面接触。现在，环境和对象变了，他们打消了顾虑，变得跃跃欲试。控制大刘庄的外孕，就有效地保护了乡邻，说不定被保护者当中就有自己的三姑二姨。这么好的事情打着灯笼都难找，何况拱手送到了门上，有什么理由拒绝呢！事成之后，不仅有奖金可拿，还摇身一变而为功臣，在村民眼里多了炫耀的资本和说话的分量，甚或成了对待某些人的秘密武器，何乐而不为！他们开始大声议论，有人突然举起拳头喊了一声好，引得一片掌声。亲身参与的时刻即将来临，人们脸上浮现出即将投入战斗的冲动和激奋之情。

气氛终于达到高潮。我忽然产生一个想法，你刘礼成不是不愿意出山吗，好吧，你就歇着，我不去请你，不去求你了。我要让你成为人人埋怨、指责的对象，让你对此前的选择后悔，除非改变主意。退，则身败名裂，进，有可能保全名节。那个念头一闪，连我自己都觉得振奋。我不敢相信那簇电光石火，竟然真的出自我的大脑。我必须抓住机会发出这个信号——我们想请刘礼成担任村支书，被他拒绝了。我们好没面子，我们不再考虑顾及他的面子了。这次合围大刘庄之后，要让他的村子彻底变成黑年。凡是怀孕的，无论是否达到申请生育的条件，一律予以补救。原因在于村里没有支书，没有班子，没有人愿意为他们的生育行为负责。这是无奈的选择。我们只能如此。我的谈话固然有不满刘礼成的成分，但并非感情用事，而是有确凿的根据。省《计划生育条例实施细则》规定，未取得生育证的怀孕即为计划外怀孕。我敢说，眼下大刘庄的孕妇没有一个取得了合法证件，因此，我们有权采取措施，直到选出支部书记，新班子产生那一天为止。大家可能要问，筹建不起来村班子是乡党委的责任，与育龄群众有什么关系？这话问得有理，但问题是我们已经尽力，虽然这不足以说服大家。至于跟育龄群众肯定不无关系，这个问题留待今后详细讨论。有一个事实不可忽略，刘礼成拒绝出任支部书记，不是不能做，而是不愿做。他的消极态度直接导致了今天的结果。从政治角度讲，他革命意志衰退，一事当前，只替自己打算；从村民利益角度讲，他是事不关己，高高挂起，连群众生孩子这样的大事都无动于衷，置之不理。乡党委采取措施是迫不得已的。我讲得够清楚了，合理也罢，不合理也罢，事实如此，只能这样。现在，拉开演练的时刻到了。兵熊熊一个，将熊熊一窝，你支书熊不熊，不用多说，一个早上全看清楚了……讲完了，我隐隐感到士气高涨，大家似乎都憋着一股劲儿。我随机让几个村干部表态。他们的表态让我心花怒放——我们村的外孕、外生都不放过，别说是外村的了（虽然未必是真话）；坚决按照书记的指示办；请领导放心，只要我们吃准的，她就跑不了，后娘打孩子，狠狠下手就是了。会场一片活跃。我故意甩出一句，你们支书比不了年轻人，恐怕跳不过墙头了。一个支书不服气，到时候看吧，别说我们，逼急了，连妇女主任都敢跳。另一个支书回应着，你当然敢跳，你还敢钻窗户呢！会场上爆发一阵哄堂大笑。

乡长公布了行动方案：乡长担任总指挥，副乡级领导干部担任领队。每个领队负责一个区片，协调三到四个行动小组，全权处理现场出现的各种问题。每个行动小组由一个村抽调人员组成，同时编入两到三名乡干部。

部署完毕，三百多人分乘大头车、农用车、三码车等，依照统一编号顺序驶离乡政府，浩浩荡荡开赴大刘庄。

派出所部分干警和乡直部门的同志把守村口，各行动小组山洪一样涌进了村子。狗吠是很早就开始了，接着是零落的敲门声，后来敲门声、喊人声、呵斥声、婴儿尖利的啼哭声此起彼伏，连成一片。我们事前对"四术"存量估计较多，但毕竟只是一个村子，实际上仍然有限，最终各组收获如何，取决于行动迅速以及手段高明与否。

在进入村庄前，到底谁计划外怀孕，谁应该手术，谁属非法同居，心里是没底的。为避免相关对象从眼皮儿底下滑掉，主管副乡长在会上作了提示，注意从细节上发现问题：屋里有刺鼻的尿臊味，床头有婴儿的小鞋袜、小衣服，或者奶瓶、奶嘴儿，窗边、板凳上、晾衣绳上搭着婴儿的尿片儿，桌上、墙上摆放、张挂着婴儿与父母亲属的合影……如果有一个孩子，就要询问是否上环了。已有两个孩子，年龄在四十岁以下，就要考虑是否落实了结扎。而哺乳期的女人很容易从身体及外表上辨别，必要时，妇女主任可以当场验看妊娠纹儿。一般而言，掌握了这些基本常识，不轻信其表述，注重观察判断，她们就很难滑过去。到底能否真正遇到，恐怕就要靠运气了。事后得知，发现"四术"对象的过程，实在是一个斗智且让人忍俊不禁的过程。她们藏身之处五花八门，有的在床下，有的在立柜里，有的在装满粮食的一堆麻袋中间，有的在空缸里，还有的躲在筐箩后面，或者柴草堆里……有一位妇女来不及穿上衣服，光着身体钻到了床下。他们让她出来，她却不肯。他们问你不出来在下面干什么。她说我还没有找着东西呢。他们说你三更半夜找什么东西。她回答说你们管不着。让人哭笑不得。

天渐渐放亮，人们慢慢涌到街上。家里有人被带上车的，男人着急上火又无可奈何地围着转圈儿，或者隔着车窗，绝望地大眼瞪着小眼，或者一脸窝囊靠近了听车上女人的吩咐。有小姑抱着衣服、毛巾被跑来送给嫂子，公公不放心，远远地跟了来的。有母亲哭诉，却找不着具体倾诉对象的，闺女来看我住了一夜，没想到被弄到了车上，要知道这样，拦人家干啥，还不如昨天让她回去！有老妇嘴里嘟嚷着，抱着熟睡的婴儿硬挤到车上，口气弥漫，一车人都扭过头去。没事的男人们光着膀子，女人们裹着薄衫，突出胸前双峰，表情时而麻木，时而好笑地看着眼前发生的一切。车声隆隆，人声嘈杂，像是要把整个村庄抬起来。拉"四术"对象的面包车，拉粮食的大头车、三码车，等人或粮食装满，喊一声"走——"，砰地关上车门，呼啸着开出村庄。车后扬起绵绵黄尘。

粮食直接送到了粮站，"四术"对象先是送到乡里，然后转送县医院。

在乡里留守的是几个上了年纪的老同志，即将离岗的高副乡长总负责。因为"四术"对象较多，集中在大礼堂恐不保险。它始建于上世纪七十年代，风吹雨淋，窗户多已损坏，一般性拉扯都禁不住，而"四术"对象情绪激烈，万一有人煽动，内外呼应起来，很容易跑掉，一个早上的辛劳就会付诸东流。高乡长意识到了这一点，为稳妥起见，他重新查看一下，放弃了使用大礼堂的打算，决定把人全部关到车库里。

我一直不放心乡里的情况，唯恐力量不足出现闪失，等到合围行动接近尾声，我让乡长收尾，乘吉普车先离开了村子。

吉普车未进大院，就见高乡长匆忙赶了出来，神情有些紧张。我问他情况怎么样。他的神色和缓下来，说前面送来的都关进了车库，一个也跑不了，可能由于人多地窄，一直有人喊闷得受不了。听说没有人跑掉，我稍感心安，随即隐隐担忧起来。车库没有窗户，里面胡乱扔着些旧轮胎，空气流通不好，加上天气特别闷热，六七十号人挤在一块，要是缺氧了可了不得。高乡长在一边嘀嘀咕咕，有劲儿可着嗓子喊，我才不上你们的当，一会儿送到县医院就不闷了。我说可以考虑开一下门，让她们透透气。他说别让她们跑了。话音刚落，一位乡干部冲着这边大叫，里面踹门哩，说是有人晕倒了。我一激灵，浑身的血瞬间涌到头上，真的要出大事了！我脱口喊道，赶快开门！抬腿跑向车库，几个乡干部紧跟着跑了过来。

司机反应敏捷，他像百米冲刺一样飞跑在最前面，来到车库门前，他已经从腰上摘下一串钥匙，咔嗒一声打开门锁，除下搭扣，用力拉开两扇笨重的铁门。一股难闻的气味呼地冒了出来，呛得人直反胃。门开处，犹如启开了啤酒瓶，女人们像浓重的泡沫一样喷涌而出。她们面色惨白，额上布满虚汗，张着发青的嘴唇，瞪着恐怖的双眼，全是涸泽之鱼情状。有的走不上几步，扶着树干发喘，有的蹲在地上呱呱干呕，有的靠在墙上抱头喊痛，有的躺在地上，一副痛苦难耐的样子。

车库里的情况更糟，四位妇女歪三扭四撂倒在地上，一个头里脚外不省人事，一个头顶墙角一动不动，一个面部朝下，四肢无力地抓挠蹬踹，一个满嘴污脏，对着车库门呻吟。情况万分危急。高乡长脸色蜡黄，戳在门口一时失了主张，不知如何是好。我让乡干部跑步通知乡卫生院医生过来。大家七手八脚把四位妇女抬到院里。严重缺氧的两位，双眼紧闭，口角冒着白沫，身体像面条一样柔软。医生们蹲在地上挨个儿施救，撕开上衣，打开裤带，拍脸，掐人中，没有反应的，就用三棱针。经过令人窒息的等待，一位妇女终于发出大梦初醒般的哼声，接着，另一位妇女也发出相同的声音……不过一会儿工夫，医生上衣全湿透了。

……

在第二天的调度会上，我们乡从后进一跃成为第一。县领导充分肯定了我们的做法，让我在大会上介绍经验。成绩让兄弟乡镇领导瞠目，同时让他们伸出了大拇指。两办为此刊发简报：清泉乡背水一战，采取超常举措，一举解决大刘庄计划生育老大难问题。

行动后的第三天，我在办公室整理工作日志，隔着竹帘看见农机站长领着一个人走了过来。农机站长笑逐颜开，跟进屋的人则略显尴尬。农机站长介绍说这就是刘礼成。我第一次见到他，高兴地上前跟他握手，笑眯眯请他落座，沏了一杯茶放在他面前。刘礼成的拘谨一晃而过。性格坦率的他开门见山地说，书记我算服你了，你把我给害苦了。我故意表现得一脸无辜和不解。在合围大刘庄动员会上，我预料到刘礼成会有反应，他可能让人捎话过来，或者悄悄来见我，让我没有想到的是，他竟然不背不藏直接过来了，而且来得这么快。我为自己的良苦用心得到正面回应暗暗得意。刘礼成说，全村都知道我没有给书记面子，才引发一场大清理，好多家庭都伤筋动骨啦！他们都在埋怨、声讨我。他们本来不想有支书，现在，他们觉得应该有个支书，盼着我当这个支书呢。以前，有人在街里公开诅咒，谁当支书谁不得好死，现在他们上门来劝我，做我思想工作。说句老实话，我这么大年纪了，真的没有那个心思了。书记你这一弄，让我进退两难。我要是再推辞，就不是得罪你书记，而是得罪全体村民了。哎……思前想后，我再也坐不住了，说什么也得跟你见个面。我说，你不是来劝我改变主意的吧？他苦笑一声没有回答。我说，那你就给我一个答复，干，还是不干？刘礼成无奈地说，书记，我能说了算，有退路可选啊！我要是再不干，就成了大刘庄历史罪人了！

　　我仰面大笑。我已经一个月没有这样痛快地笑过了。车库惊魂噩梦一样过去了。一石三鸟构想马上就要实现。有了舵手，大刘庄搁浅的航船就会起锚。我的笑声感染了刘礼成和农机站长。他们对视一眼，看着我放怀大笑起来。我对刘礼成说，下午就开党委会，支村两委人选，你提名组阁就是了。

后发制人

　　赵海运是在夏天的一个早上从胡同上方飞过去的。跑在他后面的人，没有跟进院子，没有跟到房上，而是刚好跟进胡同，就见他从房檐上起飞了，上下睫毛对碰的刹那，他就轻轻落到了对面。有人一时糊涂了，不能断定那是赵海运，还是一片云彩，一只飞雕，或者别的什么，房上已经什么也没有了。

　　接着，在赵海运飞过去的地方，我的同事周强国出现了。他当时三十出头，是大家公认的肌肉男。像他这样一个肌肉发达的人，应该像赵海运那样飞过去，否则，就太让人失望了。

　　周强国到底没有起跳，没有起跳就不能指望他飞过去了。他在应该起飞的时候，突然急刹车了。我们听到房上传来一阵急骤的噪音，犹如沉重的纸箱跟砂石的摩擦，接着，他的身影出现了。他张着双臂，像一块风中纸板，晃悠了一会儿才停在房沿边。我屏住呼吸看着这惊险的一幕。他用手背蹭蹭额头，甩了一下。

　　跳啊，跳啊。两个年轻人焦躁地喊。

快跳啊，赵海运跳过去了。另一个年轻的声音催促着，嗓音都变了。

飞啊！七八个人在胡同里齐声高喊，再不飞就追不上赵海运了！

整条胡同回荡着喊声，有些埋怨和焦躁，还有些气急败坏。我们多么希望周强国能飞过去。所有人都是同一个念头。只要他飞过去，赵海运就跑不掉了。可是，我们遗憾地看到周强国摇了摇头，在蓝天背景下抢得绳索呜呜呜响，发泄内心的烦躁。周强国声音很小，他说，别喊了，我飞不过去。我们听出了他的胆怯。

房檐上又出现了三个年轻人，试着想飞过去。他们往对面看看，往房下看看，又相互看看，最后缩了缩脖子，吐了吐舌头，全都放弃了飞过去的打算。他们在被胡同吓住之前，先被周强国吓住了。

赵海运从房上飞过去的早晨，天还没亮，我们就被急骤的铃声叫醒了。大家放开肚子吃了猪肉卤子面条。领导事先没有交代去哪里，去几个地方，吃少了怕坚持不下来。大家换了轻便装，挤进乡政府的仪征牌警车。司法所的同志带着手铐、绳索和警棍，钻进了从派出所调来的北京吉普。车子成了两听巨大的凤尾鱼罐头。有人被挤得哎哟大叫。等开出乡大院，才觉得好受一些，嘻嘻哈哈的玩闹代替了难受的哎哟。

我们的行动原则是：在任何情况下，人身安全都是第一位的。确保不出意外，人当然是越多越好，同时，胜算的把握也会大些。在受到攻袭的情况下，永远要先发制人，采取一切能够采取的措施，包括用棍棒器物将对方干倒。保护自己，才能更好地消灭"敌人"。总是有人不识时务，操起家伙，想要比画比画。当看到乡干部越来越多，黑压压挤满了屋子时，心理防线就会垮掉。他们自己会乖乖放下家伙，走出家门。

车子开进王刘庄时，天已放亮。这个700口人的小村，尚在熟睡之中。

街上弥漫着一股昏沉慵懒之气。偶尔传来院门打开的声音，伴着一两声咳嗽，几声狗吠和鸡叫。

赵海运的家位于东西向大街的中段，没有门楼，半截砖墙上开着口子，歪歪立着一座栅栏门。随着铁钳一声咔嗒，铁丝搭扣连着锁头一起落下。栅栏门被移开。二十一个年轻身影像洪水一样涌进不甚干净的小院，直奔上房。

屋门关着，却没有上闩，猛地一推竟然开了。屋里摆设一览无余。正前一张八仙桌，两把木椅。左手依次是一个淡绿色衣橱，一个淡绿色电视柜，柜中一台电视机。右手靠窗是一张双人床。两个孩子尚在熟睡。一个约摸三十岁的女人，头发凌乱，扭过身子，一脸迷惑地坐在床上。她穿了上衣，没有系好扣子，一手支床，一手拉着前襟，惊异地望着我们。

面对发生的一切，女人似乎有所预料。她多少显得懊悔，甚至有所企求。她是害怕的，但还能稳住自己。

两个孩子醒了过来。那个男孩患着感冒，小脸通红，上腭发出奇怪而急促的呼哧。他跟他的姐姐一样，不明白发生了什么，瞪着恐慌的大眼死死盯着我们。

赵海运呢？周强国问。

没回来，女人说。

去哪儿了？

市里。

没来得及收拾的毛巾被，证明她说了假话。床下一只宽大的男式拖鞋，作为旁证揭穿了她的虚伪。

周强国用警棍挑开毛巾被，一件男背心露了出来。他把它挑到脸前观察了一下，送到女人的鼻子底下。你闻闻，不是赵海运的味儿，是谁的？

女人没有回答。我们让她下床。她说，我还没穿裤子呢。大家扭过身去，等她把裤子穿上。

东西两个套间被打开，几个乡干部正在实施检查，除了几只盛粮的大缸和几件农具，没有发现赵海运的踪迹。

女人磨蹭着走出屋子，来到院里。仪征牌警车等在门口。她走下月台，下意识地瞥了一眼小厨房。窗户上没安玻璃，钉着一层厚塑料布，上面沾满油污和尘土，左上角耷拉下来。油漆剥蚀的独扇木门外角斜坠，靠着门框。里面静悄悄的。

周强国注意到了女人那微妙的一瞥，让她停下，把厨房门打开。

女人站着没动。周强国推了她一把。女人停在门口。周强国用警棍把门顶开，让她进去。东墙下支着一张发乌的木床，占去很大一块空间。案板斜靠床沿，光面朝外，上面一片黄绿，一片霉黑。地上一只没有盖子的铝锅，盛着半锅水，胡乱泡着些碗筷。一捆发黄的蒜苗松散着，发出刺鼻的气味。

周强国移开案板，一眼看到了两只脚。他把案板扔开，往后弹退两步，看到两条毛发浓密的小腿，小腿中间夹着一颗头发蓬乱的脑袋。谁？他用警棍敲着床头，厉声断喝，出来！双脚迟疑地向床外挪了挪，乱发歪向一边。一张紫红的方方正正的脸抬了起来，两只鸽蛋般的眼睛骨碌碌转动，满含幽怨地望着他。他用警棍戳了一下那人的肩膀，再次断喝，出来！赵海运两手撑地，哆哆嗦嗦从床下钻了出来。他宽大的脸颊像被雨水浇过一样，挂满陈旧粗壮蛛网的头上冒着热气。

外面一片哗然。多么令人激动的时刻，终于可以松口气了。有人夸张地伸着懒腰。有人张着嘴，准备打哈欠，听到这个消息，当即换成了兴奋的尖叫。

周强国跟赵海运最后走出厨房，木门啪的一声靠在门框上。大家多是第一次接触赵海运，只见他光着上身，身高一米七八左右，肩膀宽厚，胳膊粗壮，胸肌发达，腋旁肌肉疙瘩撑乍着，一看便知身上蕴藏着巨大能量。他穿着一件浅灰色的大裤衩子，右脚跋着一只深棕色拖鞋，左脚光着。

　　周强国贴身跟着赵海运，两人并肩走到院中央。周强国右手提着挽结的绳索，思量着是否把它打开。一副镀光手铐在他腰间摆来摆去，与钥匙时而擦碰一下，发出轻细的声响。左右跟着十几个乡干部，松散地围着他们。几个乡干部等在大街上，见他们出来，七手八脚打开了车门。所有人都把目光投射到警车上。

　　此刻，即将走出院子的赵海运突然爆发了。他脑袋一栽，身体前倾，像头狮子冲向大门口。走在前面的两人被撞到了一边。他们还没有反应过来发生了什么，赵海运已经冲出大门跑到了大街上。他沿着大街向正西狂奔。发力的瞬间，他把右脚上的那只拖鞋蹬掉了。紧跟在后面的一位乡干部，一脚踩在上面，滑了一个大趔趄。一直保持着警惕的周强国，抡起绳索，朝赵海运的后背甩过去。他没能碰到赵海运，却失去了平衡，差点扑倒在地上。

　　转眼跑出三四十米的赵海运，没有向西一直跑下去，而是冷不丁拐进街北一条胡同。乡干部个个训练有素，他们紧追不舍，与赵海运只有数步之遥了。赵海运慌不择路，不知不觉跑进一条死胡同。

　　这时，中间一户人家的街门吱呀一声打开了。一个矮胖的女人掂着一只黑塑料马桶走了出来。女人的一句问话没有出口，赵海运已经像狍子一般轻捷、灵敏地冲进了她的家院。她惊怔不已，残留睡意的脸上露出迷惑不解的表情。乡干部们跑到了她身边。错身之间，一脸狐疑的女人发出傻傻的询问，咋哩、咋哩……没有人回话。她掂着马桶往墙根靠了靠。

　　这是一座四合院，合上大门，就等于关上了保险箱。然而太巧了，北屋墙上竖着一架木梯，正正地搭在房檐上。成了赤脚大仙的赵海运像猿猴一样蹦上了梯子。他的路数全改变了。这哪里是上梯子，分明是顺着梯子往上滑，脚下奏出一串紧凑的音符，嗒嗒嗒嗒……让人紧张得喘不过气来。周强国登上了梯子，跟赵海运只差着几根梯磴。他几次试图抓住赵海运的脚，但都没有成功。他的脚倒换得太快，眼看快要抓住时，又被甩开了。他甩动绳索，都被急速上升的赵海运闪开了。赵海运双手够着房沿时，他上到了梯子的半腰儿。赵海运登上房顶，站起了身子，他双手摁在了房檐上。等到他登上屋顶站直身子的时候，赵海运已经像山羊一样起跳了。他眼睁睁看着他飞了过去。他的身体像一座黑塔在对面房顶上停了两秒，继续向前奔跑，离他的视线越来越远。他没有回头。他跑到房沿边儿了。周强国想，看你还能往哪儿跑，已经没有路了！然而，一棵桐树帮了赵海运的忙。周强国看到赵海运纵身向房外扑去，飞身贴在了桐树上。周强国不由得停止了呼吸，闭上了眼睛。扑在树上的赵海运没有停留，他抱着桐树，像自由落体一样出溜下去。周强国听到身体跟树干摩擦的声音。赵海运落在另一条胡同里了。两条胡同平行而不沟通。哧溜声停止了，接着是一声响亮的扑通，然后，所有声音都消失了。早晨变得安静。赵海运像声音一样消失在了胡同里。

　　……

　　我们把赵海运妻子带到仪征车旁，让她上车。她无动于衷。书记跟乡长咬了一阵耳朵。乡长走过来说，不带她了，让她回去。大家不解。乡长说，书记考虑不合适。一个女人家，带回去不好看管。他补充道，跑了和尚跑不了庙。庙在那儿，不怕他不回来。紧张气氛有所缓和。大家不无遗憾地上了车。

当天下午，乡党委书记和乡长先后接待了同一位来访者。他开着红色切诺基径直驶入乡大院，停在书记办公室门前。他的到来统一了乡干部议论的话题。他不是王刘庄人，是邻村的。他拥有一家保温材料厂，还拥有一家贸易公司。他年龄不大，个头也不高，腰身直挺，一对金黄色眼珠骨碌碌闪现着聪明，上唇稀疏弯曲的黄须仿佛粘上去的，说话上下掀动，显得特别而威风。他平时住在市里，周末回村跟邻居、同学聚会。他不是村干部，却跟他们保持着密切关系。他跟历任乡领导也私交不错。每逢年节、庙会，都会专程赶来，邀请大家去做客。酒宴从屋里摆到院里，一摆就是好几天。来客川流不息。车辆把门前挤得满满当当。菜肴是从市里整箱整件批发过来的。酒水比村干部准备的高好几个档次。许多人是抱着喝醉的想法过来的。他从切诺基上下来，砰地关上车门，先咳嗽两声，把他到来的消息传递给乡干部。大家纷纷猜测，他是来给赵海运求情的。

他走进书记办公室，殷勤地递上一支烟，顺手把两个整盒扔在桌上。他满脸洋溢着笑容，说，哎呀，书记，这孩子给你添麻烦了。书记面露惊讶，哪个孩子，什么麻烦？他语气轻松地说，小海运呗，我表弟。书记怔了一下，方恍然大悟过来，你是说王刘庄的赵海运？噢，你的表弟。我们早上去找他啦。这家伙反应挺快，跑了。小个子嗨嗨赔笑，一个粗人，啥鸡巴本事没有，就会惹事。书记说，英雄。小个子说，小时候就这样。偷个瓜枣，打个群架，看个娘们解手，啥都干。前年，我才把他弄到我公司。工资给的不低，要不没法过。才说日子好了点，抽空就干了这事儿。书记收住笑容，没有表现出严肃，表情让人捉摸不定。他说，弄得响动不小，全村都轰动了，都知道王刘庄出能人了，以后肯定没人敢惹了。不过正好，我们一直发愁找不到个典型，自己蹦出来了。小个子说，我是后来才听说的，赶紧过来给您赔罪。书记话锋一转，大家都在议论，怪不得人家厉害，靠着你这棵大树嘛。小个子连声说，可不敢，可不敢。我要在场，绝不会让他弄到这一步。他哥我表哥确实叫我过去喝酒的。我有事没过去。他就惹了这么大的乱子。胡闹，简直是胡闹。书记说，我们乡长跟老孟差一点出不了水。他们不认识他俩，要是认识就完了，肯定不会囫囵着回来了。小个子说，书记言重了。就是有十个胆，谅他也不敢。灌了鸡巴点尿水，发欠罢了。这不，现在害怕了，跑了，有胆别跑啊！书记说，你既然来了，咱们念叨念叨怎么办。小个子说，我替他赔个礼，罚他几个钱，饶他一回。书记猛抽一口烟含住，斜望屋顶，长时间不说话。小个子补充说，实际上他没钱，我还得替他垫着。书记收回目光，把烟吐出来，说，乡里不要钱，一分钱不要。你的钱我们更不要。不是啥事拿俩钱就能解决的。他必须过来跟乡长、老孟见个面。他老婆也得来。对了，你这个表弟媳妇，人长得排排场场，骂起人来凶得很。小个子说，都是欠货。书记说，派出所报上去了，县局已经立案。扰乱社会治安，侮辱他人人格，干扰执行公务。现在，我们说话不管用了。小个子说，就没有余地了？书记说，来了还好商量，不来肯定没有余地。一天不见面，一天不算完。小个子说，他哪敢来呀。他知道自己没理，怕你们收拾他。书记冷笑道，谁收拾他。叫他们来吧。小个子说，我回去做做工作，叫他们两个一块来。书记说，那最好了。你既然过来了，去跟乡长见个面儿。小个子跟书记握手，道了谢，来到乡长办公室，在那里坐了半小时。乡长跟书记意见一致：必须当面赔礼道歉，承认错误，才能决定下一步如何处理。他跟乡长握别，自我安慰道，像我这样滴酒不沾，能弄出这种事儿！

乡长目送切诺基驶出大院，来到书记办公室。你分析赵海运会不会过来？乡长说可能性不大。他知道饶不了他。书记表示赞同，等他三天再说。

三天过去了，赵海运夫妇没有出现在乡大院。他的小个子表哥也没再出现。他给书记回了电话，我见不了小海运，他在外面跑着呢。书记说，知道你这荷叶包不了他的粽子，白白耽误三天时间。

三夏防火提上了日程。乡干部白天下村，夜里住勤，晚饭后扎堆闲聊，合了两副扑克打升级。一切如常。大家淡忘了赵海运。

有一天晚上，书记、乡长聊了很晚才休息。微明时分，电铃突然响了。书记、乡长双双站在幽暗的晨光里。大家很快集中过来。乡长跟派出所通话，还没放下对讲机，吉普车就开了进来。年轻人争先恐后挤上车。

不到二十分钟，两部车又开进了王刘庄，时间比上一次还早。赵海运的栅栏门已经修好，依旧落着锁。周强国没有钳挂锁的铁丝，而是将固定门柱的铁丝剪断了。众人排栅而入。赵海运在外面跑了一段时间，以为没事了，跟他老婆睡得安稳，被逮了个正着。他知道逃不掉了，让老婆给他找出长裤短衫穿上。

周强国等他把手伸出袖管，将手铐铐在他的左腕上，咔吱一下，紧到不能再紧，把另一只手铐铐住自己右腕。他抬起手臂，这次有本事再跑！赵海运咧了咧嘴。有人把他老婆反绑起来，一手牵着，跟着走出家门。大家簇拥着他们来到车前。

赵海运逃脱的头一天，我跟乡长、老孟来到了王刘庄。

麦子已经黄梢，书记要求以最快速度结束孕情普查和"四术"。将二十八个村划分四个区片，乡干部对应分为四组，乡领导各带一组，下村督促普查扫尾。补救不得松口，结扎可以暂缓，天气炎热，容易出现手术后遗症了。

乡长带着我和老孟，一个即将离岗的老同志，去了高刘庄的普查点，随后来到王刘庄。我们听罢支书汇报，打开广播催人。老孟按照乡计生办提供的名单，逐一点名催促。王刘庄周围分布着几个小村，人口多不上千。普查时轮流在各村设点，周边村育龄妇女集中到普查点接受普查。

临近中午，陆续有育龄妇女拿来了普查证明。老孟一一登记销号。剩下十几个人，乡长亲自握住了麦克风。

由于乡计生办工作人员书写失误，错把未普查的赵运海老婆誊成了赵海运老婆。老孟广播通知时，赵海运夫妇不在家，等到乡长广播时，他们回到了村里。

赵海运育有一男一女两个孩子，老婆三年前做了结扎，而超过一年就不必每季度接受普查了。开始，他们弟兄三人高兴地喝着酒，没有在意广播的内容。喝到兴头上，赵海运老婆听到了，进屋说给了赵海运。他们捏着酒杯把耳朵支棱起来。当确认广播里正在点赵海运夫妇姓名时，他们头大了，决定不喝了。赵海运觉得名誉受到侵犯。兄弟们感觉受了侮辱。赵海运骂开了。他老婆更是骂个不停。兄弟三人同时离开酒桌，气咻咻冲向村委会。

他们没有看到乡长。乡长关掉扩音器，跟老孟来到大街上，站在南墙根的阴凉里，等候普查点工作人员过来反馈情况。突然，头顶上的喇叭怪叫一声打开了，没有"喂、喂、喂"的试音，直接进入高分贝吼叫。多种口音混杂，全都是污言秽语，开闸放水一般兜头而下。乡长很快听清了叫骂的内容，意识到要出大乱子了。

哐啷一声，归于沉寂。麦克风摔在地上了。叫骂声从村委会小院传出，一会儿来到街上。赵海运兄弟几个气势汹汹站在了当街。正是午饭时分。不清楚发生了什么事的村民，纷纷从家中跑出，潮水一样涌了过来。四五百人迅速堵死了街道。乡长在乡下工作了两年，见识过类似场面，倒没有太紧张。他跟老孟居高临下，一言不发，静观事态的发展变化。

我们以前没见过赵海运，这下可是近距离领教了。他光着上身，前胸后背呈紫红色，越往上着色越深。单看他的脖子和脸面，完全就是一个杀红了眼的关公。虽然隔着一段距离，还是能够看到他粗壮的脖颈处绳索一样暴起的血管。那里的皮肤薄如蝉翼，只要轻轻触碰一下，就有可能捅一个窟窿。

赵海运下身穿着一条浅土色长裤，裤腰褪到黑色三角区上方，再褪一寸就露出了庐山真面目。一条棕色皮带松松揽着裤腰，起着装饰而不是实际的作用。他右手掂着一瓶启盖儿的啤酒，愤怒地摇晃着，表明有人败坏了他的酒兴。能在家中畅饮，生活境况自然不同一般。这样一个人，这样一户人家，是不容侵犯的，而被点名就是一种不可饶恕的冒犯。

在左右一兄一弟的护卫下，赵海运挥舞胳膊，抡动酒瓶，泛着泡沫的啤酒洒在他的头上和身上。这瓶酒不是用来喝掉的，他开始就没有喝掉的打算，完全成了耀武扬威的道具。他肚皮溜圆外鼓，脐眼深陷。汗水和酒水交汇成小溪，蜿蜒流到脐下。他在村民包围中来回奔突，一会儿面朝西，一会儿面朝东，面向着谁，谁就得接受他的叫骂。他寻找着在广播里点他名字的人。他的目光跟乡长对视过，因为不认识移开了。他转了一圈又一圈，扫视了一遍又一遍，结果还是失望。他越发气急败坏，变得别有用心了。他要借此扩大影响，让更多的人知道他的不可侵犯。他在墙角猛地磕破酒瓶，抓着半截瓶身，茬口向外，向臆想的敌人穿刺。人们缩起脖子往后退，爆出阵阵惊叫。赵海运不时倒换着手，像金刚一样拍打胸膛，发出恐怖的吼叫，让人替他的敌人和对手捏出一把汗。震耳欲聋的拍击声噼啪不断。他的前胸被打熟了，变成一块烂猴腚。他越来越焦躁，越来越愤懑和绝望。

赵海运两个弟兄，深知这一场合的重要，顺势演绎威慑再好不过。表演越夸张，气势越昂扬，效果就会越好。明里找不到攻击目标，暗中针对着更多潜在的对手。看似与街坊无关，实际上是在敲山震虎。他们没有冒犯任何人，却以威猛凌厉的形象，宣告了家族的神圣不可欺侮。两个方脸阔额，身量高大的兄弟，随着赵海运的表演，也脱掉上衣，袒胸露背，随时准备与任何敌手决一雌雄。

赵海运老婆，那个身材高挑、面孔白皙、眉清目秀的女人，一改平日温顺之态，像头暴怒的雌兽，凶悍地发泄狂躁和激动。

没有一个村民出面劝阻，村干部也没有。他们乐于做了看客，有意做了看客。半个小时后，他们累了，自己找了个借口，余怒未息地回去了。

车子轻快地驶回乡政府。赵海运夫妇从车上下来，被送进小南院。周强国把他们带进老孟的宿办室，打开腕上手铐，从铁管床头穿过，把赵海运跟他老婆铐在一起。

周强国去了趟厕所，回来把铁门锁上，从墙角捡起一条板凳腿。板凳腿榫眼儿留着断茬儿。周强国用拇指蹭了蹭，在墙上磕了两下，拿进屋里。

赵海运老婆被人带往另一间屋子。周强国对赵海运说，把屁股撅起来。赵海运蹲在床边，望着周强国，不明白他的意思。周强国抡起板凳腿敲在他的后背上。装什么装，听不懂中国话，撅！

赵海运痛得弹跳起来，想站又站不直，只能半弯着身子，怨恨地望着周强国。周强国用板凳腿指着赵海运的鼻子，看好，叫你小子记住。我叫周强国，以后报仇不要找错人了。看清了吧？看清了。好。现在开始。低头、撅屁股！

赵海运低下头，但没有撅屁股。周强国击鼓一样敲打他的髋部。啪啪啪啪啪啪。哟哟哟哟哟哟。两种声音交混在一起。

这时候知道哟哟了，骂人时咋他妈的不哟哟。叫你过够嘴瘾！啪啪啪啪啪啪……哟哟哟哟哟哟……

停了十几秒，两种声音重新响起。节奏放慢了，但更有板眼。

啪、啪，知道为啥不？知道。啪、啪，为啥？骂人。啪、啪，骂谁了？不知道……哟、哟，知道，现在知道了。他们跟你有仇，还是有冤，让你们一家骂得多么苦情。啪、啪、啪。今天给你补补课，看以后还敢不敢骂人了。啪、啪、啪。你那天没认出他们，认出来了，他们就没命了。啪、啪、啪。哎哟，不敢。啪、啪、啪，谅你也不敢。啪、啪、啪。你老婆做了结扎，有什么了不起。啪、啪、啪。做了结扎就不能提了。喊错名字至于那样？啪、啪、啪。动动，配合一下，六下，换个屁股蛋子。

周强国喝了几口水，准备，继续。啪啪。我再问你，还飞不飞了？吭、不飞了。不飞了？呵呵，想飞就飞，不想飞就不飞了。飞！啪啪。吭、吭、飞。啪啪啪。飞，你飞？你有翅膀？你是鸟生的？吭、吭、吭，没有，不飞。啪啪，飞不动了，那天不是飞过去了。啪啪。我不飞你叫我飞，飞了你又……吭、吭，哎哟、哎哟。还敢犟嘴，啪啪啪啪啪啪。

周强国又喝了两口水，现在进入正题。为了国家政策，啪啪。为了省《条例》，啪啪。为了市检查，啪啪。为了县里名次，啪啪。为了乡领导名誉和威信，啪啪。为了……骂一分钟还你六十下。你骂了半个小时，该多少下？自己算算。啪啪啪。啪啪啪。邻屋也传出啪啪声，哎哎声，像男女声二重唱。

话题重复了半天，啪啪也重复了半天。周强国说，现在进入副题。啪啪啪啪。本来不想说，想想还是告诉你。告诉了你也不想饶你。啪啪啪啪。我在乡里干了十二年，高中没毕业就来了。啪啪啪啪。好不容易等了个合同制指标，差点让你狗儿给毁了。啪啪啪啪。这一次要弄不住你，我就完了。辛辛苦苦多少年就白搭了。他牙齿咬得咯咯响。你说……啪……我……啪啪……怎么……啪啪啪……能解恨……啪啪啪啪，啪啪啪啪啪……赵海运连声哎哟着。

周强国累了，啪啪声停了。周强国从屋里出来透气。他甩甩胳膊，顺着院墙来回走了两圈，望着半空大口呼吸。歇了十几分钟，从墙角拎起一把和煤用的小铁锹，走进关赵海运老婆的那间屋子。工夫不大，他出来了。他对老孟说，老头，锹把儿不经使，三下就劈了，差点把手给挤了。

老孟干笑两声，嗨嗨，谁弄坏了谁赔。

折腾半天，到了中午。周强国让赵海运老婆来到院里，坐到一把办公椅上。老孟递给她一碗温开水。她捧着喝下去。她的头上沾满尘土和蛛网，脸上蹭了些黑泥，应该是在煤洞里粘上的。周强国打来半盆清水，让她洗脸。洗了脸的女人，白白净净很标致。

大家还在午休，赵海运的小个子表兄开车过来了。赵海运弟兄们没露面，他们不敢。派出所干警已经去他们家里堵了两次，都没有逮住。没人注意小个子怎么进了小南院。他见了赵海运，然后黑着脸去找书记。

小个子对书记说，不看僧面看佛面，怎么能那样对待小海运？书记一脸严肃地问，怎么对待了？小个子说，海运说了，周强国太不像话。书记拖长声调，不要听他叨叨，才半天不自由，就说胡话啦。小个子说，他让我看了身上。书记制止住他，说不准是自己磕碰的。又不是亲眼所见，相信他说的就是真的！小个子说，这样犯法。书记说，是，赵海运早犯法了。公安局等着办手续送人呢。听了这句话，小个子口气和缓下来，换成央求的口吻，书记，千万别往里送他。书记说，我看他一点都不老实，这种态度怎么行！小个子说，让他赔礼道歉，多罚个钱算了。他说不敢了。书记接住他递过来的香烟，我看他不想改，背地里胡说八道呢。小个子说，是我说的，小海运倒没说啥。书记说，县里准备抓这方面的典型。领导电话催了几次。这是个机会。要不能轮得上他在全县出名。小个子还要说什么，书记打断了他，你既然跟他见了面，就再捎句话，让他想清楚，是愿意出来，还是愿意进去。让他自己决定。小个子擦着头上的汗珠，说，好、好，他怎么愿意进去，让他出来吧。书记说，我要去县里开会，你走吧，过来过去影响不好。再说，有上回的事摆着，你说了也不管用！

　　小个子每天往乡里来，有时是上午，有时是下午，有时是晚上，一下车就脚步匆匆去找书记，生怕跑慢了误了大事。乡里摆出阵势，非要把赵海运送进去。小个子看到了问题的严重性。赵海运是咎由自取，他则是殃及池鱼。他的威信将一落千丈，甚至一败涂地。村民们怎么看？表面上跟乡干部拉得很紧，实际上没有什么，人家照样不给面子，想要继续风光下去，就成了问题。让赵海运出去而不是进去，尽可能遮住真相，缩小影响面。只有赵海运回去了，他才有说话的余地。

　　连续跑了几天，书记、乡长仍然不松口。小个子越发心急，辗转托人，从上面搬请救兵，在市里摆下一桌丰盛酒宴。书记、乡长忖度时机已经成熟，顺水推舟，答应不往县局送赵海运了，小个子心中一块石头才落了地。两人告诉他，不是看赵海运认识深刻，而是看小个子过往的情分，才决定网开一面，给他改过自新的机会。小个子吃了定心丸，一再许诺回去后好好教育他俩，让他们学会做人和做事。

一周后，小个子开车接走了赵海运夫妇。他臀部的淤青消失了，他老婆额上的擦伤落了痂。两个人面目一新。他们原本料定要进局子的，现在给放了出来，心情舒朗，不无感激。在小南院待了几天，跟乡干部都混熟了。每天中午，周强国从食堂打上饭菜端过来，看着他们吃完，在水龙头下洗净了碗筷，再帮他们送回去。连续七天都是这样。放他们走的那天，周强国说，你们是有功之臣，我有幸伺候了七天。再到王刘庄时，想想给你们端吃端喝，不要再张口就骂了！

赵海运彻底服气了，像孩子般憨态可掬，说到哪儿了，人心都是肉长的。周强国说，我前边对你不客气了。赵海运说，没在那儿堆着。我这个身板经得住的。他老婆殷勤地表态，你要去俺村，我给你下面吃。周强国问，啥卤儿？他老婆说，早听你说喜欢西红柿鸡蛋卤子了。我在家喂着鸡，就给你做西红柿鸡蛋卤子。周强国说，听着嘴馋，让我吃，心里还是不踏实。三个人都笑了。

赵海运夫妇被接回家里，一天也没顾上休息。小麦熟透了。赵海运开着小型收割机，他老婆坐在他身旁，沿途跟乡亲们打着招呼，不觉地到了地头。村民们看他俩精神饱满，说话和气，都表现得很亲热。两人喜眉笑眼，像是走了一趟亲戚。

进入八月，第三次孕情普查又要开始了。上面下了文件，为强化管理和服务，要求60—100名育龄妇女配备一名小组长。说来凑巧，乡长到王刘庄调研农林特产税征收情况，经过赵海运门口，碰到他们下地回来，坐在过道儿喝水说话。两人见了乡长，先是惊讶，随后热情地迎上来。赵海运大方地伸出手，乡长觉得不自在。他顾自攥住乡长右手，微红着脸请他到家里坐。他老婆呆立在一旁，一时竟忘了身处何地，猛然醒过腔，赶紧跑进屋里洗杯子，沏上一杯茉莉花茶端出来。乡长说，不知道你们家在这里呢。他们说了些夏种和夏管的话。赵海运老婆不停地催乡长喝水。乡长一遍遍说不渴不渴。赵海运说，你是不是还记着那场子事。乡长没有正面回答，说，海运真是变了。两口子难为情地说，是我们不对，想起来就后悔。乡长摆摆手，过去的事不说了。

乡长想起县里让配备育龄妇女小组长的事，对赵海运老婆说，我看你个人条件不错，愿不愿意当小组长给大家服务？赵海运老婆不置可否。乡长说，你要没意见，我回去跟计生办的同志打个招呼，以后跟村干部一起，为育龄妇女们搞服务。赵海运老婆不敢拒绝，也不敢贸然答应，我这个水平行啊。赵海运在一旁插话，有啥不行，乡长说你行，你就行。乡长说，那就一言为定啦！

乡长回来说给书记，书记大为肯定。书记说，本来就是人民内部矛盾。赵海运两口子不是坏人。这个结局最理想。

秋收结束了。赵海运老婆当上育龄妇女小组长，参加了乡计生办的集中培训。乡长给大家上了第一课。培训结束，乡长走过来跟她说话。七八十号人一齐把目光投向她。她满脸羞红，内心觉得很光荣。

赵海运老婆一干就是八九年。乡主管换了三任，都很信赖她。除了前一任主管了解，后两任都不清楚她大闹街头的那一幕。乡长调到县里工作，有时下乡搞调研，谈话中问到了她。主管说，知道。赵海运老婆王玉秀，一个很负责任的小组长，工作积极，人又漂亮，威信不低呢！

后遗症妄想

　　那个下午，薛万士坐在我对面，像平常一样，嬉笑着讲述他去做男扎的经过。他的口气和神情异常放松，好像不是在讲自己，而是在讲别人的事情。我好奇地看着眼前这个熟悉的陌生人，拿不准是应该怀疑还是应该相信他的话。平心而论，直到今天我都不能相信他是一个真正的后遗症患者，虽然他为此奔波了二十个年头，头上已经白雪皑皑了。

　　李广茂不是个东西，话一开头他就有些激动。那天，我跟我老婆在地里收玉米。我感冒了，躺在地边休息，听见有人喊我，睁眼一看，鞋楦子脸李广茂副乡长来了，还领着一个不认识的人。两个人把车子支在地头，凑过来跟我说话，叫我去做结扎……没法儿，我就跟他们走了。

　　薛万士一口咬定是当天做的手术，却不能详尽还原具体细节。他的讲述头上一句，脚上一句，跳跃性很大，眼看到了关节点上，却咯嘣一下断了话茬。我追问李广茂是怎样给他做工作的，他又是怎样回应他的，他连连说"没了"，"就把人给骗了"。

他确实是"给骗了",还留下了"后遗症"。这个"后遗症"就是"不好受"、"一上来就不能干活了"。这是他最为典型的描述，除此之外，讲不出别的什么。你追问他"就这个？"他说"就这个，还有啥？你说还有啥？"，让你哭笑不得。二十年来，他一直为这个"不好受"，为这个"一上来就不能干活了"的理由奔波上访着。

一九九七年麦收前的一个上午，在四位严重的后遗症患者（包括薛万士）频繁上访之际，我们按照县领导要求，依次进行走访，了解他们身体、生活状况以及相关诉求。薛万士一早下地去了。他的白化病老婆坐在北屋门口，动作迟缓地拣择一堆蔬菜。他的大女儿也没在家，小女儿跪在一个苞米皮做的圆垫上写作业，单薄的身子几乎爬在小饭桌上。我问了她几句话，她羞怯地看着我，偶尔回答一两句，声音很小。她的白化病母亲脸上始终没有什么表情，开始盯看了一阵儿后，低头闷声不响继续着手中的活计。

我们跟她打了招呼走进屋里。这是五间北屋，中间三间，两道山墙分别隔出一间。从建筑样式和新旧程度判断，屋龄不超过十年。窗上的报纸层层叠叠，新的压着旧的，使屋里昏暗不明。地上摆着两件做工粗糙的家具，一只没有加盖儿的水缸靠在门后，一摞没有洗涮的碗筷扔在缸脚。东山墙下盘着一个大炕。他们的生活起居是在这三间房里进行的。东、西两个套间，一头摆着几口盛粮大缸，地上有鼠洞和新土，说明人与鼠的生活同时进行，互无影响。另一头则放着农具、杂物、柴禾、脏衣服……地面同样没有硬化，发出一股潮乎乎的霉味。

为了不至于引起女人的警觉，也为了减少不必要的麻烦，我们没有告诉她是从县里来的，只说是乡干部，路过这里来看看。

我们走出屋子，站在院里说话，薛万士挑着满满两桶水走了进来，看见我们颇感意外。他下地回来后，没有跟他老婆打招呼，直接挑上两只空桶出去了，现在，他以一个健康劳动者的面目重返家中。他的出现让我们眼前一亮。

薛万士慌乱放下扁担，两只水桶哐当墩在地上，水溅到他的脚上、裤管上。他有点尴尬，随即掩饰过去。他换作一副苦相，开始喋喋不休，再等三两天，麦子就能收割了，这两天忙着点种，下面不好受，一直忍着没上访……

大家心里清楚，只是不愿当面道破罢了。

我一语双关地说，没事跑啥，跑来跑去不耽误工夫啊！

不行，他说，我得找李广茂，他把我弄成这样就没事了？他连一片药都不给我吃，每次看见，还把我训一顿。这样的干部，听说还提了副书记。

我说，你别找了，人家早不管计划生育了，何况你的事又不是三两句话能说清的。那天，一同前去的还有县技术服务站站长，他随身带着消炎止痛药品。我让他给薛万士留下十天的药量，嘱咐他用完了到服务站检查一下。

薛万士不满足，他另有盘算，我想在村里输液，家里没钱，你们不给解决一下？他不会轻易放过送上门来的机会。

我们相视而笑，给他留下二百块钱离开了。

一般而言，小麦上了房，秋粮入了仓，薛万士上访的身影就出现了。

他出行工具是一辆自行车。由于年份久远，车身上的铭牌、文字已经荡然无存。他叫不出那是一辆什么牌子的车子，别人更说不清楚。季节性出现的他，总是推着而不是骑着它。他双手捏着车把，挺直腰板，迈着趔里趔拉的脚步，在县政府浓荫匝地的甬路上走来走去。黑不溜秋的车把上斜挂着一个白色塑料提篮。提篮很大，能装下很多东西，然而真正装在里面的却很少，多半是一只孤零零的花书包而已。书包里面是脏兮兮的塑料布裹着的医院诊断和上访材料。上面有时放着他的衣服，有时什么也不放。他穿一件褪色的灰涤卡中山装，领口、袖口、袋口闪着油光。这身打扮和组合看上去更具象征意义。他，与他配套的行头、自行车、提篮，悉数划入老爷牌系列更合适。

他有别于其他上访人。那些人总是一副愁眉苦脸，急于求成，不达目的不罢休的样子。薛万士不，他显得极有耐心，同时像是在考验别人的耐心。他似乎把上访当作一项漫长的跋涉。今天达不到目的，明天再来，明天达不到目的，后天再来，日子长着呢，因此，脸上时常挂着轻松的嬉笑。

他给我的第一印象就是如此。这个印象形成于第一眼见他的时候，即其手术后的八九个年头，我去他家走访之前。

我向同事询问他的情况。他们告诉我，他从来都是这样。他的上访一开始就不乏滑稽色彩，像一场小游戏。问他身体怎样，他云里雾里，不着边际乱说一通，似乎没有什么中心。大家觉得他心理有问题，要么就是无聊，赶他走他也不生气。

事实上，他曾经两次接受过市计生委组织的专家鉴定，都没能定为后遗症。他猜疑当年为他施术的医生从中作梗，用他的老爷车驮着更老爷的被褥，一路跟踪了他回家。他把被褥铺在医生门口过夜，惹得楼上住户侧目而视。有一天夜里，他在睡梦中被人揍了一顿，被褥被扔到楼下。他害怕了，卷起被褥连夜回到了家里。他不敢再跟医生纠缠，转而找到县里。大家围住他，调侃讥笑一通，告诉他领导没在。他仍然不恼，说，知道你们哄我哩，推上老爷车离开了。

他来时，大家多少感到厌烦，隔一段时间不见又会提起，嗨，很久没见薛万士了！

话刚撂下，薛万士谶语般地出现了。

收麦子了，安上苗儿了，没事又开始跑了；种上麦子了，地里没活了，又来烦人了。语气中透着嫌恶。

薛万士说，不烦你们烦谁，我的问题没解决哩。

你啥问题没解决？

啥问题，后遗症问题。

你有啥后遗症？你驾着排子车往家里拉麦子，跑起来像个兔子，往地里送粪，又像头叫驴，有啥后遗症！

薛万士说，你说没问题，你给我出个证明，叫我往上找。

他像命一样看重那些文字，要求文字答复似乎成了上访目的。"你给我出封信"、"你给我写个证明"成了挂在嘴边的话。他存着许多介绍信，但没有村里的（村里才不管他是谁呢），乡里的不少，市里的也不少，唯独没有县里的，有的上面赫然有着领导的签字。从一九八九年到二〇〇九年二十年间，那些盖着红坨坨的信件不断增加，他都仔细保存下来，由于经常要出示给领导看，出示给他认为有必要出示的人看，那些信件给弄得黑乎乎、脏兮兮、油腻腻的，甚至可以透过阳光了。

乡里的介绍信一般这样写着：今有我乡杨庄村民薛万士去县反映问题，望解决……明眼人一看便知人家有意往外推他。乡卫生院做的手术，出了问题就该乡里解决，这毫无疑义，但我们不能明讲，好言安抚他，让他把信留下走人。薛万士不同意，乡里让你们管，你们不管，你们在上面写上不管，给我盖个章，我往市里去。接待他的人苦笑一声，上访不用出信，不用盖章，走到那里都有人接待，你去吧。薛万士到市里转了半天回到县里，拿出市计生委的信，如获至宝似的，至于信上写了什么，他可能连看都不看。展读信件，上写：你县薛万士来市上访，望妥善解决……跟乡里的如出一辙。我们让他回去等消息。他把信件要回去重新包好，满心喜悦地离去，好像实现愿望的日子不远了。

有一个时期，薛万士到县里上访的次数明显减少，大家都很纳闷，后来有消息传来，乡里给了他一份工作，让他安定了下来。

事情的原委是这样的：有一天，不知受了谁的指点，薛万士一大早来到了县里。他一改旧日态度和做法，拦截了县领导的车子。办公室的同志上前拉他，他躺在地上打起滚儿来。乡领导被县领导批评：不重视解决群众问题，致使上访户到县里出丑滋事。

乡里把打滚的薛万士接回来，问题依然没法解决。吃药打针可视情况报销，按后遗症对待，乡里不答应，答应了即意味着要支付一笔不菲的赔偿。事情拖了下来。那一段时间，薛万士似乎变了，经常在乡里缠着，一个周末，趁着乡干部休息，拉着他的白化病老婆进了乡政府。

周一上班时，乡干部们意外地发现，在乡政府后院，党委书记门前，多出一间塑料布苫着的三角形小棚子，里面塞着一辆排子车，车上躺着一个白脸白发的女人。薛万士站在棚外，嬉笑地看着上班的乡干部。乡干部以别样的目光望着他，似有观赏动物的感觉。有人扫了一眼走开了，有了看了一会儿，劝他"赶紧回家吧，不要在这儿丢人现眼"。薛万士说，这丢鸡巴啥人哩。就没人再睬他了。

天将近午，乡党委书记从县里回来了，他看见门前歪歪扭扭的小棚子，看到一边嬉皮笑脸的薛万士，火气腾地一下子起来了。他骂道，真他娘X能摆熊啊。薛万士索性钻进小棚子，坐上排子车，一把抱住了他老婆。书记快步走过去，一边拧住他的耳朵，一边不停地骂着，硬把他拉下车来，痛得他叫喊的声音都变了。乡干部见状拥过来，把排子车拉出来，一直拉到大门外。书记黑青着脸，三下两下蹬倒了小棚子。薛万士煞白着脸，驾上车子，拉着老婆灰溜溜地走了。

事情过去之后，乡领导觉得长此下去不是回事，为了稳住他，决定象征性地给他一份工作：打扫院子，月工资六十块。薛万士听了非常高兴，推着老爷车满面春风地来见书记。乡里把一份协议摊在他面前，以后不再上访了，活才能给他。他则正式入列，算是乡政府工作人员了，以后再不准给乡里丢人抹黑。薛万士不管什么临时不临时，不管什么入列不入列，只要有钱就行，于是爽快答应下来，第一次在协议书上正儿八经摁了手印。

乡大院是前后两进，需要两个小时才能清扫完。薛万士每天早上七点钟起床，赶七八里路过来，清扫完了乡干部们才陆续来上班。过了一段时间，他的热情减退，开始迟到了。他不看眉眼高低，专往乡干部吃早饭的地方去。乡干部斥责他，长眼不长眼，扫进碗里了。他笑着离远一点。后来就有些不像话。乡干部们下村了，他才懒洋洋赶来，拖着扫帚东划拉一下，西划拉一下。再后来越发不像样子，隔三差五才来扫一次。他有许多理由搪塞，什么自行车坏了，下面毛病犯了，老婆病了，地里活没人干了，油嘴滑舌地周旋，能偷懒就偷懒，角角落落根本不管了。乡里拿他没法，只要还能看见他，月末就付钱，然而，最终也没能拢住薛万士，他终于甩手不干了。

薛万士又开始往县里跑。两办的同志不理解，乡里给你安排了工作，不好好干活瞎跑啥。薛万士说，他们光让干活不给钱，已经三个月不开支了。两办的同志事先了解过情况，知道问题在他，就说，好吧，你先回去，我们给党委书记打个电话，工资往上调调。

二〇〇八年夏天，省计生委召开奥运会前的信访稳定会议，孔主任讲了一件事，对我触动很大。某县一位男扎后遗症患者，持续上访了三十年。有一次，在省计生委大喊大叫，手里握着剪刀，对着自己的下体，说，我太难受了，我想把它铰了……眼里充满悲凉和绝望。孔主任劝他冷静。他说，我不想活了。我活着有什么意思。我活不好，你们也别想活得好。我要把省、市、县计生委主任一个一个都杀死……孔主任最后说，一个五十多岁的人，跑了这么多年，问题没有得到妥善解决。他要是好受，肯跑几百公里来上访？鉴定构不成后遗症，但不代表没问题，功能性问题是看不出来的。我们要替他想一想，替这个家庭想一想，千万不能一句"没事"打发走了他们……

我想起了薛万士。他上访的历史将近二十年了。我们以局外人的眼光对待他，体会不到他的难受和苦楚。都说他不是后遗症，我就信了，却没有调阅过相关材料。这怎么能说过去。我应该主动约见一下他。

薛万士在一个下午来到我办公室。他显得非常自信。他把书包从提篮里拿出来，再把塑料包皮一层层打开，将有关材料一股脑摊在我的办公桌上。

我一页页翻看那些材料，随口问他，你的后遗症有什么表现？他反问我，什么表现，你说什么表现？我说，能不能正经点，你的事你说。他仰着脸想了一会儿，说，不好受。我问怎么个不好受。他说上来了不好受。我问什么叫上来了。他说不好受上来了。他的意思是说他的症状是阵发性的，不是持续性的。那你告诉我上来以后，怎么个不好受法。他不假思索地说，上来以后就呼哧呼哧喘气，喘得不行。我忍不住笑出声来，薛万士、薛万士啊，你是没有正形了。你下边不好受，碍你气管什么事儿，怎么就喘开了。他也笑了，但坚持说就是这个事。我说就是啥事，没听说你嗓子跟下边有关系，你的肺长得不是地方。

对话之间，我看完了他提供的所有材料，大致可以分为三类：一是医院的诊断，不超过三份，而且没有一份诊断结论显示为结扎后遗症的。一份诊断上写着：患者主诉会阴部不适，建议休息，对症治疗……有一份甚至写道，有轻微癔病。薛万士不知道什么是癔病，一直保留下来；另一类是市计生委组织的专家鉴定结论，共有两份，分别是一九九七年和二〇〇二年做出的，意见大致相同：不定为计划生育后遗症，建议对症治疗；第三类最多，有好几十张，主要是市、县、乡各级领导为他签署的意见，写的便条，再就是乡里不痛不痒的介绍信了。

看罢，我明白了何以各级对他的上访持慢待的态度了。

我心里清楚，定不了后遗症，就不能享受相应的治疗和补助。一般性治疗和救济我们可以照顾，想要一笔丰厚赔偿是完全不可能的了。我正式向他表示了遗憾。

隔了些时日，突然有一天，薛万士出现在办公楼下，顾不上支好老爷车，就急着来到我跟前。我颇感意外，说，老朋友，好久不见了。他跟着我来到办公室。他说，我鉴定上了，我是了。我说鉴定上什么了，是什么了？他自豪地说，我鉴定上后遗症了，我是后遗症了。我没听说市里近日组织鉴定，他从哪里搞到鉴定的？我让他把鉴定结论给我看。他打开提篮，从里面拿出花书包，掏出塑料布包着的材料，打开，从中找出一份医院的诊断。他把诊断摊在桌上，一手摁着，一手指着，情绪激动地说，你看看，你看看，我是了！

我凑过去，见上面写着：腹股沟疝气。

我扑哧一下笑了，几乎笑出眼泪来。

我说，收起来吧，别来回跑了，回去好好治疗吧，跟计划生育没有关系。你知道是怎样造成的。这么大年岁了，以后少轻狂，稳当点就好了。

听了我的话，他愣在了那里，表情沮丧，显得非常不自在。

他是真的不明白诊断结果，还是又来凑热闹，想要蒙混过去，我一时说不清楚。本想调侃他两句，说他走火入魔，话到嘴边咽了下去。看他失望的样子，忽然为他感到难过，笑容凝固在了脸上。

一个可怜的人，二十年来，梦寐以求想要成为后遗症患者，却一直不能如愿，当再次看到希望时，又被我兜头泼了一盆冷水，空欢喜了一场。

归纳薛万士的诉求，大目标是一笔赔偿金，小目标因时而异，不外乎以下几项：免除粮食征购，免除电费，免除浇地费用，免除孩子上学的学杂费，免费为他治疗，等等。近两年提出新要求，承认他是残疾人，办一张残疾证。而办残疾证的目的，仍然为了上述目标。他知道他的愿望不好实现，却始终不肯放弃，即使在一次次碰壁之后。

薛万士是明知不可为而为之，以出击的姿态争取极其微小的利益，以无尊严的方式锲而不舍守护着自己及家人那点可怜的尊严。

所有疑问都有了答案。答案没能让我高兴，反而让我不快乐。

就此别过的薛万士，倒是一直没有再露面。

以右臂的代价

活干完了……

将近十点，冯主任打来电话。其时，我正翻阅杨伯峻先生译注的《论语》——从"公冶长篇第五"到"雍也篇第六"。一年难得有几次这样清静安闲时刻。我把书扣在桌子上接听。信号不是太好，声音匆促断续，似乎还夹杂着风声。他说当日上午主管副省长来市视察新农合。新农合即新型农村合作医疗的简称，其进程可以用"忽如一夜春风来，千树万树梨花开"来形容。原定的视察日程没有基层计划生育的内容。市计生委领导抢抓机会，特别提出申请，得到省长慨允。省长多年前曾在本市工作，虽然没有直接分管计划生育，却与市计生委领导熟悉，出于对老部下工作的支持，遂同意临时增加这项内容。在为期两天的视察中，每天见缝插针视察一个乡镇的工作站或一个村活动室。当日上午确定的是西部县一个村活动室。翌日上午视察我们县一个乡工作站。市计生委领导十分珍惜这个机会，再三叮嘱要充分做好准备，务必给领导留下一个好印象。

本来轻松安适的上午，因为这一非同寻常的安排骤然变得紧张起来。

省长莅临本县基层，属多年不遇的大事情，何况具体而微到一个小小的乡工作站。市计生委领导用心良苦，想要省长从乡工作站之一斑而窥全市工作之完豹。我在骄傲之余，更感到紧张和压力。我的声音提高了，语速加快了，呼吸也变得粗重起来。责任重大，时间有限，千万不能出现半点疏漏，一切当以最佳状态呈现。

历史老人有时像一个顽皮的孩子，在你毫无思想准备的情况下倏然现身，不失时机调侃拨弄一番，然后意味深长转身离去。

那是十二年前的春天，省计划生育领导小组发文通报了上年度的考核结果。结局比我们预料的更差，差到即使让全县三十八万人集中想上一天也不敢相信。全省一百四十个县大排位，我们县排在倒数第一。这意味着我们定而无疑地成为省重点管理县，同时成为省委书记的联系县。县领导做梦都不会想到，在限期转化的一年时间里，他们将以这样一个匪夷所思的理由随时等候省委书记的召见——真是莫大的讽刺！天没有塌下来，但倾了半边。全县的神经中枢被深深刺痛了。反应自上至下、由中心而外围辐射开来。从县直部门到乡（镇）村，不论出于怎样的考虑，都被这一消息弄得兴奋、燥热、沮丧、沉默、谵妄，外加阵阵痉挛。造成这一结局的仅仅是因为一个不足三千口人的村庄。当由十六人组成的考核组黎明进村时，支部书记正在梦中游荡。他发癔症地以为传递消息的人溯梦而来。当他意识到自己确实正以"民族睡法"（全裸）筒在被窝里时，才意识到可能"来了"，接着知道"坏事了"。他呓语般地嘟囔着，全县二百五十多个村，怎么偏偏抽中了我们……倒霉透了！当他一边兜上裤子，一边用塞满泥垢的指甲料理眼角的眵目糊时，考核组已经走完了一半的村民家庭。等他走出家门来到街上时，太阳已在东方露脸，多个政策外生育的孩子已被记录在案。一切毫不费事地被考核组搞定了。

在羞愤难熬、忐忑不安的日子里，伴随着没有周末，没有节假日，没有白天黑夜，钱塘涨潮般的集中活动节奏，我们等待省委书记的召唤或驾临。

省长要来了，圣人只能告退。放下《论语》，就地论战。当即通知人口和计生局四位党组成员速来议事，简要传达市计生委领导的意见，要求大家放下手头一切事务，"立刻下乡，分线负责，对口指导，监督推进"各项准备工作。重点放在"四清三落实"资料的整理归档；县乡两级医院、诊所，以及乡计划生育工作站在综合治理出生婴儿性别比失衡方面的制度和记录；沿途及所到之处的宣传氛围；工作站内外环境卫生、软硬件的配备。碰头会是站着开的，不到五分钟就结束了。大家各自招呼分管科室的人员，马不停蹄赶往乡下。

一位副局长原定带着办公室副主任到东部一个乡为育龄妇女小组长发工资，按省计生委"月报月发月训"要求，对她们进行业务培训。四十多名小组长候在乡里，只等一场好雨来临。事情紧急，她已改弦易辙，委托办公室副主任独立完成。小组长工资固然重要，却不能与省长视察相提并论。前者可以缓一缓，甚至错后，错两个月都无妨，后者却不能错，错不得，错过了可能就永远没有了机会。

大家走后，猛然想起省长肯定要听县里的汇报，方才竟然忘得一干二净。办公室副主任平日兼管文字材料的起草，于是电话追了过去，让他缩短跟育龄妇女小组长见面时间，尽快回来起草汇报。

关于汇报材料，市里建议与新农合糅到一块搞。我给主管县长报了一份预案。他说糅到一起好，在预案上签了"拟同意"几个字，要我跟有关人员联系。我对"拟同意"一向持疑问态度，要么同意，要么不同意，

"拟同意"实际上是既没有同意，也没有不同意，是相机行事的意思，下文则是主要领导同意了，他也曾想过同意，主要领导不同意，他也没有说死要同意……我管不了那么多，就按同意之意去领会，心里不免嘀咕：糅到一起固然好，恐怕难以实现。明明是两项工作，涉及两个部门，临时往一块拢不可能拢得来。新农合的汇报已经搞就，计划生育汇报要半路加塞儿，卫生局还有负责把关的政府办资料室不可能同意。后面的情形如我所料，他们答应看再说，终于在再说的时候否定了这个提议。我很理解，让办公室副主任关起门来另起炉灶。

　　下午三点多，接到冯主任电话，他离开了西部那个县，正在赶往我县途中，让我在市东郊的一座立交桥下等他。单位几部车上午都派了出去，只好临时求助于物价局。物价局租借我们的楼房，是我们的房客。房客为房东服务当属天经地义。走出楼来，见司机捏了几枚钥匙等在车前。那是一辆垂垂老矣的工具车，坐上去就像一头扎进了蒸笼，汗立刻就下来了。司机说冷气来得慢些。我想慢倒不怕，只要能来就好。开了十多分钟，一直驶出十多里地，到约定地点了，冷气还没有来。车一停稳，我迫不及待开门跳了下去——蒸一锅包子也该熟了。就见市计生委的车远远从正西开了过来。我回头谢过司机，让他回去。胖嘟嘟的司机热汗蒸腾，满脸红润却难掩尴尬，他说，开锅了……

　　冯主任坐在后座上，问他怎么没带位处长来。他说技术处的处长请假了，儿子要高考，他去陪了。我问西部那个县省长上午看了？他说没有，因为修路车辆进不了村，日程取消了。我事后得知其中隐情：他提前赶往村里，原以为一切准备就绪，没想到看到的情况跟以往印象反差很大。这个村两委班子齐全，专业队伍发挥作

216 / 217 以右臂的代价

用，待遇落实，集体收入很可观，所有街道全部硬化，闲暇时村民们在文化大院娱乐休闲……然而，现场情状让兴致勃勃的他感到失望。当年召开现场会的热闹和热烈已不复存在。文化大院冷清少人。隔着村委会大门，看到楼上楼下的办公房门紧紧关着，野草从墙根砖缝长出来。好不容易等来看门老头打开了院门，内里景象更让他凉了半截。办公室、活动室的桌椅歪七扭八地放着，上面落满灰尘和鸟粪……村里工作不像行政机关那样按部就班，干部们该熬夜的时候可能会连着熬几个通宵，没事的时候则不拘形骸，马放南山，村委会无人值守也就不足为怪了。原本想着要在这里出彩的，希望却一下子落空了。省长视察日程紧迫，何时到何地，停留多长时间，前后掌握到错不过五分钟，现在再做准备根本来不及，只得忍痛割舍开来。

　　当年为迎接省里年度考核所做的准备，非眼下的准备所能比，历时数月，一进入十月就紧锣密鼓地开始了。

　　隔三差五一次调度会。乡镇自查和互查。县里组织模拟考核，随时通报情况，校正工作方向。永远在谈论澄清底数的问题，而底数似乎永远澄不清。我们陷入数字的迷魂阵，陷入性别出错的泥沼，陷入反复排查过程中不断冒出来的恼人问题里。每一个问题都是一颗威力无比的重磅炸弹，可能造成灭顶之灾，把一个县击沉。县领导深以为忧。我们焦灼不安。乡村干部焦头烂额。政策外生育对象惶惶不可终日。螺丝继续拧紧。问题逐一排除。我们终于可以稍稍松一口气了。然而，谁都没有想到，悲情的种子早在几个月前已经悄然种下，发芽只是早晚的事。一纸消息为那个注定的结局埋下了伏笔，以致全县上下倾注的大量心血一朝归于徒劳。

　　引爆炸弹的那个村庄濒临107国道，位于县境北面，与另一个民风蛮悍的大县交界，基础不牢，管理混乱，群众难以约束，成了受其影响的突出标志。村里总是不平静，支书在持续的动荡中熬过一年又一年。夏天，一封举报信触动了省法制报一位记者的神经。他在村里神秘现身，跟举报人接触之后，又神秘地离去。随后，报道发出来了，指称村里存在六大问题。在谈到计划生育时，提到"管理混乱，存在大量超生"。就是这句话，直接成为负责考核的省人口调查队选取样本点的依据。

一切看来复杂，其实却很简单。考核组从省城启程的早上，尽管数以千计的乡镇干部四点钟就起了床，如临大敌，严密把守着通往乡镇的各个路口，监视来自省城的以A字打头的面包车的出现，却万万想不到，他们提前驶下高速公路，从107国道进入我县，连问路都没有，径直开向既定目标。我相信我的判断：当村支书发癔症时，全村人都会跟着犯迷糊。那些政策外生育的对象，因为无人组织，连跑出村躲避风头都没有，一觉醒来，惊异地发现陌生人一手捏着夹纸板，一手握着圆珠笔，笑眯眯地走进了自己的家门……

现在旧事重提，我已经心平气和，没有了当年的满腹怨气。我不想为我们没有做好工作开脱，更不想掩饰那个村支书的失职。我想说的是，考核的缺陷不容回避。虽说时过境迁，有些问题仍然没有得到梳理、思考、讨论和研究。我们仍然没有觉悟。对于那个样本点的抽取，实际上背离、违反了随机抽取的考核原则。有人利用手中权力，先入为主地旁涉一点，不及其余。我们不是在考核阶段被决定了位次，而是在抽取样本点阶段就被决定了。公平、公正原则被弃置不顾。对于考核结果的评价和使用，也值得商榷。一个村代表不了全县，连一个乡都代表不了。它只能代表它自己。这是唯一合理的解释。因此否决全县，除了让人扼腕叹息，怎么能够服气！

市计生的车子开进了省长要视察的乡地界，穿过牌坊，驶上一条坑坑洼洼的柏油路。村民大兴土木，路上堆着沙子和砖瓦，把本来不宽的道路挤得更加狭窄。环境条件确实不敢恭维。省长从这里经过，将作何感想？冯主任念叨，西部县那个村子条件好，全是干净的水泥路面，硬件绝对没有挑剔。他是在批评这个乡的道路状况，但这是进乡的唯一路径，别无选择。

离乡政府很近了，一个三十来岁裸着上身的男子，突然闪身而出，挡住了去路。他步履踉跄，如醉似癫。我心中一惊，意识到可能是"四术"对象借机滋事，看他手中没有掂着石块才稍微放下心来。我在乡下遇到过类似事情。一个人在庙会上醉了酒跑到乡大院闹事。正是午休时分。我和一位副书记已经躺下，不愿再理睬他。他骂了一阵离开了。他摇摇晃晃穿过309国道，被一辆疾驶而来的煤车挂飞了脑袋……他的死亡令我十分懊悔。若是把他捆住，限制他的行动，他的命就保住了……车前这个人穿着短裤，光头上汗津津的，目光幽然，细看并不聚光，而是向四外散射着。难道不是醉酒，是脑袋出了问题？他叉开两腿，挥动粗壮的胳膊，一副无所畏惧的样子。司机赶紧把车停下。他干脆一不做二不休，一个前扑爬在了车上，仰脸与司机对峙，仿佛爬在了自家床上。我以前在这个乡工作过，有些底气，问他想干什么。他语气已不清爽，说拿二十块钱来，嘴角就有口涎流出，说完又爬了上去。发愁如何脱身之际，附近一个村的支书正好骑摩托车路过，看到此景，急忙把车支在路边过来解围。他厉声训斥着。那人并不买账，瞪了两颗核桃大的眼睛与他吵骂。我看明白了他不是在使酒疯，也不是在装疯卖傻，而真正是脑子有问题。支书扭住他光滑的手臂，被他一次次使劲挣脱。他们几乎厮打起来。支书身强力壮，气势上占着上风，最终把他拖离了车子，搡在一边。车子乘机开了过去。我往那人耳后一瞧，发现他耳朵上方，有一个月牙形疤痕，像咬了一口的柿饼往里凹着，使得他的脑后明显缺了一块。我恍然大悟，正是因为凹进去的那一块，才让他变得疯癫而乖张。

乡主管领导听说我们被拦下了，带了三四个人神色慌张地从乡政府跑了出来，看到险情解除，放慢了脚步，脸色也缓和下来。我暗暗念叨，明天省长过来，千万不要遇上这个家伙才好。

车子开进了乡政府。汽车、自行车、摩托车早已挤了一院子。拆下来的宣传展板堆在墙根。工作站的同志有擦窗户的，有抬桌子的，有整理资料的，一派杂乱繁忙。主管领导说，乡里统一修缮，工作站刚刚完工，赶上了扫尾，看上去比较凌乱。这样倒好，只要略作整理就可以了。如果一切从头做起，工作量太大，想要一夜之间准备齐恐怕就难了。

冯主任挨个房间巡察，边走边提意见，工作站的同志紧随其后。我们上到二楼，看了几间办公室，在宣传站停了下来。窗下的沙发又脏又破，冯主任没有犹豫就坐了上去。他让大家往身边聚聚，讲了几点意见：一是省长不是专门来视察计划生育的，停留时间不可能太长，自然不会更多地问及业务，环境卫生就成了首要问题，大家要搞好，让他一下车就能看到一个干净、整洁，规矩的工作站；二是虽然省长不可能听汇报，但乡里还是要准备一个简短的汇报材料，在省长视察过程中，呈送给随行人员带回去，希望注意，汇报材料就是汇报材料，不要搞成华而不实的彩印广告；三是一楼那两间司法所办公室，与整个工作站氛围不协调，建议工作站把后院的办公房跟他们调换一下，给人一个完整印象；四是手术室与南面房屋形成一个阴暗的夹道，感觉很堵，如果把大门口的那块宣传展板移过来，会让人眼前一亮。冯主任还提了一些意见，都很具体实在。我一开始心有顾虑，生怕乱糟糟的环境让他看了批评，但他没有。我多少得到些安慰。

我把计生局的同事集中到会议室碰了一下情况。进展顺利。他们担心中午停工，就没有回单位，一直坚守在乡里。看着一脸疲惫的他们，我心里泛起一股暖意。

迎接省长到来，精神紧张，心情愉快。与当年迎接省年度考核相比，到底是两种况味。必须承认，那时不敢有少许懈怠和轻慢。所有当事者都承担着非同寻常的压力。

在一位县主管领导家属的眼里，每次考核都无异于上刀山下火海。每逢此时，她都会悄悄去寺庙里进香，请求大小神仙的护佑保驾，平安度过了再去还愿。考核进行中，她渴望了解情况，又不敢多问，只好在焦虑等待中忍受煎熬。我的前任每经历一次考核，必定口舌生疮，大发高烧，除非躺进医院挂几天吊瓶才能缓过劲儿来。他在任的四年多时间里，没有一次能侥幸躲过此劫。乡村领导在积极准备的同时，各使其招，有的到庙里抽签，有的卜六爻卦，最低限度也要提上二斤点心求告村中的大仙，指望他们打通幽昧，口吐莲花，点破迷津。查到的提心吊胆，查不到的点鞭放炮。多年之后，幕后隐情显露出来。有些人走了终南捷径，直接跑到上面，与有关人员接触，打通了关节，让他们在抽取样本点儿时避开自己的乡镇。这是明白人狡黠的选择。实践证明屡有奇效，雄辩地说明了"干活不如想点儿"、"干事不如投门儿找人儿"这些颠扑不破的真理。

我们只知道干活。省里检查的头两天，县两位主管领导仿佛被一根看不见的丝线牵着，不由自主来到了那个村庄，实地考察迎检准备情况。乡党委书记陪着我们。我们迈出一座座高大的门楼，又进入一个个破旧低矮的院门。我们踏访了数十户当年有生育的人家。县领导亲自与育龄妇女交谈，询问她们现有子女数量，是政策内还是政策外，亲自查验生育证，唯恐有什么不妥，出门反复叮咛乡陪同领导，一定要在检查当天早早进村，把有问题的人员转移安顿好。大家不再避讳什么，因为这已成为众所周知的事实。检查标准太严苛，基层不得不在加大力度工作的同时，附带着做些手脚。政策外生育的部分对象，要么在头天夜里被撵出村庄，借宿在亲朋好友家里，要么被集中在村外废弃的机井房内，或者躲进破砖窑里。若是秋天，青纱帐无疑成了最好的藏身之地。等到考核结束返回村里，算是侥幸过了一关。

乡下短暂的碰头会一结束，我就返回单位，分别给书记、县长汇报情况。他们嘱咐要细致周密，务求万无一失。

回到办公室等着晚饭，随手翻看周晓枫《你的身体是个仙境》。周写得好，俨然成了一个生活的哲学家。索性打开平柜上的音响，把穆特演绎维瓦尔第的《四季》当作背景音乐，让自己彻底放松下来。

七点一刻，晚饭好了。从乡下回来的七八个人坐在桌旁边吃边聊。大家惦记乡里的工作，仓促吃过又离开了单位。请假外出的一位副局长打来电话，他已经从外县赶了回来，知道大家忙了半天，自己负责的那一块心中没底，晚饭顾不上吃赶往乡下。时间不长，他从下面打来电话，说发现一个问题。进村路边有一条排水沟，臭气阵阵，怕省长路过产生恶感。大家集思广益，想了许多解决办法，都被一一否决。一是在上面遮一层塑料布，担心孩子们不知深浅，跑去玩耍失足淹死；二是沿路垒一道砖墙，设想固然宏伟，但拉砖砌墙等一连串行动，涉及许多人事，无异于建造万里长城；三是用六寸泵抽取地下水，通过稀释让污水变清，臭味自然就没有了，成本不低，无异于天方夜谭；四是苫上稻草，临时遮盖一下，

看上去有失美观……议来议去，一时决定不下来，最后让乡里想法去处理。

第二天一早，他们按照预先设定的视察路线重走了一趟，发现那条臭水沟不见了，空气里的味道好了许多。原来是乡里的同志在水面上密密撒了一层嫩草尖。在初升阳光的照耀下，望上去绿草如茵，露光闪闪……他们真有办法！

夜里十点，接到带队的同志从乡里打来的电话。环境整治完毕，硬件准备完毕，接待安排完毕……一切就绪。我放下听筒，长长出了一口气。

跌入后进，成为省重点管理县的那一年，我们从春天开始等待，一直等过了夏天，到了秋天，省委书记既没有召见我们县领导，也没有亲临指导。然而，中间省里来人了，省委书记派使者来了。使者是省计划生育委员会的主任。他带着省计划生育协会的会长，统计处的处长，政策法规处的处长，还有办公室的同志来了。他的到来暂时缓解了我们县领导紧张的神经——总算有人来了。他是来打前站的。他观看了我们县大打计划生育翻身仗的专题片，听取了我们县领导关于知耻而后勇，破釜沉舟，集中整治生育环境的长篇汇报。他被感染了。他在肯定我们工作的基础上，明确了下一步应该努力的方向。他还从业务角度，主要是人口数据的关联、变化角度，分析了我县人口生产方面存在的问题，希望引起我们的重视，更好地加以解决。他的指导博得了在座各位的热烈掌声。

他离开之后，我们县领导信心倍增，上下更加协调一致，加快速度解决了许多困扰已久的问题。我们一下子为近百名工作在乡镇计划生育战线上的同志办了合同制手续（虽然多年之后，市里否定了这个做法，但当时让长期工作在第一线的同志看到了希望）。我们通过考核、考试，调整了三十多名同志的工作。那些长期在一个乡镇工作的同志，被调整到了新的岗位。撤掉了保护伞，可能的漏洞堵上了。他们曾经庇护过的那些人，慢慢浮出水面，相继接受了手术和处罚。我们还将育龄妇女小组长的工资统筹上来，统一由县里发放，稳定了专干队伍，织密了基层服务网络，彻底解决了一逢检查，临时拉人凑数，让支书、村长、会计等人的老婆冒名育龄妇女小组长上场迎检的现象。不能不提的是，我们还做了数以千计的引流产和结扎手术。夏天，技术服务站门口飘荡着一股连来苏尔水都压不住的腥味。

省委书记是要来的……

过了几个月，省计生委主任又一次莅临我县。他的再次光顾，带来了一个不知道应该让人失望还是应该让人高兴的消息，省委书记不来了，也不用我们县领导到省里觐见了。省委书记虽然不来了，但是他的亲笔信来了。省计生委主任带来了他的亲笔信。亲笔信指出我们存在问题的严重性，要我们吸取教训，举一反三，加大工作力度，避免重蹈覆辙。同时，还对我们近一年来的工作给予了肯定。我在高兴之余，多少有些失落。我们所做的艰苦努力，主观上是职责所在，客观上多半是冲着省委书记的，是为了迎接他的到来。现在，他不来了，我们的工作好像失却了水分的柑橘，立刻变得轻飘飘的，应有价值大打折扣。县领导跟我的想法不一样，他们肯定不愿意因此被省委书记召见，更不希望省委书记出现在我们县里。他们应该如释重负。否则，我真不知道他们该怎样面对那个不尴不尬的场面！

省委书记爽约十二年之后的夏天，省长如期而至乡工作站。那是上午九点半。省长乘坐奔驰牌大巴，穿过那条虽然狭窄但打扫得干干净净的路面驶进了乡政府。工作站在乡政府的前院。大巴停在了前院。院子本来不大，宏伟的大巴进来之后更见狭小。它连调头都调不转，只好在离开时倒车出去。

市县的主要、主管领导，计划生育系统的领导早已等在那里。媒体同仁扛着摄像机，端着照相机，举着录音笔，围在车门口，等着省长从大巴里下来。院里挤满了人。台阶上，二楼上都站满了人。有些是工作人员，有些是村里的群众。他们听说了，以极大的兴趣赶了过来。大家被这个盛大场面感染和激动了。逼仄的前院在短时间内好像缩水了。宏阔的大巴威仪堂堂，熠熠生辉。

省长谦和地跟迎接她的领导以及老部下一一握手。省长的随和让所有接近的人感到一下子轻松自在了。这时候，各级领导都自觉地闪到了一旁，而乡计划生育主管领导却被推到了省长面前。他太幸运了，太风光了。他陪着省长从东头手术室看起，一间一间走过来，寸步不离省长身边。在接诊室里，省长停了下来。省长随手翻看桌子上一摞摞接诊记录，询问为育龄群众开展服务的情况。乡主管领导、负责接诊的技术服务员，充满激情地一一作了回答。省长不住点头。互动良好。现场气氛十分融洽。

省长从接诊室出来走下了台阶，站在院里听主管领导的概括介绍和汇报。省长脸上露出满意的微笑。市县领导、系统领导的脸上露出满意的微笑。省长简洁地予以肯定和勉励。由于时间关系，村服务室就不看了。视察遂告圆满结束。我紧绷的神经至此彻底放松下来。省长问开展新农合的乡卫生院在哪里。县领导说就在隔壁，就在出门往南二十米远的地方。在县领导的引领下，省长弃车跟大家一块走向乡卫生院。

省长回去之后，全省新农合工作会议召开，推进步伐明显加快。

省长离开之后，市计生委的领导肯定了我们的工作。大家沉浸在快乐和喜悦里。

市、县领导相继满意地离开之后，大家异常开心，觉得头天的紧张付出太值了。

省长离开后的第六天，我带着县人口和计划生育局党组全体成员，到解放军某医院探视一个叫王洪斌的人。他是省长所视察的乡计划生育工作站一名普通职工。他在筹备活动当天，遭遇了意外，被紧急送往那里救治。当天晚些时候，计生局的几位同事先后通过电话向我通报了这起不算太大、也不算太小的事故。

大家最后一次搞了院落卫生。一切基本停当，活要干完了。

王洪斌脚踩一只方凳，更换三个科室的标志牌。原来标牌不算太旧，主管领导却执意要换成新的。这些标牌傍晚才做好送来。王洪斌比较轻松地换下两个标牌。它们都是两颗螺钉上下固定着，一把螺丝刀让他轻易就搞定了。更换最后一个标牌时，他遇到一点小麻烦。这个标牌的上面是一颗螺丝钉，下面是一颗直钉。他用螺丝刀把上面的螺丝钉取了下来。轮到下面那颗直钉时，螺丝刀派不上用场了。扶着小方凳的同事递上一把铁钳。这是一把非常好用的铁钳。王洪斌接在手里，分开合上几次，觉得挺顺手，于是，他用铁钳夹住了那颗直钉。他多少还是费了些劲儿，才把它撬出来。如果他慢慢往外撬，就不会有问题，然而，他有些性急，想以最快速度把它起出来。他暗暗跟这枚直钉较上了劲儿。他两条小腿的肌肉绷紧了，一侧腰肌也绷紧了。他的身体已经偏离了中轴线。他改变了用劲儿的方式，不是撬出而是试图拔出那颗直钉。他的力量太大了。就在他噗的一声拔出那颗直钉的瞬间，脚下的小方凳被蹬翻了。他的身体向后一仰甩了出去，标牌越过头顶远远飞向身后，小方凳重重地撞向墙壁。他的上身斜落下来，落到低于小方凳的位置，眼看就要脱离小方凳了。如果能够脱离小方凳，我们就应该击掌，同时山呼万岁了。可是，就在似离非离时刻，他的右脚竟然伸进小方凳的横木里了。他的上身继续下落，右脚却被死死卡住了。人们看见王洪斌莫名其妙地倒撞在台阶上，看到那个小方凳莫名其妙地跟他的脚连在了一起。他倒下时发出沉闷的"扑通"声，而小方凳撞上墙面与之摩擦升起时发出一阵怪异的无法形容的声音。当人们明白发生了什么，赶紧跑上去，想把他的右脚从小方凳里取出来时，却听到了王洪斌的尖叫。这一声尖叫把人们吓住了。小方凳的横木真够结实，它一点事儿都没有。大家隐约意识到，王洪斌的左腿折了。

短暂昏迷的王洪斌被小心翼翼抬到了车上，火速送往就近的解放军医院。他的右腿胫骨呈螺旋形骨折，治疗难度因此增大了。医生随即用石膏对之固定。第二天在X光下发现骨折处理得并不好，无奈决定施行手术。这一次，他受大罪了。他的伤腿从腿面骨内侧被割开了。医生校正好错位，缝合十六针，用一块二十厘米长的钢板从外面加以固定。四颗总计售价两千四百元的钛合金螺钉，将他的右腿胫骨跟那块钢板，外加一套金属支架拧合在了一起。它们紧紧拥抱，牢不可破，坚不可摧。他在医院躺了二十一天。半年之后，另一家医院为他取下四枚螺钉和那块钢板。三位一体的牢固结构被打破了。两次手术花去两万多元。

最痛苦的时候已经过去了。躺在床上的王洪斌一如从前，微笑而腼腆。他无怨无悔。在病房外，乡主管领导告诉我，他虽然无怨无悔，但还是有一点遗憾。那天傍晚，他给妻子通了电话，让她找出第二天要穿的干净衣服。他想清清爽爽地看看省长。可是，他太不走运了。他的愿望没能实现。

在黑小子餐馆

灯光将夜色推向门外。我跟马乡长在屋里坐下，貌似轻松地闲聊，不时扫一眼桌上包装完好的酒。它将被打开，或者原封不动拿走。

他们知道它的存在，半月前就知道了。我当时忍不住脱口而出，如果P堡村支书能顺利产生，我请你们喝酒，喝你们能想到的最好的酒。我接着说，我只有两瓶，是一位做生意的朋友给的，我只能请你们喝一瓶。我以前在别人约请时喝过那酒，仅有一次。他们都还没有这个口福，露出眼馋之相。送他们离开前，我特意从套间的平柜里拿出来给他们看。我的意思是想证明，我有，而且带来了，而能不能喝掉，要看你们。我是不想拿回去的。我以此掉他们胃口，预祝顺利。

那是一九九四年的初冬，我任乡党委书记半年多。农闲下来，正是调整、整顿村班子的好时候。

入秋，支书王少平腌制的蒜瓣全部装车外运，据说销往日本和韩国。一排七八个五立方米的水泥池子空下来，池底湿漉漉，池边挂着白花花的盐巴。呛人的蒜味收敛不少，不再像盛夏那样肆意挥发，飘过公路和田野，吹进村里。难闻的蒜臭在大街小巷游窜，惹来不无嫉妒的咒骂。

只是咒骂也罢了，有人使坏，入冬前把他的半亩白菜一棵不剩铲烂在地里，满目狼藉，却找不到使坏的人。时隔几天，腌蒜厂的铁门上被人绑了两只花圈。接着，县检察院在一个早上进村带走了他。对王少平的猜疑和议论纷起，甚嚣尘上，难辨真假。乡里出面把他保回来。虽然告状信反映的问题没有落实，但他已经心灰意冷，当了八九年支书，尽管处事极尽圆通，还是惹了人，说什么也不干了，让乡里另行考虑人选。

到任三个月时，王少平也曾向我提过辞职，我以为并非出自本心，而是曲意试探。我对乡村情况了解得不多，盘算不能轻易调整班子，更不能轻易撤换支书，便以理由牵强，连截带堵挡了回去。维持了五六个月，问题和难堪集中出现，再刻意挽留，不仅虚伪，也是对人家不负责，便口头应允下来，但不忘征求他的意见，让他推荐考察对象。

王少平没有接茬儿，一副卸套走人、不愿多说的态度，显出不在其位，不谋其政的超然。这是他的聪明。我不勉强。党委会商量批准了他的辞职请求。

物色新人的工作提上日程。

组织委员袁炳亮分包P堡，我让他挑头，跟张副乡长、党委周委员一同进村考察。

一个沙里澄金的过程。我没有预先指定对象，因为没有目标。其他人也没有推荐。我没有是因为需要进一步熟悉和了解情况。他们没有或许因为我没有，即使有，也不好意思说出来。对没有工副业，完全靠农林特产税返还收入维持班子运行的P堡来说，当支书并不是一件美差，摆布不好不被村民待见，又遭乡里批评，受夹板气，徒增烦恼。这种情况并非绝无仅有。一个村子三两年选不出支书很常见。而选一个优秀的村支书，不仅是组织需要，也意味着好多问题将迎刃而解。但可遇不可求。

考察组在村里待了一周，走访了所有党员，有威望的群众代表，并且征求了在外经商办企业的业主意见。

两个人选进入视野。

一个当过兵，复员回乡一年，二十四岁，没有成家，不仅没成家，亲事也没定。

另一个是老支书的二儿子，小学肄业，二十八岁，已经娶妻成家。

复员军人有担任支书的强烈愿望，考察组一接触，就掌握了他的心思。他愿意替父老乡亲干点事。他是王少平的本家。王少平在谈话中竭力推荐他，做得不显山不露水。

老支书的二儿子没有这个愿望。他有一部铲车，活路很好，他知道孰轻孰重，不愿放弃。老支书态度明朗，不仅不支持，还明确反对儿子重走自己的老路。如果感情用事，我肯定不会再考虑他。没有欲望就没有理想，没有理想则没有信心，没有信心哪有动力，没有动力何谈方法，没有方法何以胜任？……强扭的瓜不甜。

考察组介绍了两人情况，没有倾向性意见。我请大家发表意见。他们一边剥吃花生，嗑瓜子，一边热切议论，莫衷一是。

我考虑很实际。选支书固然有许多条条框框，但总体上离不开对人品、能力的判断考量，人要绝对靠得住。只要从工作实际考虑，排除关系、情感等因素干扰，最后的选择不会有大出入。

我的意见很直接。学历不重要，可以忽略，我们不是选陈景润式的数学人才。会不会写字不重要，写好写不好字不重要，会不会讲话也不重要。单看学历，很多人可以进入视野。马上请一个大学生来当支书又能怎样？头羊还得羊群找。要了解村情民意，能扑下身子实干才行。就两个人选衡量，都没有领导经验，但老支书的儿子有优势。他虽然没当过村干部，但他爹当过。他爹当了几十年。他爹的资历就是他的资本。他爹的威望也是他的人气。那么多人念他爹好，好在哪里？两个方面：处事公正，不徇私情。这两点在乡下最难得。脾气不好，大家都谅解，不影响对他的尊重。这是他可以出任的一个重要条件。门里出生，自会三分。从小耳濡目染，他爹的待人处事影响了他。这很重要。专门教授未必能教出一个支书来。如果选他，他爹不会坐视不管。嘴上不愿意，让他当了支书，他爹能袖手旁观？我看不会，肯定会出主意想办法，起码看着他，不让他走歪道。复员军人就不具备这些。外围也不牢靠。王少平被告状告下台，又选个本家兄弟接任，岂不要引火烧身，那些告状的会盯住。他开展工作有阻力。选支书是要他当家主事，不想他上来先搅起一堆矛盾，我们更不想越俎代庖。一定是谁的孩子哭了谁去哄。

大家觉得有理。

还有一点，复员军人也比不过老支书儿子。这个问题摆不上桌面，但不能回避。我注意到复员军人到现在没成家，连亲也没定下。他弟兄三个，父亲死得早，母亲守寡多年，不用问，家庭条件不会好，不会有多少积蓄，更谈不上家道殷实。这就潜藏了某种可能，自私自利捞钱的可能。用了他，上台难保会首先想着群众，恐怕会先想着自己。定亲娶亲都要花钱，去哪里弄？就容易出问题。打个不恰当的比方，养猪养壳郎，是为了催肥，选支书却不能选壳郎……

大家笑起来。我补充一句，话糙理不糙。我不是怀疑他的品性，我是说不得不考虑这个问题。我们放心了，群众才能放心。反过来也一样。

一致赞同把老支书的二儿子选上来。

袁炳亮说，老支书不同意咋办？我说，这已经不是主要矛盾了。马乡长，还有你们，在乡里工作多年，他会给你们面子。你们再去见他，他不会不答应，会让你们喝酒的。后来知道，老支书不喝酒，但他的二儿子喝。他们后来没少在一起喝。

没有悬念。老支书同意了，他的二儿子不再推辞。支村两委班子人选随之确定。晚上，组织党员会，让炳亮他们去宣布。

静夜无风。天空澄澈、清肃。我送他们走出乡政府大院，拐上309国道。我没让他们骑自行车，也没用伏尔加去送，而是让他们步行。乡村距离五六里。P堡两千口人的村子，宣布班子说不清会戳痛那根敏感神经，小心为妙。

黑小子把四盘凉菜端上来，看见桌上的酒，一脸惊讶，王书记，什么高兴事，喝这么好的酒？我笑笑没说话。马乡长说，这事放在村里就是天大的事，跟联合国选举差不多。今晚宣布的官，跟你爹一样。

黑小子爹任他们村支书。他听了连连点头。马乡长说，把菜弄好，一会儿赏你一杯。

我们预计炳亮他们一个多小时就该回来，两个小时过去了，还不见踪影。又等了半天，将近11点，餐馆外才传来他们的说话声。他们有说有笑，我悬着的心才放下来。

我撩开门帘迎接他们进屋。五个人围坐下来，迫不及待说到酒上。我亲手启封，提出酒瓶，除去封蜡，拧下瓶盖，一股芳香逸出。大家凑上来，鼓张肺腑，尽情捕捉、吸嗅每一缕芬芳。除了马乡长，我们四个都能喝，酒量一个赛过一个。张副乡长嗜酒如命，每天总有理由和机会捞到酒喝。半斤下肚，眼皮便抬不起来，喝一整天也不见往深里醉，永远都是欲醒还醉、迷迷蒙蒙的样子，舌头一大，话说不全，说出开头两字，嗫嚅半天没有下文，但仍能继续喝，越喝嗫嚅的声音越小，最后像是在肚里说话。我赞叹他生着

"双胃"，"双胃"倒替着工作，故能醉而不倒，后来成了他的绰号，在全乡叫开了。

我小心斟酒，大家目不转睛盯着，生怕酒出来，一杯五六块呢。我给他们各敬三杯，道了辛苦，祝贺考察和宣布成功。他们每喝一杯，都情不自禁啧啧赞叹。以前常喝浓香型，第一次接触酱香型，却没有适应的过程，一下子就接受了，表情十分享受。张副乡长肚里有酒虫子，馋甚，一口含住，并不下咽，立起，扑闪着眼睛，翻来倒去咀嚼，仿佛酒中有"核儿"，好像不如此便辜负和浪费了那玉液琼浆。一圈儿下来，我又依次斟满五杯，请大家同饮。不知不觉都受了张副乡长感染，谁也不一口咽下，而是用牙咬嚼，搅动舌头，任酒水在口里翻滚够了，兴奋了每一个味觉细胞，才一点点儿送进肚里，咽尽了，体会那味道更浓，比含着更好的感觉，整个口腔、七窍，以至全身心都浸染和散溢了芳香。

赵人饮酒，向有同起三杯的规矩，完了推举一位酒量大的"闯关"，少则五六人，多则八九人，都要同上几杯，一"关""闯"下来，人就醉了，常常相互推让，很少有主动承担的。这次则例外。面对好酒，都想多喝两杯，担心"关头"以堂皇理由多吃多占，揩大家油水，决定打破常规，不再推举，"共产共进"到底。马乡长打趣张副乡长，老哥哥，今天就委屈你了。一会儿换酒时你还"闯"第一"关"。我们都笑。大家同起，直到倒尽最后一滴，再也控不出来。张副乡长不信，把酒瓶拿过去，摇摇，放在耳边听听，似乎听到什么，又把瓶口朝下往外控酒，控了三次，确实没倒出一滴，怪自己没听准，讪讪地把倒满的两杯往外匀一下，看着基本一致了，叫一声"同起"，都站起来仰脖喝掉。

那是一个令人欣快和回味的夜晚。选出并顺利宣布了P堡村的新支书，品尝了中国最好的白酒。还有什么比达到目的，以最好的酒庆贺更令人畅快淋漓呢？现在想来，似乎也没有什么可与之相提并论。

而那晚的酒香，后来再没有遇到过，虽然不时遇到，却难说是真品了。

它是茅台。

马乡长让黑小子喝了一杯，把他"赶"出去，你爹喝了半辈子酒，都没听说他喝过这个，你比你爹强……别想第二杯了，好好做菜吧。

我们喝完茅台，接着换喝丛台，味道不可同日而语。因为有顶级美酒打头，大家兴致不减，都有些陶醉。酒酣耳热之际，炳亮讲起村里发生的一幕：党员们集合起来，张副乡长宣布会议开始，炳亮宣布考察经过和党委会关于P堡的人事任命安排，刚开了头，屋里的灯突然熄了。大家七嘴八舌嚷起来。新任支书好像早已料到，几步从会场跑出去，两委几个成员跟着跑出去，跑出院子，跑向另一个院中的变压器。就见一个瘦瘦的男人从里面慌慌张张跑出来，手里提着一根长木杆，与他们撞了个满怀。新支书举起手电，一束强光停在那人脸上，是退伍军人……

他们看清了对方。谁都没说话。新支书让开一条道，放退伍军人出去。

这是最后上桌的一道值得记忆和回味的菜肴。

逃跑的人

　　一个平常的冬日下午，我在通达街上行走，过了一个丁字路口，过了一个十字路口，即将走到通达名园大门口，见一对五十多岁的夫妇由北向南相向而来。男人高大，肩背略驼，穿一件质地不错的土色短袄，双手背在身后，女人紧跟其右，捂一大袄，个子中等，身形臃肿，步伐细密，有点跟不上。男人面孔微扬，脖颈上抻，令脑袋与肩膀的关系显得僵硬，其目光散漫，正喋喋不休说着什么。女人低着头，任从前方被风吹回的声音灌入耳中。能够看出，这是一对惬意的夫妇。他与我走了个照面，即将擦肩而过，我蓦地认出这是一个熟悉的人，一个"老乡"，一个当年成功的"乡镇企业家"。我是从他与众不同的马脸上认出来的。他一走过，我就不再犹豫，确定了刚才的判断。不错，一点不错，此人正是三十年前在众目睽睽之下，从北交道口逃掉的那个人。他比以前胖了不少，因而显得更高大，也更壮实，多少带着一个成功者不自觉释放的滋润和洒脱。他的脸孔没有变白，还是土地一样的颜色，确乎少了乡村风尘，显然，他从乡下来到了市里，毫无悬念地完成了从挖煤向中产阶层的转变。当他从我身边走过时，带来一缕凉风，轻轻掠过我隐隐发汗的额头。我不由得睁大了眼睛，几乎要失声叫出来，在有着一百五十多万常住人口的城市里，在一条偏僻、狭窄的街道上，我居然还能与他狭路相逢。

我像一个侦破专家，在他们走过之后，开始把三十年前我所知道的他的形象，与今天的他加以比照。这是令人不爽的暗中操作，影像却高度重合。岁月改变着一切，并为某种改变增加更有说服力的征兆。它无意夸大某种特征，也不负担整容义务，却把它放大到令人惊讶的程度。他的容貌和身材，特别是他的永远合不拢的嘴巴，锅铲一样的门牙，一口发黄的带着霉头的如二马牙玉米紧密排列的牙齿，让人捉摸不透的笑容，长而突出的发亮的脑门，一头乌黑的后背的头发（估计已染过），都证明了时间的无私。它们一下子映亮了三十年前的那个瞬间。

那是一个周末，初冬傍晚。我在火车站等车。我来晚了，通往老家的最后一班15路车已经开走很长时间，大概正跑在回程的路上。我心中倍加焦虑。我已经两个礼拜没有回家看望父亲和妹妹了。无论如何都得回去。有一种方法可以让我实现心愿：乘坐10路公共汽车，到北李庄下车，换乘正好路过的当然一定是好心人的顺路车回到13里开外的老家，要么徒步完成这段路程。那条路通往家乡，同时通往几座煤矿。所谓碰巧赶上，一般是邻村的送煤车，或者外地的拉煤车。若能扒住乌黑的车箱板上去，站在风中，又手抓紧冰冷的车帮，把头深缩进领口，经受一路的颠簸震响，听任煤屑落进领口……已足够幸运。

但幸运并不总是眷顾。下车等你的，常常只是那条曲折的行人稀少一团漆黑的夜路。走下来，脚会磨出血泡。

几个同样没有搭上最后班车的人，陆续来到站牌下。他们知道希望不大，还是聚集在那里，心存侥幸，希望出现奇迹。有人去乘坐前往武安的汽车，我则想乘坐10路车赶往北李庄。

天即将完全黑下来。

这时，一辆银灰色的工具车从火车站（也是汽车站）前的浴新大街由北向南驶来，它拐进车站，停在了站牌下。成功的"乡镇企业家"从驾驶室副座上下来，跟着下来两个人，或者是一个人，我实在记不得了。他们从车上卸下行李和一些日用品。他是来送他们的。那可能是他的子女，或者亲友。有人认识他。我也认识。仅限于我们对他的认识。他送他们登上离开邯郸的汽车或火车后，应该返回老家。他家与我家只有三里之隔。我不奢望他会送我回家，能够搭顺风车到他村口，余下三里我会轻松地走回去。其余的人都意识到回家问题即将解决。我们在没有希望中还真的等来了希望。这中间有两个学生，两个上年纪的老人，三个中年人。他们的心情与我一样。我们的焦急等待感动了上苍。

我们立即上前跟这位可爱的"老乡"套近乎，大家忐忑不安，诚惶诚恐。这里不妨多说一句，他的外貌是令人不敢亲近的。想想就明白，锅铲一样的门牙，嘴唇包不住，鼻孔略朝天，有点歪脖子（应该不是胎带的，而是有钱使然），总仰着脸，与人对话时眼睛抬高十五度，散漫地望向远方，远方空无别物。他是一家集体煤矿的承包者兼负责人，每年向集体缴纳一定数额的承包费，大头落入自己腰包。谁都知道他有钱。对于一个有钱人，对于一个当年即拥有专车、小工具车和运输卡车的人，乡民的态度是满含敬畏，甚至害怕的，不敢靠近也是可以理解的。有钱和没钱，是界定阶层的硬指标，划定阶级的分水岭。至于来路是否正当合理，无人顾及。车也是。当年不像今天如此普及，确然证明着某种权力、地位和身份。

那些老弱和幼小的心灵，那些在初冬黄昏手脚冰凉麻木的人们，那些差不多要有家不好回的渴望的眼睛，在内心焦渴的等待中，看到了黑暗中的星辰，看到了老乡的工具车。如果答应把他们捎回去，不仅可一慰心灵，且能够省掉车票钱。即使让他们坐在车箱里，也无异于坐在一辆豪华中巴上。像铁片不可逆转地被磁铁吸引，大家不自觉地移向那个救星。

磁铁的反应非常及时，我们得到他满脸诚恳的回应。我想，当这些要求帮助的人一同拥向他时，他的内心一定涌起仁义的暖流，温暖了我们，也温暖了自己。车站的嘈杂全都退去，我的耳鼓充满得救的福音。

他给我们的答复是：我将他们送进车站，再接你们。但你们不能在这儿上车。这里不让停。你们要走几步，到复兴路上等我。一过交道口，上去那个坡，就在路边等。我会把你们都拉回去。

还有什么比这个承诺更合乎情理，让人感激涕零呢！工具车的载荷量至少两吨，载六七个人算得了什么。人家不需要送站，如果需要，让我们把他的亲人抬进站台，我们也不会拒绝。我们愿意为他出点力。我们觉得只有马上出点力表明感激之情，坐人家的顺风车才踏实……听着他沁人心脾同时也是沁人骨髓沁人血液沁人细胞沁人毛孔的话语，大家感动得甚至忘记了说一声谢谢。这突如其来的巨大幸运，让每个人感到的温暖程度无以复加。

我们恋恋不舍地离开这位"老乡救星"，一步三回头往约定的地方赶。这是一段四五百米的路程。我们以暴走速度来完成。若不暴走便会辜负他的一片好心。我们脚步急促，相互提醒，生怕耽误了他的时间，让工具车等我们。路上许多人目睹了这一奇怪现象：几个陌生人，不是朝向车站，而是朝着相反方向，不是朝向一辆公共汽车或者中巴，也不是朝向路上任何一个停着的车辆，而是朝向一个虚无目标奔跑。他们气喘吁吁跑了三四百米后，向左一拐，隐没了身影。

我们真的多虑了。我们都跑过了那个无法把握的时间。在工具车到来之前，我们无一掉队，全都赶到了约定地点。我们的整齐和效率，定会让我们的"老乡"满意得笑逐颜开。

在向目的地冲刺的过程中，激动是显而易见的。我的思绪也在激动中飞扬。我想起乡亲们对这位老乡的不公正评价。这些评价无外乎他的牛逼，自大；看不起乡邻（主要是穷人）；见了当官的一副奴才相；对人苛刻；德性不好；诸如此类，不一而足。这些评论不值一驳，全是红眼病人的谵语，道听途说者添油加醋的妄测，是普遍的仇富心理在作怪。他是一个大善人。他心地纯正、无私、无瑕。他体恤老者和弱小。他有"老乡观念"：你即便不认识他，他也会适时地雪中送炭。

我当时在县委办公室工作，经常随领导下乡调研。我没有为他写过"情况反映"一类的正面材料，但知道有关他的一则感人至深的传说：他给乡敬老院（还是学校）捐款，款额在五万元以上。他的事迹一时传为美谈。这一善举足以抵消人们对他的非议和诟病。车站感人至深的一幕，证明了他捐款事迹的可信和可靠，为他既高大也猥琐的形象，铁定加注了一道闪闪的金边。

善人啊，平安！万岁！

五分钟过去了。该来却没来。我们心犯嘀咕：难道他不愿意拉我们，没有左拐，而是从另一条路上绕走了。不可能。十分钟过去了。还是没来。我们心中更加疑虑。如果真的绕开了，我们在这里可是前不见站牌，后不见车站，误事大了。焦急开始写在每个人脸上。有人烦躁不安起来。十二分钟过去了。就在这时，大家熟悉的那辆银灰色的工具车出现了。他刚一从拐弯处露面，人们便激动得大叫起来。孩子扣紧了书包带儿，老人从地上擒起包袱……大家往路中间挤挤，但又非常克制。工具车驶过铁路桥，开始爬坡了。车辆没有减速。司机甚至加大了油门。我们听到了唯一的发动机的轰鸣，虽然它并不是唯一的车辆，有几辆车接二连三地与它相向驶过，却一个个像鱼一样无声地滑过去了。工具车照直向我们驶来，既不偏左，也不偏右，有点风驰电掣。司机请不要性急，我们等得不长，不要因为急着拉我们出了差错。我们又往路中间挪移了一点，更为克制，我们不能因为急着搭车，影响了驾驶员的注意力，造成意想不到的麻烦。我们必须小心尊重他的视力，必须小心尊重他的善心。他会看见我们。他心里装着我们。虽然这样想着，我们中还是有人伸出了胳膊，一个人，两个人，大家都伸出胳膊向工具车招手，就像集体向它和他和他们致敬似的。

　　工具车减速了。在离我们还有十五米远的时候减速了。我们激动的心狂跳不止。然而，我们高兴得有点早了。它突然又加速了。这可能因为我们站的位置不对。我们在坡口吗？我们没觉得，但司机或者车子意识到了。它必须加速，否则会停不住。我听到了发动机疯狂的鸣叫，压下了身后刚刚驶过的火车的车轮声，还有排气声。一股巨大浓重的白烟，从火车机身下喷薄而出，迅速侵占了整个交道口上空，然而却悄无声息。我聋了。管它，聋就聋了呗！工具车来了。没聋。耳朵里全是它的声音。它的身影充满我的视野。可怕的黑屏。所有活蹦乱跳的人和物全被它遮蔽了。

　　工具车加速之后，疾风一样驶到我们跟前。一个点刹，车身在我们身边摇晃了一下，似乎要停下来了。我们急切地跟坐在车里的"老乡"招手。他和司机一定看见我们了。我们如约等在这里。车子减速的刹那，我透过车窗玻璃看到了"老乡"微笑的面孔，笑容亲切、慈善、贴近，自得、骄傲、从容。他认出了我们。我们等着车子停下来，早已做好上车的准备。然而，工具车似乎得到某种指令，突然再次加速，发出骇人的轰鸣。轮胎与地面剧烈摩擦着，发出嘲讽一样的尖叫，车身打了一个冷战，往空中蹦了两下，像一只巨大的瞪羚冲了过去，卷起一片铁路西人人熟悉的黑乎乎刺鼻的烟尘……

一时傻眼。

我们目送车子远去，在心里不时安慰着自己，这里不宜停车，驶过这一段，它就会停下，我们"亲爱的老乡"或者司机会下车领我们过去，这种事不是没有碰到过。我们茫然而心有不甘地跟着，跟跄着往前走，目光不敢离开工具车半寸。我们怕它像星辰一样消失在银河里。对于普通人的肉眼来说，想要捕捉一颗星辰谈何容易。

我们彻底失望了。失望得气急败坏。这颗原来说定拯救我们的星辰，就那样眼睁睁看着抛下了我们。

天没有全黑。我们却看不清身边的事物。我们陷入巨大的心灵黑暗。我们几乎认不清对方。我们不知道我们是谁，为什么遭遇如此耍弄。

事隔三十年，我已经记不清这帮被抛弃的人，后来怎样回到了家乡。三十年抹平了许多经历和体验，抹平了后来回家这一值得终生记取的往事。然而，却无法抹平被人捉弄的事实。它留下的是对我的巨大伤害。这一事件的阴影像一块黑色的云朵，始终笼罩着我的人生，让我产生不解的同时，更产生愤怒和鄙夷。痛苦是存在的，只要想起来，就不能释怀。现在书写它，依然令我十分难受。为什么会是这样？一个老乡，一个成年人，一个捐款给敬老院或者学校，曾被首肯的"道德模范"，怎么会是这样一副嘴脸，怎么会以这样一种态度对待那些他的老乡，需要帮助的人，而这些帮助并不需要特别付出什么。

解释只能是这样的：我们"亲爱的老乡"是一位道貌岸然的人。假如他的捐款善举存在，也应该与"善良""道德""责任""仁爱"这些字眼无关。只与我们所不知道的目的有关。只与逢场作戏有关。只与不可告人有关。那是一种保护措施而已。据说，后来此人身家千万，区区五万元，对于一个靠钻国家政策空子，靠钻营发财的人而言，又算得了什么。何况，国家的钱，集体的钱，先被他堂而皇之地据为己有，在形势压迫下拿出九牛一毛以蒙天下，与他自己灵魂和精神又有何干？

在这之前，我一直没有见过他。我不想见他。我以为他死掉了。我觉得他死掉了才是最好的了断。但我知道他活着。这样的人死掉了，也会引起某种不同凡响的震动。这便是一个有钱人的价值。至于是怎样的震动，原本对他无所谓。活着，对他无所谓，死了还有什么所谓呢！

我竟然看见了他。他没有死掉，活着，应该很滋润。煤炭这种黑色的肮脏的东西可以使人滋润。它不分阶级和阶层。占有了它的人，便占有了与之俱来的滋润。

但我非常清楚，他是一个逃跑的人。他在三十年前那个黄昏，从老乡们等待援助的目光下，像条癞皮狗似的跑掉了。他的逃跑付出了金钱无法抵消的代价。当我再次看见他的时候，我想起了三十年的那个凄冷的黄昏。当工具车逃逸后，几乎是同时，他的形象一分为二：坐在工具车副驾驶位置上的他立马变作一具僵尸，一个从中分离的人形从车窗口逸出，轻飘飘地被抛在马路上，无数车辆横冲直撞过去。那是他的灵魂。

如果说我们被抛在公路上之后，没能回到家中，未免感情用事。我们最终在别人的帮助下还是回到了家里，倒是那个可怜的

"老乡"被抛在了路上。他的灵魂出壳之后，一直找不到回家的路，长年累月在公路上游荡，时时发出悲号，即便用尽气力，散尽金钱，都无济于事。它完全迷失了回家的路。

现在，他过去了。他扇起了一丝风……不可能。怎么会。他早死去。眼前飘过的，不过是一具躯壳罢了。

那个胖女人，知道这三十年来日夜守着的，竟是一副躯壳吗？

尘世的尘

1

有人敲门。

我停下手头工作，捕捉门外细微迟疑的轻响。又是两下。——请进。握住圆形把手，往左或者往右，轻轻一拧，门就会打开。然而没有。他听不到我的声音？敲门声第三次响起。我提高嗓音，请进。两分钟过去，依然没人进来。我起身走到门口。隔着木门，我不知道来者是谁，心里未免踌躇。门开处，一张熟悉同时难为情的脸。村邻张士信，局促地站在门口。

我赶紧让他进来。他脚步细碎，轻飘飘像风旋起的片片树叶。这是三楼。他上气不接下气。我感到诧异。他说上楼太急。我前两年见过他，他比那时瘦了许多。他弯着腰，后背越发驼了。他走到我办公桌前，侧眼看了一眼门口的沙发，犹豫一下，返身走过去。他选择了一个相对不重要的座位。他把灰书包放在里面那只上。家做的至少用过二十年的书包，立即失去形状，像泥巴一样软下去。

他弯腰抚摸外面那只的扶手，想坐下，却没有，而是面向我，不好意思地问：厕所在哪？我说在楼道西头。他说，憋了很长时间了，在下面转了几个单位，都找不到……我去一下，回来再说。

他像影子一样转了回来，仿佛怕弄出响动，惊扰了谁。我已经为他倒好一杯水，示意他坐到办公桌对面，我们可以更近地交谈。他从身上摸出一盒烟，抖抖索索抽一支点上。我是气管炎……娘啊……上楼喘不过气来。他的嘴巴一翕一张，像离水的鱼。那就不要抽了。不要紧，愿意抽一根……娘啊……他抽一口，张大嘴喘一口气，再喊一声娘。我替他难受。他终于能说话了。他说了来找我的目的——想要争取县里低保，但不认识民政局的同志，想来想去，特意找我打听有关情况。

2

张士信再次走进公社农机站，是1980年8月9号。接到通知，天已近午。他弄不清要他去做啥。

1973年9月，公社成立农机站，领导点名要他，还给了一个车长职务。干了两年半，他退职回家，二小子二明接班。他猜可能是孩子跟农机站的人闹了意见。年轻人肯干，心气也盛，说不准跟当班伙计翻了脸，或者顶撞了领导，既然公社让过去，说明事态严重了。

在农机站大门口，张士信看到准亲家在哭。二明定亲后，才到农机站上班，遇上一个卖农机配件的女子，产生好感。全家坚决反对。对象已经说下，是街坊做的大媒。你上班没几天，地位变了，就想变心，怎么跟乡邻交代。他明确告诉二明，娶家里定下的姑娘，结婚典礼父母全管，不用你操一点心；如果把人家甩了，死心塌地要卖配件的，家里什么也不管，你自己想办法……看到准亲家哀恸欲绝的样子，他断定是二明跟人家摊了牌，要不准亲家不会出面。他感到难堪，心里窝火，想见到二明狠狠训他一顿。

他打算跟准亲家打声招呼，劝慰两句，却被候着的干事叫住，去了书记办公室。领导们都在，个个表情严肃。他们让他坐在靠里的一把椅子上。

他等着书记批评，没承想等来了二明的死讯。

3

那晚刮着大风。公社农机站空阔的大院里，树枝、电线发出怪异的啸叫。值班的人早早关进屋里上了床。半夜，会计李厚听到一声异于狂风的呼叫，仿佛从一个极度痛苦的胸腔发出，以进射之势，穿透七寸厚的墙壁，挤进细小的门窗缝隙，抵达他的耳膜。他从心惊肉跳中醒来，头发倒竖，毛孔翕张，冷汗沾湿了棉被。蕴藏在棉絮中的陈旧气息充盈他的鼻腔。他像一只海豹，本能地翻了个身，仰起脑袋，睁大眼睛盯着窗户，捕捉屋外动静。两声、三声……每一声都压过风声，一声比一声怪异，一声比一声恐怖，连着四五声，终于弱下，再无声息。李厚睡不下去，从床下摸出半块砖头，颤抖着往墙上敲。

敲了几下，隔壁有了回应。

咋哩？

院里刚才有叫声，听到没有？

没有，李站长回应，你做梦哩。

不是，真真切切，连着四五声。

敢是兽医站的老步喝多了，烧得又在马路上喊。

李厚半信半疑。

睡吧，李站长说，肯定是他，又不是一回两回了。

李厚还想多说几句，不知道天是啥时候，就忍了。

天一亮，他听到厨师在院里喊，声音有些异样。一夜没睡好的他，赶紧披衣跑出来。李站长随后也跑出来。院当中躺着一个人。厨师不敢近前，神色惊恐地站在一旁。那人脸朝下，一只胳膊压在身下，另一只展开，脚后有两道浅沟。右脚上的鞋子落在一边。

李站长犹豫着走过去，蹲下，把那人脸摆正。一夜大风，那脸蒙着钱币厚的灰尘，辨识不清。后来的几个人也认不出是谁。他们把他翻过来，看到了腕上的宝石花牌手表。他们相互看看，脸上浮现惊疑。有人犹豫地说，是不是二明。李站长脸一仰，变腔变调地说，是了……

李厚应声跌坐在地上。

4

李厚和李站长都觉得愧疚，要是出来看看，二明也许死不了，起码会知道他到底怎么了，遇到了什么。

那夜，农机站东方红55型拖拉机给北李庄村犁地。站里两台拖拉机不分昼夜在十五个村庄来回奔驰，驾驶员也不分昼夜跟着机器作业。二明值夜班。拖拉机灯泡夜里总要烧毁几只。二明从作业点徒步回来取备用灯泡。他顶着风尘，孤独地走了八里夜路。他走进熟悉的院子，却没能走进宿舍，也没能取上灯泡，就不明不白倒下了。

二明的死讯震惊了村人。大家都为他和他的家庭惋惜。家里在为他筹备婚事，房屋已经收拾停当，就等着良辰吉日鞭炮响了……他娘听说他没了，几次哭晕过去。

此前两年，二明参加了海军征召潜水员的体检，顺利通过了前几轮，最后，带兵的在澡堂发现他脚底有一块疤痕，那是幼年不小心踩了钉子留下的。这一发现让他与海员生涯失之交臂。

5

县公安局接到消息，派人中午赶到公社。法医晚些时候也赶过来。他们察看了现场，拍了照片，当场检查了二明尸体，没有发现谋杀迹象。张士信想知道孩子的死因，要求进行尸检，

第二天傍晚，结果出来了，从提取的胃容物分析，没发现问题，否定了食物中毒的猜测。血液早已凝固，分析做不了。尸首没能保全，最终没有个明确结论。领导劝他，人已经死了，还是尽快处理后事吧。

公社给了200块钱。张士信提到二明的棺木。领导写了条子，让到公社煤矿赊点木料，事后把钱还上……他一听，脑子就炸了，回家说给二明娘，她又哭晕几次。没有别的办法可想。他们把二明拉回去，没让进村，直接送到村北坟上埋了。

每到春节，张士信都到公社去要求补助。公社换了一任又一任书记，每换一任，他就从头说起一次，每次都唏嘘不已。

6

小时候的一个冬天，我被说话声唤醒，睡眼惺忪爬在炕上。张士信跟父亲对坐桌旁。我不知道他是什么时候过来的。他跟我父亲一样，当过大队干部。父亲从"四清"前一直干到八十年代末，张士信"四清"后没回到村干部序列来，断续当过几年小队长。春节就在眼前，他给我送来自制的二踢脚。虽然不多，却让我高兴。多年以后，在公共汽车上，我遇到提着人造革皮包的他。寺沟驻军撤离，留下营房，他在那里办起一个小化工厂，生产氯化钙。他是村里最先使用人造革包的人。2003年，我父亲卧病在床，他时常来探

视，陪父亲说话，谈些外面的事情。我对他有了较深记忆。

现在，他挪坐在我对面。我给他换上一杯绿茶。

我不抽烟，闻不得烟味，几次想让他把烟掐了，话到嘴边又咽回去。下午去省作协参加会议，要准备书面发言，但想到他来一趟不容易，不忍说出，耐心听他絮叨。

我今年七十五岁，前两年得了糖尿病，家里也得了这个病。我瘦了十几斤。我忽然明白他为什么一到办公室就急着找厕所了。

我"四清"前入党，当了多年村干部，村里1963年通电，就是我跟几个人往电力局跑下来的。后来，我被错划成右派，隔了好多年才给纠正。

他边说边喘，还不停抽烟。

我问他想要干什么。

我老了，又有病，生活遇到了困难，想要政府的低保。

村里还有谁？

还有两户，旺水和福的。

我知道他们。旺水是老单身汉，有病，已到垂暮之年；福的有一个呆傻的女儿，拖累他几十年。儿媳患了半身不遂，日子过得艰难。他们被纳入低保是天经地义的事。

就他们俩？

就他们俩。

你跟人家比，条件不够。你还有大明、三明，虽说都不宽裕，毕竟能劳动，有收入。你有仨姑娘，他们都在接济你。单凭你们老两口身体有病，恐怕不足以享受低保政策。

你说怎么办？他从书包翻出一份申请，你看看，我写了个东西，要不先来问你，不敢冒冒失失找政府。

我瞥了一眼题目——《一个老共产党员的请求》，看到二明的事，不忍往下看，说，你有一个理由，他们都比不过你：你为集体贡献了一个孩子。

7

我跟民政局领导联系，把张士信遭遇从头至尾复述一遍，着重提到二明的死，认为该算工亡。

张副局长表示同情，说，让他回去把有关资料准备一下，通过村里和乡里报上来，特事特批。又说，上半年的低保金已经发下去，让他后半年享受吧。

答复出乎张士信的预料，也出乎我的预料。张副局长不打官腔，办事效率蛮高。我代张士信感谢他。

张士信回家，让村里出证明。村干部听说他要享受低保，将信将疑，因为还有比他困难的人家，为慎重起见，跟他到乡里去问讯。本来当不当正不正，还是从上面说下来的，办事人员有戒心，没有马上盖章。张副局长打来电话，乡里才为他办了手续。

张副局长说，其实没多少钱。我问多少。他没正面回答把话岔开了。我后来得悉，每人每月30元。

8

我想进一步帮助张士信，就二明之死向一位当律师的同学咨询，希望获得法律援助。虽说公社农机站早已解散，但主管部门还在，只是改了称谓而已。若工亡成立，张士信就该得到补偿，今后生活便会多一份保障。

他的回答让我失望。时间太久了，法律不会支持了。你想，都把以前的事翻腾起来，会造成多大社会问题。当时就那样，许多事情都那样，经济条件差，法制不健全……

一番话打断了我为张士信再做努力的念头。

9

不久，三明陪他爹过来，特意带了些小米和绿豆，让转送给民政局的张副局长，还说要请吃饭。我说人家不吃请，也不要你的小米和绿豆。他不接话茬，说拿得不多，等秋天新米新豆打下了，再多送些过来。

自然说到了二明。张士信叹息，一条人命，就200块钱？……

三明冒出一句，还不如一条狗价。

我顿时语塞，再没说一句话。

图书在版编目（CIP）数据

以右臂的代价 / 桑麻著. –– 南昌：百花洲文艺出版社, 2013.11
ISBN 978-7-5500-0820-5

Ⅰ. ①以… Ⅱ. ①桑… Ⅲ. ①散文集 – 中国 – 当代 Ⅳ. ①I267

中国版本图书馆CIP数据核字(2013)第261820号

以右臂的代价

桑麻 著

· 出 版 人　姚雪雪
· 责任编辑　胡青松
· 书籍装帧　方　方
· 制　　作　周璐敏
· 出版发行　百花洲文艺出版社
· 社　　址　南昌市红谷滩新区世贸路898号博能中心9楼
· 邮　　编　330038
· 经　　销　全国新华书店
· 印　　刷　江西千叶彩印有限公司
· 开　　本　850mm×1168mm　1/16　印张　16.75
· 版　　次　2014年4月第1版第2次印刷
· 字　　数　150千字
· 书　　号　ISBN 978-7-5500-0820-5
· 定　　价　33.00元

· 赣版权登字　05-2013-370
· 版权所有，侵权必究

· 邮购联系　0791-86895108
· 网　　址　http://www.bhzwy.com
· 图书若有印装错误，影响阅读，可向承印厂联系调换。